핀처 마틴

Pincher Martin

PINCHER MARTIN
by William Golding

세계문학전집 419

핀처 마틴

Pincher Martin

윌리엄 골딩

백지민 옮김

민음사

일러두기

1 본문의 모든 각주는 옮긴이 주이다.

2 원문에 이탤릭체로 표기된 부분은 고딕체로 구분했다.

차례

1장

그는 사방으로 몸부림치고 있었고, 본인 몸이라는 뒤틀며 발버둥질하느라 얽히고설킨 모양의 중심부[1]였다. 위도 아래도 없었고, 빛도 없었고 공기도 없었다. 입이 저절로 벌어지는 게 느껴지더니 새된 외마디가 터져 나왔다.

"살려 줘!"

새된 비명과 함께 공기가 사라지자 물이 들어와 그 자리를 메웠다. 화끈거리는 물이 아픔을 주는 돌덩이들처럼 목구멍과 입안에 딱딱하게. 그는 공기가 있던 자리를 향해 몸을 홱 수그렸지만 이제 공기는 사라져 있었고 검고도 숨이 막히는 너

---

[1] 사람의 의식이 위치하는 두개골 안쪽 어두운 공동을 '중심부(centre)'라고 표현하고 있다.

울밖에는 아무것도 없었다. 그의 몸은 공황을 발산했고 입은 무리하게 벌어지다 못해 턱의 경첩2)이 아플 지경이었다. 물은 무자비하게도 안으로, 아래로 들이박았다. 물과 더불어 한순간 공기가 들어왔기에 그는 마땅히 공기가 있는 방향이었을 법한 곳을 향해 씨름했다. 그러나 물이 그를 다시 점령해 휘도는 바람에 공기가 있을 법한 곳에 관한 인식이 깡그리 지워졌다. 귓속에서 터빈들이 비명을 지르고 있었고 중심부에서부터 초록 불똥들이 예광탄처럼 날아갔다. 그곳에는 피스톤 기관도 있어 통제 불가하도록 미쳐 놀아가면서 온 은하계를 흔들고 있었다. 그러던 한순간 그의 얼굴에 맞닿은 차가운 가면과 같은 공기가 있었고 그는 그것을 덥석 물었다. 공기와 물이 섞이면서 자갈처럼 그의 몸속으로 끌려 내려갔다. 근육, 신경과 혈액, 몸부림치는 폐, 머릿속의 기계 모두가 한순간 예로부터의 패턴 안에서 작동했다. 딱딱한 물 웅어리들이 식도 속에서 덜걱거렸고 입술은 맞붙었다가 떨어졌으며 혀는 아치를 그렸고 뇌는 네온의 궤적을 밝혔다.

"엄⋯⋯."

그러나 남자는 이런 일체의 소란 뒤쪽에 본인의 경련하는 몸으로부터 분리된 채 부유하며 놓여 있었다. 발광하는 심상들은 그의 앞쪽에서 뒤섞이던 터로 빛에 흠뻑 젖어 있었지만 그는 그런 것들에는 전혀 관심을 두지 않았다. 그가 얼굴의 신

---

2) 주인공의 신체에 관한 묘사에는 기계적인 단어가 사용되고 있다. 여기서도 '턱의 관절(joint)'이라는 통상적인 표현 대신에 '턱의 경첩(hinge)'이라는 표현이 사용되는 것을 확인할 수 있다.

경을 통제할 수 있었다면, 또는 그의 의식이 생사 간에 부유하며 놓여 있던 상황에서 얼굴이 의식의 심정에 걸맞도록 빚어질 수 있었다면, 그 얼굴은 으르렁대는 표정을 지었을 테다. 그러나 실제의 턱은 아래쪽으로 멀찍이 일그러졌고 입에서는 물이 가득 차 출렁이게 되었다. 중심부로부터 날아온 초록 예광탄은 뱅뱅 돌아 원판이 되기 시작했다. 으르렁대는 저 남자에게서 그만큼이나 멀찍이 떨어진 목구멍은 물을 토해 내고는 다시 물을 빨아들였다. 물의 딱딱한 응어리들이 더는 아프지 않았다. 그곳에는 일종의 휴전이랄지, 저 몸을 관찰하는 상태가 있었다. 얼굴이 없었고 으르렁대는 표정이 있었다.

심상 하나가 고정되었고 남자는 그것을 주시했다. 그가 그런 것을 보지 못한 지도 몇 년이나 됐던지라 으르렁대는 표정은 궁금증이 일어서는 살짝 맹렬한 성질을 잃었다. 그것은 심상을 살펴보았다.

그 잼 단지는 프롬프터의 반대편[3]으로부터 조명을 밝게 받으며 탁자 위에 서 있었다. 그것은 무대 중앙의 거대한 단지일 수도, 거의 그 얼굴에 닿을락 말락 하는 작은 단지일 수도 있었는데 그것이 흥미로웠던 것은 그곳에서는 전적으로 분리되어 있으면서도 사람이 통제할 수 있는 자그만 세계가 들여다보였다는 점이다. 그 단지는 맑은 물로 거의 가득 차 있었고 그 속에는 작은 유리 소상 하나가 곧추선 채 떠 있었다. 단지

---

3) '프롬프터의 반대편(Opposite Prompt: O.P.)'은 연극 공연 시 관객이 볼 수 없는 곳에서 배우에게 대사나 동작을 일러 주는 프롬프터의 반대편, 즉 배우의 오른쪽에 있는 무대 뒷부분을 일컫는다.

의 윗면에 덮여 있던 것은 얇은 막 — 하얀 고무였다. 그가 움직이지도 생각하지도 않고 단지를 지켜보는 동안 멀찍이 떨어진 그의 몸은 절로 잠잠해지고 이완되었다. 이 단지의 유희는 저 자그마한 유리 소상이 서로 겨루는 작용력들 사이에서 너무도 정교하게 균형을 잡고 있다는 사실에 있었다. 막에 손가락을 대어 보면 당신은 막 아래에 있는 공기를 압축하게 되기 마련이라 그 공기로써 결과적으로는 물을 더 강하게 누르게 되기 마련이었다. 그러면 물은 소상 속에 있는 작은 관의 더 위로 치밀어 오르기 마련이었는데 그러면 소상이 가라앉기 시작하기 마련이었다. 막에 가하는 압력을 달리하여 당신은 온전히 당신 수중에 있는 저 유리 소상을 좋을 대로 아무렇게나 할 수가 있었다. 당신은 이렇게 중얼거릴 수 있었다, 지금 가라앉을지어다! 그러면 소상은 아래로 침몰하기 마련이었다. 아래로, 아래로. 그러면 당신은 그것을 가만히 멈추고 마음이 누그러질 수도 있었다. 당신은 소상이 수면을 향해 허우적대게 만들어, 소상에 하마터면 공기를 한 모금 줄 뻔하다가는 줄기차게, 천천히, 가차 없이 아래로 또 아래로 보내 버릴 수도 있었다.

유리 소상의 정교한 균형은 절로 그의 몸과도 결부되었다. 형언할 길 없는 깨달음이 닥친 한순간 그는 딱 그러한 위태로운 안정감을 품고 해수면에 닿아 있는, 부양과 침몰 사이에서 이도 저도 못 하는 자신을 보았다. 으르렁대는 표정은 혼자서 말들을 떠올렸다. 그 말들은 또렷하지는 않아도 하나의 깨달음으로서 빛을 발하는 방식으로 그 자리에 있었다.

아무렴. 나의 구명대.

구명대는 저쪽 팔뚝 따위의 아래편에 띠들로 묶여 있었다. 띠들은 어깨로 넘어가 — 그러자 이제 그는 그 띠들이 느껴지기까지 했다 — 가슴팍을 둘러서 방수복과 더플코트 아래 앞쪽에 고정되어 있었다. 공기가 빵빵하게 주입된 구명대는 수면에 착지할 때 터질 수도 있다는 이유로 당국에서 권고한 대로 거의 오므라들어 있다시피 했다. 함정에서 헤엄쳐 멀어진 다음 구명대에 공기를 주입할 것.

구명대를 깨달으면서 연관된 영상들이 물밀듯이 돌아왔다……. 지시 사항이 게시되어 있던 니스칠이 된 널빤지, 띠들을 통과해 꿰여 있던 튜브와 금속 꼭지로 된 구명대 자체의 사진들. 불현듯 그는 자신이 누구이며 어디에 있는지 알게 되었다. 그는 저 유리 소상처럼 물속에 부유하며 놓여 있었는데, 몸부림치지 않고 축 늘어져 있었다. 물너울이 규칙적으로 그의 머리 위를 휩쓸고 있었다.

입에서는 물이 가득 차 출렁였고 그는 숨이 막혔다. 예광탄의 섬광들이 암흑을 갈랐다. 그를 끌어 내리는 무게감이 느껴졌다. 묵직한 방수 장화의 심상과 더불어 그 으르렁대는 표정이 돌아왔고 그는 다리를 움직이기 시작했다. 한쪽 발끝을 다른 쪽 발끝에 올린 다음 떼밀어 보았지만 장화는 벗겨지지를 않았다. 그는 자신을 다잡았고 그러자 그곳에는 아득히 떨어져 있기는 해도 쓸 만하기는 한 그의 양손이 있었다. 입을 다물고 물속에서 비장한 곡예를 선보이는 사이 예광탄이 번쩍였다. 그는 심장이 쿵쾅대는 것을 느꼈고 당분간은 심장 소리가 이 형태 없는 암흑 속에서 유일한 기준점이 되었다. 그는 오른쪽 다리를 왼쪽 허벅지에 가로질러 걸친 다음 통통 불어 터진 양손으로 끌어당겼다. 방수 장화가 종아리를 미끄러져 내려갔고 그는 그것을 걷어차 벗어 던졌다. 일단 고무로 된 윗부분이 그의 발가락을 떠나고 나니 그게 그를 한 번 건드는 느낌이 나더니만 완전히 사라졌다. 그는 왼쪽 다리를 힘주어 올려 두 번째 장화와 씨름해서는 그쪽도 마저 벗어 던졌다. 양쪽 장화가 그를 떠난 채였다. 그는 몸이 펼쳐지고 축 늘어져 누워 있도록 내버려 두었다.

그의 입은 영리했다. 입은 공기를 구하러, 또 물을 막으러 벌어졌다가 닫혔다. 몸도 이해하고 있었다. 간혹 가다 몸은 제복부를 딱딱하게 얽히고설킨 모양이 되도록 쥐어짜곤 했는데 그러면 해수가 혓바닥 위로 분출되곤 했다. 그는 다시금 겁에 질리기 시작했는데, 동물적인 공황 때문이 아니라 고립된 채 시간만 질질 끌다가 죽는 건가 하는 깊은 공포 때문이었다. 으르렁대는 표정이 다시 찾아왔는데 이제는 그 표정이 사용할 얼굴도 목구멍에 들일 공기도 있었다. 으르렁대는 표정의 뒤편에는 의미 있는 무언가가 있어 소음을 낸답시고 공기를 허비하지 않을 터였다. 어떤 목적의식은 있었으나 제가 얼마나 끈질긴지 발견해 낼 시간과 경험은 아직 지니지 못한 차였다. 그것은 규칙적인 호흡 기제를 사용할 수 없어서 수장되는 순간들 사이사이에서 공기를 벌컥벌컥 들이마셨다.

그는 공기를 삼키는 동안 벌컥벌컥 생각하기 시작했다. 다시금 자신의 양손을 기억해 냈고 그것들은 암흑 속에, 멀찍이 떨어져 있었다. 그는 양손을 들여와서 방수복이라는 딱딱한 것을 더듬기 시작했다. 단추는 아팠고 좀처럼 설득되어 구멍을 빠져나가 주질 않았다. 그는 더플코트의 토글 단추에서 고리를 쓱 빼냈다. 몸에 거의 미동도 없이 누워 있자니 바다가 자신을 무시했음을, 해군 군인 모양의 유리 소상으로, 아니면 거의 가라앉을 지경이지만 아직은 얼마간이나마 버틸 법했던 통나무로 취급했음을 알게 되었다. 공기는 물너울들이 지나가는 사이사이에 규칙적으로 고개를 내밀었다.

그는 고무 튜브를 가져다가 띠들을 통과해 끌어당겼다. 정말 거의 자신을 떠받치지도 못하고 있던 그 늘어져서는 부풀지도 않은 고무가 느껴졌다. 그가 이 사이에 튜브의 꼭지를 물고 두 손가락으로 돌려 여는 사이 다른 손가락들은 튜브를 꽉 막고 있었다. 그는 물너울들 사이사이 틈바구니로부터 약간씩 공기를 얻어서 고무 튜브 속으로 시근벌떡 불어 넣었다. 무수히 많은 물너울과 공동(空洞)이 찾아올 동안 본인 폐로 들어갔을지도 모를 공기를 무리하게 쓰는 바람에 어느덧 그의 몸속에서는 심장이 부상당한 사람처럼 비치적대고 있었고 초록 예광탄도 휙휙 돌아가고 있었다. 구명대가 그의 가슴에 맞붙어 탄탄하게 부풀기 시작했으나 부푸는 속도가 너무 느렸던지라 언제 이렇게 변화가 찾아온 건지도 분간이 되지 않았다. 그러더니만 돌연 물너울들이 그의 어깨를 넘어 휩쓸고 있었고 이렇게 너울들 아래에서 반복적으로 수장되자니 얼굴에다 축축하니 철벅대며 뺨을 맞게끔 된 터였다. 그는 마구잡이식으로 공기를 마셔 델 필요가 없었음을 깨달았다. 튜브에 일정한 간격으로 깊이 공기를 불어 넣다 보니 구명대가 부풀어 올라 그의 의복을 힘껏 잡아당겼다. 그럼에도 그는 공기를 불어 넣는 것을 단번에 멈추지는 않았다. 공기를 약간 새어 나가게 하다가는 다시금 불어 넣으면서 공기를 가지고 놀았던 것이, 마치 스스로를 돕기 위해 할 수 있는 단 하나의 분명한 행동을 멈추는 것이 겁이 나는 듯했다. 그의 머리와 목과 어깨는 이제 기나긴 막간들 동안 물 밖에 나와 있었다. 그 부위들은 신체의 나머지보다 차가웠다. 공기가 그 부위들을 경직시켰다. 그 부위들은 떨리기 시작했다.

그는 튜브에서 입을 뗐다.

"살려 줘! 살려 주세요!"

튜브에서 공기가 빠져나갔고 그는 공기를 가두느라 몸부림쳤다. 공기가 빠져나갈 염려가 없어질 때까지 꼭지를 비틀었다. 그는 고함을 멈추고는 암흑을 꿰뚫어 본답시고 눈에 힘을 주었으나 암흑은 안구에 바로 맞닿아 있었다. 눈앞에 한 손을 갖다 대 보았는데 아무것도 보이지 않았다. 그 즉시 고립된 채 익사하겠다는 두려움에다 눈이 멀겠다는 두려움이 절로 더해졌다. 그는 물속에서 막연하게 기어오르는 동작들을 취하기 시작했다.

"살려 줘! 거기 아무도 없어요? 살려 줘! 사람이 있다고!"

그는 한참을 부들부들 떠는 채로 있으면서 혹시나 올 대답에 귀를 기울였지만 들리는 것이라고는 물살이 본인 주위를 휩쓸어 가면서 쉭쉭대고 철벅대는 소리뿐이었다. 고개가 앞쪽으로 떨궈졌다.

그는 입술에서 소금물을 핥아 냈다.

"머리를 쓰자."

그는 물살을 살살 딛기 시작했다. 그의 입이 우물거렸다.

"방수 장화는 왜 벗어 던진 거야? 아까보다 별반 나아진 것도 없잖아." 그의 고개가 다시금 앞쪽으로 까닥였다.

"춥다. 너무 추워지면 안 되는데. 그 장화가 있었더라면 내가 아무렴 그걸 신었다가는 벗었다가는 신었다가……."

그는 갑자기 장화로부터 여전히 어림잡아 1해리(海里)⁴는 떨어져 있는 해저를 향해 물살을 가르며 가라앉는 배를 떠올렸다. 그와 동시에 마치 그가 심원한 심해로 침몰되기라도 했다는 듯이 일체의 만경창파가 몸을 쥐어짜는 것만 같아졌다. 딱딱거리는 치아가 맞붙었고 얼굴의 살점은 뒤틀렸다. 그는 물속에서 아치를 그리며 양발을 저 심해로부터, 저 출렁이며 끈적이는 너울로부터 멀리 끌어 올렸다.

"살려 줘요! 살려 줘……."

그는 양손으로 물장구를 치며 몸을 강제로 돌리기 시작했다. 돌아보면서 암흑을 응시했지만 그가 한 바퀴를 다 돌고 나서도 그에게 표시되는 것이라곤 무엇도 없었고 어디나 그 암흑은 알갱이 하나 없이 한결같았다. 난파선의 잔해도 없이, 가라앉는 선체도 없이, 몸부림치는 생존자도 없이 그 자신만이 있었으며, 오로지 눈알에 바짝 맞닿은 암흑이 있었다. 물의 움직임이 있었다.

---

4) 바다 위 거리의 단위. 1해리는 영국에서 1852미터를 말한다.

그는 다른 이들에게, 아무나에게 부르짖기 시작했다.

"냇! 너새니얼! 제발 부탁이니까! 너새니얼! 살려 달라고!"

그의 목소리는 멎었고 뒤틀린 얼굴도 풀렸다. 그는 구명대 안에 늘어지게 누워서 물너울이 제 할 대로 하도록 놔두었다. 이는 다시 딱딱거리고 있었고 간간이 이 진동은 전신을 에워 쌀 때까지 퍼지곤 했다. 그의 아래쪽에 있는 양다리는 한기가 든다기보다는 바다에 인정사정없이 짓눌리고 쥐어짜이고 있었기에 다리에서 느껴지는 감각은 온도에 대한 반응이라기보다는 다리를 으깨어 터뜨릴 법한 무게감에 대한 반응이었다. 그는 양손을 놓아둘 곳을 찾아보았지만 양손에 동통이 들지 않게 해 주는 곳은 어디에도 없었다. 목덜미가 아파 오기 시작했는데 그것도 점차로 그랬던 게 아니라 갑자기 찌르는 듯한 통증으로 왔기에 가슴에서 턱을 떨어뜨려 들고 있는 것이 불가능해졌다. 그러나 이렇게 되자 얼굴이 바닷속으로 들어가면서 그가 바닷물을 콧속으로 빨아들이게 되는 바람에 코 고는 소음이 나면서 숨이 콱 막혔다. 그는 퉤 뱉어 내고 목의 통증을 잠시 견뎌 냈다. 구명대와 턱 사이에 양손을 끼워 넣었고 물너울이 하나둘 지나갈 동안은 이 상태로 얼마간 한숨을 돌렸으나 그러고 나니 통증이 돌아왔다. 양손이 떨어져 나가게 두자 얼굴이 물속에 쑥 잠겼다. 이에 뒤로 누워서 만일 눈이 뜨여 있었더라면 하늘을 쳐다보고 있었게끔 통증에 맞서서 고개를 힘껏 젖혔다. 양다리에 가해지는 압박감은 이제 견딜 만했다. 다리는 더는 살덩이가 아니라 뭔가 다른 물질로 변형된 터라 석화되어 편안했다. 바다에 침범당하지 않아 완전히 진압되지 않았던 그의 신체 부위는 간헐적으로 경련하고 있었다. 통증과 떼려야 뗄 수가 없는 영원한 진리가, 그곳에 있어 고찰되고 체험되었다. 으르렁대는 표정은 견뎌 냈다. 그는 생각했다. 그 생각들은 고되고 간헐적이었지만 사활이 걸려 있었다.

머지않아 날이 밝을 거다.

나는 한 지점에서 다른 지점으로 이동해야만 한다.

이다음 움직임 하나가 보일 만큼은 되겠지.

머지않아 날이 밝을 거다.

난파선의 잔해가 보일 거다.

난 죽지 않을 거다.

내가 죽을 리 없다.

나만큼은…….

귀중하니까.

바다의 감촉과는 아무 상관이 없던 감정이 불현듯 치밀어 오르면서 그는 기운을 차렸다. 소금물이 그의 눈에서 줄줄 나오고 있었다. 그는 훌쩍거리며 마른침을 꿀떡 삼켰다.

"살려 줘, 누구라도…… 살려 주세요!"

그의 몸이 완만하게 들어 올려졌다가 내려갔다.

내가 아래 선실에 있었더라면 심지어 보트에까지도 도달할 수 있었을지 모르는데. 하다못해 고무배에라도. 근데 하필이면 내가 빌어먹을 당직을 서는 바람에. 그러느라 그 빌어먹을 함교에서 날아가서. 그놈이 제때 명령을 받았으면 분명히 배는 아마 우현으로 쭉 가서 가라앉았거나 전복됐을 거야. 다들 저 암흑 속 배가 가라앉은 어딘가에서 서로서로 기가 죽었는지나 물어보면서 있겠지, 삼삼오오 무리 지은 점묘화 같은 머리들로 물과 기름과 부유물 틈에. 날이 밝으면 그놈들을 찾아내야 해, 우라질 그놈들을 찾아내야만 한다고. 그렇지 않으면 그놈들은 구조되고 나만 남겨져서 해먹처럼 넘실대게 될 거야. 우라질!

"살려 줘! 너새니얼! 살려 줘……!"

그리고 나는 옳은 명령들을 내리기도 했어. 내가 십 초만 빨리 내렸더라면 죽여 주는 영웅이 됐겠지…… 우현 비상타[5]라고 젠장할!

필시 우리 배의 함교 아래에다 쾅 하고 들이받은 거야. 그리고 나는 옳은 명령을 내렸어. 그런 내가 날아가서 이 꼴이 나다니.

으르렁대는 표정이 절로 고착되어 나무처럼 뻣뻣한 얼굴에 작용한 끝에 윗입술이 들어 올려졌고 딱딱거리는 치아가 드러났다. 분노로 인한 미미한 온기가 다시금 광대 안쪽과 눈 뒤편에다 혈액을 쏟아 냈다. 눈이 뜨였다.

그러자 그는 경련하고 첨벙거리면서 올려다보고 있었다. 암흑의 질감에는 특이점이 생겨나 있었다. 눈 자체에 있던 것이 아닌 얼룩과 조각들이 있었던 것이다. 한순간 또 그가 시력을 사용하는 법을 떠올려 내기 전에 그 조각들은 암흑이 그러했

---

5) 우현 비상타 또는 우전타(右全舵)는 함정의 타를 완전히 우현으로 돌리는 것을 뜻하는 조타 명령이다.

던 만큼이나 바짝 안구에 맞닿아 있었다. 그러다 그는 눈의 쓰임을 안정시켰고 이윽고 본인 머릿속에 있으면서 두개골의 아치들을 통하여 어슴푸레한 빛과 안개가 임의로 구성된 모양을 내다보고 있었다. 그가 아무리 깜빡이고 실눈을 떠 봐도 그것들은 거기 그의 바깥에 남아 있었다. 그는 고개를 앞으로 수그렸고, 몸이 물너울 하나에 실려 들어 올려지는 동안 잔상보다도 희미하게, 그 물너울의 변해 가는 물결무늬 형상을 보았다. 한순간 그는 하늘을 배경으로 하는 그 변덕스러운 윤곽을 포착했고, 그러더니 붕 떠올라서 그다음 물너울이 그에게로 엄습하는 사이 그 물너울의 검은 정수리를 어렴풋이 바라보고 있었다. 그는 헤엄치는 동작들을 취하기 시작했다. 양손은 물속에서 명멸하는 조각이었고 그의 움직임들은 양다리의 돌덩이 같은 무게감을 부수었다. 생각들은 계속해서 깜빡거렸다.

우리는 북동쪽으로 이동하고 있었어. 내가 명령을 내렸지. 그놈이 조타를 시작했다면 배는 저기 동쪽으로 어디든지 있을 수 있어. 바람은 서풍이었지. 저기 물너울들이 내리막으로 달아나고 있는 저쪽이 동쪽이야.

그의 움직임과 호흡이 격렬해졌다. 그는 부풀어 오른 구명대로 둥둥 떠서 일종의 어설픈 평영으로 헤엄쳤다. 그는 멈추어서 뒹굴며 누워 있었다. 그는 이를 악물고 구명대의 꼭지를 떼어 내어 공기를 뺀 끝에 물속에 더 낮게 누워 있게 되었다. 그는 다시 헤엄치기 시작했다. 호흡이 애를 썼다. 물너울 하나하나가 그에게서 슬그머니 몸을 빼는 동안 그는 본인의 아치

들로부터 그 물너울의 뒷모습을 골똘하게 아리도록 빤히 내다
보았다. 양다리가 찬찬해지더니 멈췄고, 양팔도 떨궈졌다. 몸
이 물속에 미동 없이 누워 있게 되고 나서도 오래도록 컴컴한
두개골 안쪽 그의 정신은 헤엄치는 움직임들을 취했다.

하늘의 알갱이가 한층 뚜렷해졌다. 어두운 색에서 음침한
색으로, 회색으로 수증기와 같은 농담(濃淡)의 변화들이 있었
다. 손에 잡힐 듯 가까이에서 수면 위 개개의 둔덕들이 눈에
들어왔다. 그의 정신은 헤엄치는 움직임들을 취했다.

심상들이 정신에 난입하면서 동쪽으로 향하는 급박한 몸
동작과 그의 사이에 끼어들려고 했다. 잼 단지가 돌아왔건만
유의성을 박탈당한 채였다. 그곳에는 어떤 남자가, 짤막한 면
담이, 어찌나 윤을 냈던지 치아를 드러낸 미소가 반사되고 있
었던 탁상 상판이 있었다. 말린다고 위쪽에 걸어 둔 거대한 가
면들이 일렬로 있었고 탁상에 반사되던 치아 뒤편에서 어떤
목소리가 부드럽게 말했다.

"크리스토퍼에게 어떤 게 어울릴 거라고 생각하나?"

나침반의 빛이 겨우 보이는 나침함 상부가 있었고,[6] 네온
빛으로 되어 온 세상 천지가 보라고 거기 위쪽에 걸린 외쳐진
명령이 있었다.

"우현 비상타라고, 빌어먹을!"

물이 그의 입속으로 밀려들어 왔고 그는 반쯤은 코골이에

---

6) 당시에는 시야 확보를 위해 함정에서 사용되는 나침반에 석유램프로 불
을 밝히곤 했다.

반쯤은 목멤이었던 소리와 함께 의식 속으로 홱 밀고 들어갔다. 대낮이 초록색과 회색으로 가차 없이 존재했다. 바다는 밀접하면서도 막대했다. 바다에선 연기가 났다. 그가 널찍한 구릉 같은 물마루로 홱 올라가자 연기를 뿜는 다른 물마루 두 개가 보였다가는 이내 안개나 미세한 물보라나 비일지도 모를 모호한 원⁷⁾ 외에는 아무것도 보이지 않았다. 그는 원을 들여다보면서 몸을 돌리고 물의 흐름으로 미루어 방향을 가늠해 보다가는 이윽고 모든 방면의 점검을 끝냈다. 오래 타오르라고 파묻어 두었던 배 속의 뭉근한 불길이 침범당했다. 불은 의복과 퉁퉁 불어 터진 몸 한가운데에 무방비로 놓였다.

"난 안 죽을 거야! 안 죽을 거라고!"

안개의 원은 어디나 엇비슷했다. 그쪽에서 물마루들이 휘둘러 시야로 들어오더니 닥쳐와서 그를 그러쥐어 한순간 들어 올렸다가 내려두고는 슬그머니 몸을 뺐는데, 또 다른 물마루가 있어 그를 가져다 들어 올리는 통에 그 원에서 막 흐릿해져 빠져나가는 마지막 물마루가 보였다. 그런 뒤에 그는 다시금 내려가곤 했고 그러면 또 다른 물마루가 그를 향해 너울거리며 닥쳐오곤 했다.

그는 욕설을 내뱉으며 하얀 손바닥들로 물을 때리기 시작했다. 물너울들을 버둥거리며 올라갔다. 그러나 용을 쓰는 입과 몸이 내는 소리들조차도 달려가는 물살의 무수한 소리들

---

7) 현재 주인공이 보는 시야의 모양이 마치 망원경을 통해서 보는 듯이 원형으로 표현되고 있음을 알 수 있다.

에 이냥저냥 어우러지고야 말았다. 그는 구명대 안쪽에 가만히 매달려 있으면서 한기가 제 손가락들로 배 속을 탐색하는 것을 느꼈다. 고개가 가슴으로 떨궈졌고 그것은 미약하게, 끈덕지게 얼굴 위로 출렁였다. 생각하자. 내 마지막 기회다. 뭘 할 수 있을지 생각하자.

함정은 대서양 한복판에서 가라앉았다. 육지로부터 몇백 해리 떨어진 곳에서. 함정은 WT 침묵[8]을 깨고자 호송 선단으로부터 북동쪽으로 보내져 홀로 있었다. 아까의 U보트[9]가 심문할 목적으로 생존자 한두 명을 포획하기 위해 근처를 배회하고 있을지도 모른다. 아니면 생존자들을 구조하려고 다가오는 어떤 선박이라도 겨냥하기 위해. 그 잠수함은 금방이라도 마치 반조암(半潮巖)[10]처럼 제 묵직한 몸체로 물너울을 찢으며 수면으로 올라올지 모른다. 거기 달린 잠망경은 근방의 물살을 지져 버릴지도 모른다, 바다의 리듬과 불가피성을 패배시킨 육상의 산물에 달린 눈으로서. 그 잠수함은 그림자처럼, 또 상어처럼 지금 내 아래를 지나가고 있을지도 모르고, 마치 방석을 딛듯 염수의 층을 딛고 있는 나의 나무처럼 경직된 발 밑으로 제 승조원들이 잠잘 동안 저 아래에 누워 있을

---

8) 적군에 함정의 위치가 노출되는 것을 피하고자 '무선 전신(Wireless Telegraphy: WT)'을 꺼 두는 상황을 말한다.

9) U-boat란 Undersea Boat의 약어로, 1, 2차 세계 대전 당시 독일 잠수함을 일컫는 말이다.

10) 밀물 때는 바닷물에 잠겨 있다가 물이 반쯤 빠졌을 때 모습을 드러내는 암석.

지도 모른다. 생존자, 고무배 하나, 그 포경선 모양의 구조선, 그 구명정, 난파선의 잔해가 고작 물너울 한두 개 거리에서 안개 속에 숨은 채 빙빙 돌면서 하다못해 쇠고기 통조림과 어쩌면 독주 한 모금을 들고서 구조하러 와 줄 것을 기다리고 있을지도 모른다.

그는 한복판을 게슴츠레 들여다보며 다시 물속에서 돌기 시작했고, 여느 지붕에 비해 썩 높지도 않았던 하늘을 실눈으로 쳐다보았다. 그렇게 한 바퀴를 돌면서 난파선의 잔해라도, 아니면 머리통 하나라도 찾아보았다. 그러나 그곳엔 아무것도 없었다. 함정은 마치 어떤 손이 해리만큼 수직으로 뻗어 올라와 동작 한 번으로 함정을 잡아채 끌어 내리기라도 한 듯 싹 사라지고 없었다. 그 해리를 떠올리게 되자 그는 얼굴을 뒤튼 채 물속에서 아치를 그렸고 소리를 지르기 시작했다.

"살려 달라고, 이 우라질 것들아, 망할 놈의 것들아, 빌어먹을 것들아…… 살려 달라고!"

그러더니 그는 꺽꺽 울면서 몸서리를 치고 있었고 추위는 함정을 잡아채 끌어 내렸던 그 손처럼 그를 쥐어짜고 있었다. 그는 딸꾹거리며 천천히 침묵으로 접어들었고 이 연기와 초록의 너울 속을 다시 한번 돌아보기 시작했다.

빙 돌다 보니 한편이 다른 한편보다 밝았다. 물너울은 이 모호한 광휘의 왼편을 향해 제 어깨로 떠밀며 나아가고 있었는데, 광휘가 퍼진 곳에서 안개는 그의 뒤편에 비해서도 한층 더 꿰뚫어 볼 수가 없었다. 그가 광휘를 면한 채 있었던 건 그 광휘가 그에게 어떻게든 쓸모가 있었기 때문이 아니라 빙 둘러본 경치의 균일성을 깨 주는 하나의 특이점이었기 때문이며 다른 어떤 곳보다 조금이라도 더 따뜻해 보였기 때문이다. 그는 생각 없이, 또 마치 그 광휘의 운김을 따라가는 게 불가피한 일이었다는 듯이 다시금 헤엄치는 움직임들을 취했다. 그 빛은 바다-연기를 고체처럼 보이게 했다. 그 빛은 물을 투과했던 탓에 가만히 있지 못하는 둔덕들의 맨 꼭대기와 그의 사이에서 물이 암녹색이 되었다. 파도 하나가 지나간 다음 잠시 잠깐은 물속이 곧장 들여다보였지만 물결은 물 말고는 아무것도 아니었다 — 물결 속에 해초 하나 없이, 고체 입자 하나 없이, 떠다니는 것 하나 없이, 움직이는 것 하나 없이 초록색 물, 차갑고 끈질긴 이 멍청한 물뿐이었다. 분명히 양손도, 검은 방수복에 싸인 두 팔뚝도 있었으며 호흡하는, 헐떡이는 소음도 있었다. 속삭이고 저 혼자 맞접히는 이 멍청한 것의 소음도, 마치 평지 해변에 와 닿는 파도의 축소판들처럼 귓가에서 짤랑대며 흘러가는 곱드러진 잔물결들의 소음도 있었다. 거기다 급작스럽게 쉭쉭거리고 튀겨 오른다거나, 포효와 끝맺지 않은 음절들을 뱉는 한편 바람이 부드럽게 스치기도 했다. 빙 둘러본 경치 중에서 밝은 쪽으로 들어서자 양손이 중요해졌지만 손으로 붙잡을 것은 아무것도 없었다. 양손 아래로는 또 고투하는, 죽어 가는 몸 아래로는 물컹하고 차가운 이놈의 것으로 된 무한한 낙폭이 있었다.

깊이감이 그를 사로잡았고 그는 마치 이 망망대해로부터 양발을 떼어 내겠다는 듯 감각이 죽은 양발을 배로 끌어 올렸다. 그는 몸으로 아치를 그리며 입을 떡 벌렸고, 물너울 하나를 타고 올라가 심해라는 수렁을 넘었으며 입은 광휘에 대고 비명을 지르고자 벌어졌다.

입은 벌어진 채였다. 그러더니만 이가 딱 부딪치면서 입이 닫혔고 양팔은 진로에서 물을 던져 내기 시작했다. 그는 씨름하며 앞쪽으로 진로를 헤쳐 나갔다.

"어어이…… 제발 좀! 사람이 있다고! 사람이! 당신네 함수 우현에 바짝 붙어 있다니까!"

그는 팔다리로 물장구를 쳐서 서툰 크롤 영법을 행했다. 물마루 하나가 그에게 닥쳐들어 그는 물 밖으로 가슴 높이까지 몸을 홱 끌어 올렸다.

"살려 줘요! 살려 줘! 사람이 있다니까! 환장하겠네, 진짜!"

몸이 돌아오는 힘 때문에 아래로 빠지기는 했지만 그는 몸부림쳐 올라가서 머리로부터 물결을 털어 냈다. 배 속의 불길은 퍼진 터였고 심장은 굼뜬 혈액을 고통스럽게 온몸에 쑤셔 넣고 있었다. 안개 속 그 밝은 부분 좌현에 배가 한 척 있었다. 그는 그 배의 함수 우현에 있었다……기보다는 ─ 그리고 이 생각에 몰린 그는 물속에서 거품을 일으키게 되었다 ─ 그는 그 배의 함미 좌현에 있었고 배는 떠나고 있었다. 그러나 그가 격렬하게 움직여 대는 동안에도 이 상황이 얼마나 불가능한지가 보였는데 왜냐하면 그렇게 되면 그 배가 고작 수 분 전에 그를 스쳐 지나갔을 것이다. 그러므로 그 배는 그에게서 고작 몇 야드 거리에서 둥그런 시계(視界)를 가로지르려 앞으로 다가오고 있었다.

아니, 멈춰 있었다.

그러자 그 역시 멈춰서 물속에 놓였다. 그 배는 너무도 흐릿한 형상으로, 닥쳐오는 암흑과 진배없었기에 거리도 크기도 분간되지 않았다. 그가 처음 보았을 때보다도 더욱 그 배는 함수를 거의 전방에 두고 있었고 이제는 그가 파도 사이 골에 있을 때에도 보였다. 그는 다시 헤엄치기 시작했으나 물마루를 타고 올라갈 때마다 비명을 질렀다.

"살려 줘요! 사람이 있다고!"

그런데 무슨 배가 아무렴 저렇게까지 한쪽으로 기울었단 말인가? 수송선인가? 버려져서 가라앉기만을 기다리는 유기된 수송선인가? 그러나 수송선이라면 어뢰 일제 발사로 때려 눕혀졌을 것이다. 유기된 여객선인가? 그럴 경우라면 저 규모로 보건대 필시 퀸 여객선[11] 중 하나일 텐데…… 왜 기울었단 말인가? 태양과 안개는 서로 균형을 이루고 있었다. 태양은 안개를 비출 수는 있었으나 가르지는 못했다. 그리하여 이러한 태양-안개 속에서 어두컴컴하게 비(非)-배의 형상이 배 말고 다른 것은 있을 리 없는 곳에서 닥쳐왔다.

그는 다시금 헤엄치기 시작하면서 갑자기 신체의 극심한 탈진을 느꼈다. 목격하면서 솟은 처음의 맹렬한 흥분이 연료를 깡그리 태워 버린 터라 불길은 다시금 시들해졌다. 그는 단호히 헤엄치면서 양팔로 억지로 물살을 헤치며 아치들 아래에서 시력을 통해 앞으로 내뻗었는데 마치 그렇게 뚫어져라 보면 자기 몸을 안전지대로 끌어 넣을 수 있다는 듯했다. 형상

---

11) 당시에는 '퀸엘리자베스호', '퀸메리호' 등 여왕의 이름을 딴 선박들이 여객선 및 군대 수송선으로 기능했다.

이 움직였다. 형상은 커졌지 뚜렷해지지는 않았다. 이따금씩 용골 단부[12]에는 선수파(船首波)[13] 같은 뭔가가 있었다. 그는 그 배를 쳐다보는 것은 그만두었으나 몸에서 젖 먹던 힘까지 짜내어 헤엄쳤다가 소리 질렀다가를 번갈아 했다. 그의 주위로는 초록의 기세가 노략질할 힘을 키우고 있었고, 위쪽으로는 안개와 광채가 있었다. 한편 눈앞에는 맥동하는 적색이 있었다……[14] 이에 그의 몸이 포기하고 그가 물결 속에 늘어져 눕자 그 형상은 그의 위로 솟아올랐다. 그를 구성하던 장치들에서 나는 쇳소리와 쿵쾅대는 소리 사이로 파도가 부서지는 소리가 들렸다. 고개를 들었더니 위쪽 하늘에 암석이 박혀 있고 바다 갈매기 한 마리가 그 앞쪽 공중에 떠 있었다. 그는 바닷속에서 위로 들썩였고 물너울 하나하나가 한순간 쑥 잠기면서 포말로 된 하얀 손을 위로 내던지고는 마치 저 암석이 저를 삼켜 버렸다는 듯이 사라지는 모습을 보았다. 그는 헤엄치는 동작들을 생각하기 시작했으나 이제 몸이 더는 말을 잘 듣지 않는다는 것을 깨달았다. 그와 암석 사이에서 그다음 물너울의 꼭대기가 뭉툭해졌고 기이하게 매끄러워지더니만 물보라를 홱 쳐들었다. 그는 가라앉아서 이 초록 물이 더는 비어 있지 않다는 걸 이해하지 못한 채 바라보았다. 그곳에는 노란색과 갈색이 있었다. 통제되지 않는 물의 형체 없는 정신 나간

12) 선박 바닥의 중앙을 받치는 큰 재목인 용골의 앞쪽 끄트머리.
13) 선박이 전진할 시에 선박의 앞머리에 이는 파도.
14) 영어에는 극도로 격한 감정을 느낄 때 쓰이는 '적색이 보인다(see red)'라는 관용구가 있다.

수다가 아니라 급작스러운 포효가 들려왔다. 그러고 나서 그는 아래쪽 이명의 세상 속으로 들어갔는데, 그곳에는 그의 얼굴을 휙 스치며 비틀리는 털북숭이 형체들이 있었고 가까이에서 보니 얽히고설킨 돌과 해초 중에서 급작스레 눈에 띄는 세부들이 있었다. 갈색 덩굴손들이 그의 얼굴을 가로질러 그었고 이윽고 깨부수는 충격과 더불어 그는 고형체와 부딪혔다. 그것은 완전히 달라진 점이었고, 그의 몸 아래쪽에, 그리고 무릎과 얼굴에 맞닿아 있었으며, 그는 그것에다가 손가락을 옥쥘 수도 있었고, 어떤 경우에는 붙잡고 있을 수조차 있었다. 그의 입은 쓸모도 없이 벌어져 있었고 눈도 매한가지였기에 그는 얼굴에서 고작 1~2인치 떨어져 있을 뿐인 삿갓조개 세 개, 두 개는 작고 하나는 커다란 그것들과 잠시 바짝 붙어 몰두하여 교감을 나누었다. 그러나 변덕스러운 물기로 된 세상 다음에 이러한 고형체라니 끔찍하면서도 종말론적이었다. 그 고형체는 배의 선체가 그럴 것처럼 활기차지 않았고, 무자비했으며 공황의 어머니만 같았다. 목적도 없이 제 볼일들을 보러 다니는 수천 해리에 달하는 물을 가로막다니 그 고형체가 월권을 저지른 것이고 그런고로 세상은 이곳에서 급작스러운 전쟁통으로 뛰어들었다. 그는 자신이 들어 올려져 삿갓조개로부터 멀어지고 뒤집히고 잡아당겨지고 해초와 암흑 속으로 떠밀려 내려가는 것을 느꼈다. 밧줄들이 그를 붙들었다가 미끄러지면서 놓아주었다. 그는 빛을 보았고 공기와 포말을 한 모금 들이켰다. 쪼개진 안벽(岸壁)에 더해 그 위로 솟구쳐 자라나는 물보라의 나무들을 일별했고 대서양 한가운데에 이런 바윗덩이가 둥둥 떠 있는 광경이 너무도 사위스러웠던 나머지 그는 그것이 야수라도 되던 것처럼 비명을 지르느라고 공기를 허비했다. 그는 아래쪽의 초록색 평온 속으로 들어갔다가는 올라갔고 이에 모로 떠밀렸다. 바다는 더는 그를 가지고 놀지 않았다. 제 야생적인 움직임은 억류하고 그를 살포시 안아 레트리버가 새를 가져오듯이[15] 섬세하고 신중한 동작으로 그를 실어 날랐다. 발과 무릎 여기저기로 딱딱한 것들이 그에게 닿았다. 바다는 그를 살포시 내려놓은 다음 후퇴했다. 그의 얼굴과 가슴, 이마 옆쪽으로도 딱딱한 것들이 닿고 있었다. 바다가 되돌아와서 그의 얼굴을 둘러 알랑거리며 그를 핥았다. 그는 실행되지 않은 움직임들을 생각했다. 바다가 되돌아왔고 그는 다시금 움직임들을 생각했고 이번에는 바다가 그의 몸무게 대부분을 앗아 갔기에 그 움직임들은 실행되었다. 그 움직임들은 그를 앞쪽으로, 딱딱한 것들 위로 이동시켰다. 파도 하나하나와 움직임 하나하나가 그를 앞으로 이동시켰다. 그는 바다가 그의 발 냄새를 맡는다고 달려 내려가더니만 되돌아와서 팔 아래로 코를 디미는 것을 느꼈다. 바다는 이제 그의 얼굴을 핥지 않았다. 그의 앞쪽으로는 하나의 패턴이 있어 아치들 아래 공간을 온통 점령했다. 그 패턴엔 아무 의미도 없었다. 바다가 그의 팔 아래로 다시 코를 디밀었다.

그는 가만히 누웠다.

---

15) '가져오는 자'라는 의미의 '레트리버(retriever)'라는 견종의 이름은 해당 견종이 훈련되어 사냥할 때 쏘아진 새 등의 사냥감을 상처 없이 가져온다는 점에서 유래했다.

2장

그 패턴은 흑백이었지만 대체로 하얬다. 그것은 두 개의 층으로 존재하여, 한 층 뒤에 다른 층이, 눈 한쪽당 층이 하나씩 있었다. 그가 무엇도 생각하지 않고, 무엇도 하지 않는 사이 그 패턴은 약간 바뀌더니 작은 소음들을 냈다. 뺨 아래의 딱딱함들이 자기주장을 하기 시작했다. 그것들은 압박감의 수준을 넘어 열기 없는 작열감으로, 국부적인 통증으로 나아갔다. 마치 시큰한 이가 들볶듯이 그것들이 자기주장하는 정도가 지독해져 갔다. 그것들은 그를 다시 그 자신에게로 끌어들이고 다시금 그를 단일의 존재로 조직하기 시작했다.

그러나 그를 처음 소생시킨 것은 통증도 아니고 흑백의 패턴도 아닌, 소음들이었다. 바다는 그를 매우 조심스레 다룬 바였으나 다른 곳에서는 계속해서 포효하고 쿵쾅대고 제 위로 무너졌다. 바람 역시 비굴한 물 말고 결투할 무언가가 주어진 터라 암석 주위에서 쉭쉭대고 바위틈 속에서 돌풍성으로 호흡하고 있었다. 이 모든 소음들이 만들어 낸 언어는 컴컴하고도 초연한 머릿속으로 억지로 저를 밀어 넣고는 머리에게 제가 어딘가, 어딘가에 있었노라고 확신시켰고, 그러다가는 마침내 바람과 물의 소리를 이기는 갈매기의 울음소리로 팡파르를 울리며, 암중모색하는 의식에 대고 언명했다. 네가 어디 있든지, 너는 이곳에 있노라!

  그러자 그는 불현듯 거기서, 통증을 참아 내면서도 자기 몸을 떠받치던 고형물과 깊이 교감을 나누고 있었다. 그가 눈이 어떻게 사용되어야 마땅한지를 기억해 내고는 시야의 두 선을 다붙이니 패턴들이 융합되며 거리감을 형성했다. 조약돌들이 그의 얼굴에 바짝 붙어 그의 빰과 턱을 짓눌렀다. 그것들은 하얀 석영으로, 둔탁해지고 둥글어진 것이 감자 모양들이 모인 잡동사니였다. 그것들이 하얗다는 것은 누런 얼룩들과 한층 어두운 물질의 부스러기들로 검증되었다. 그것들 너머에는 더욱 하얀 물체가 있었다. 그는 그것을 호기심 없이 고찰하면서 표백된 주름들, 시퍼런 손톱 뿌리들, 손끝의 물결 모양 주름들을 알아차렸다. 고개를 움직이지 않고 눈으로 손의 선을 따라서 다시 방수복의 한쪽 소매, 한쪽 어깨가 시작되는 곳까지 좇아갔다. 그의 눈은 조약돌로 돌아가 마치 그것들이 그가 별 흥미 없이 기다리고 있던 어떤 활동을 선보일 참이었던 것처럼 그것들을 한가로이 지켜보았다. 손은 움직이지 않았다.

물이 조약돌 사이사이로 괴어올랐다. 물이 조약돌들을 살짝 흔들어 보고 멈칫하다가 내려앉아 빠져나가는 사이 조약돌들이 달그락대고 찌걱댔다. 물은 그의 몸을 스치며 씻어 내려가더니 스타킹이 신겨진 그의 양발을 지그시 잡아당겼다. 물이 되돌아오는 동안 그는 조약돌들을 지켜보았고 이번에는 바다의 마지막 감촉이 그의 벌어진 입안에서 잔물결로 부서졌다. 표정 변화도 없이 그는 떨기 시작했는데, 온몸을 에워싸는 깊숙한 떨림이었다. 그의 머릿속에서는 하얀 손이 앞뒤로 움직이는 모습이 몸이 움직이는 모습과 맞아떨어졌던 탓에 저 조약돌들이 떨리고 있는 것으로 보였다. 얼굴 옆쪽 아래에서 조약돌들이 괴롭혔다.

머릿속에 들어왔다 나가는 심상들은 너무도 자그맣고 멀찍했기에 그를 방해하지 않았다. 그곳에는 어떤 여자의 몸이 하얗고도 상세하게 있었고, 어떤 소년의 몸이 있었으며, 어떤 매표소, 어떤 함정의 함교, 네온 빛으로 아득한 천공을 가로질러 인식된 어떤 명령, 갑판 승강구 사다리[16) 꼭대기의 암흑 속에서 겸허히 비켜서 있던 홀쩍하고 마른 어떤 남자가 있었으며, 잼 단지의 유리로 된 해군 군인처럼 바닷속에 걸려 있는 어떤 남자가 있었다. 조약돌들과 심상들은 비등비등했다. 가끔은 이게, 가끔은 저게 최고위를 점했던 것이다. 개개의 조약돌들은 심상들보다 딱히 크지도 않았다. 가끔 조약돌 하나가 마치 다른 세계나 다른 차원으로 통하는 창문, 외시경인 것처럼

---

16) 함정에서, 갑판으로부터 선실로 통하는 승강구에 마련된 사다리.

심상 하나에 통째로 점령되기도 했다. 말들과 소리들은 간간이 예의 외쳐진 명령처럼 형태로 눈에 보이기도 했다. 그것들은 진동하고서 사라지지 않았다. 그것들은 창조되고 나면 조약돌들처럼 단단하니 오래가는 물체들로 남았다. 이들 중 일부는 두개골 안에, 미상궁(眉上弓)의 아치와 그늘진 코 뒤편에 있었다. 그것들은 불길과 같은 딱딱함들 위쪽의 바로 그 막연한 암흑 속에 있었다. 한가로이 내다보면 그것들을 우회하여 보게 되었다.

그의 몸 위에 새로운 유의 차가움이 있었다. 한기는 몇 겹씩 욱여싸인 의복 사이사이로 등판을 타고 살살 미끄러지고 있었다. 뭉근한 불길처럼 느껴지는 것은 공기였다. 그가 이를 거의 눈치채지도 못하고 있던 중 파도 하나가 되돌아와서 입을 메우는 통에 숨이 막혀 몸이 떨리는 리듬이 끊기게 되었다.

그는 실험해 보기 시작했다. 한쪽 다리, 그런 다음에는 반대쪽 다리의 무게를 끌어 올릴 수 있다는 걸 발견했다. 그의 손은 뱅 돌아 머리 위로 기어갔다. 그는 반대편 어딘가에 다른 쪽 손이 있다고 주도면밀하게 추리하고는 그쪽으로 전갈을 보냈다. 그는 그 손을 찾아내어 손목을 움직였다. 손에는 여전히 손가락들이 있었는데, 손가락들이 움직여져서가 아니라 한번 밀어 보자 나무처럼 뻣뻣한 그 손끝들이 보이지 않는 조약돌들을 떠미는 게 느껴져서였다. 그는 네 개의 팔다리를 가까이 들인 다음 헤엄치는 움직임들을 취하기 시작했다. 추위로 인한 떨림이 거들어 주었다. 이제 숨은 빠르게 들락날락했고 심장도 다시 달음박질하기 시작했다. 조리에 닿지 않는 심상들은 사라졌고 그곳에는 조약돌들과 조약돌의 소음들과 심장 박동밖에는 아무것도 없었다. 그는 가치 있는 생각을 했는데 그런 생각이 즉각적으로 물질적인 가치를 띠었기 때문이 아니라 그의 인격의 파편이나마 돌려주었기 때문이다. 그는 이 생각을 표현하고자 말들을 만들었지만 그것들은 이빨의 울타리[17] 밖으로 나가지 못했다.

"목성에 가면 대충 이 정도로 몸이 무겁겠지."

단번에 그는 주인이 되었다. 그는 몸이 언제나 그래 왔던 정도보다 무게가 하등 더 나가지 않는다는 것을, 몸이 탈진했다는 것을, 자신이 작은 조약돌 비탈을 기어오르려고 하고 있다는 것을 알아차렸다. 그는 얼굴에다 움푹 들어간 자국들을 만들어 준 조약돌들로부터 자국들을 들어내고는 무릎으로 밀어냈다. 치아가 맞붙으면서 뿌드득거렸다. 그는 조약돌들에 맞댄 가슴이 팽창하는 박자, 몸이 천천히 떨리는 박자를 조절하여 그런 것들이 그러잖아도 납덩이 같은 여정을 지체하지 않도록 했다. 파도 하나하나가 아래로 더 아래로 내려가 발치 쪽에서 끝나 버리는 게 느껴졌다. 여정이 너무 처절해질 때면 그는 헉헉대면서 세상이 돌아올 때까지 기다리곤 했다. 물은 더는 그의 발에 닿지 않았다.

그의 왼손 ── 숨겨져 있던 손 ── 이 달그락거리며 물러나지

---

17) 호메로스의 『일리아스』 중 제9권 408~409행에 나오는 구절이다. 원문은 다음과 같다. "사람의 영혼이 돌아온다는 것이란 영혼이 일단 이빨의 울타리 밖으로 나가 버리고 나면 약탈하려 하든 얻어내려 하든 소용이 없는 법이오."

않았던 무언가에 닿았다. 그는 고개를 돌리고 아치 아래로 올려다보았다. 얼굴 앞에는 회색빛이 도는 노란 물질이 있었다. 그것은 숨숨하니 우묵우묵 꺼져 있었고, 빨간 젤리 덩어리들이 점점이 박혀 있었다. 삿갓조개들의 노란 천막들이 구멍마다 쳐져 있었다. 그것들 위로 갈색 엽상체에 초록색 거미줄 같은 해초가 걸려 있었다. 하얀 조약돌들은 컴컴한 사각 안쪽으로까지 이어졌다. 그곳에는 모든 것 위에서 번들거리는 물막, 떨어지는 물방울들, 마구잡이로 고인 채로 놓여 몸서리치거나 해초 사이로 새어 내려가는 작은 웅덩이들이 있었다. 그는 조약돌들 위에서 몸을 틀면서 바위에 등을 맞대어 꼼지락거리며 양발을 끌어 올리기 시작했다. 이제야 그는 처음으로 양발을 보았는데, 하얀색의 방수 장화용 스타킹으로 두꺼워지고 곰 같아진 멀쩍한 돌출부들이었다. 그것들은 그의 자아를 조금이나마 더 돌려주었다. 그는 왼손을 귀 아래로 내려 들썩거리기 시작했다. 어깨가 조금 들렸다. 그는 발로 밀어 내고 손으로 잡아당겼다. 웅덩이들이 새어 내려오던 사각으로 그의 등판이 찔끔찔끔 들어가고 있었다. 고개는 쳐들린 채였다. 그는 양손으로 한쪽 허벅지를, 그다음에는 반대쪽을 가져다가 가슴 쪽으로 끌어당겼다. 그는 사각 속에다 몸을 눌러 담고 무릎 너머로 조약돌들을 내려다보았다. 입은 다시 헤벌어져 있었다.

거기다 어차피 조약돌치고는 엄청 많이 있는 것도 아니었다. 성인 남성의 신장이나 그보다 짧은 길이라면 조약돌들이 바위의 그림자 아래 만든 삼각형의 변들과 맞먹을 정도였다.

조약돌들은 바위틈을 메우고 있었고 그것들은 단단했다.

그는 눈을 조약돌로부터 떼어 내고서 눈더러 물을 뜯어보게 했다. 이쪽은 외해에 견주면 거의 평온하다시피 했는데, 그 이유는 물결이 아까 그를 빙빙 돌려 댈 때 구심점에 놓여 있던 이 암석 때문이었다. 그는 이제 저 바깥의 바위가 보였다. 그것은 이쪽 바위와 똑같은 물질로, 따개비와 포말로 회색과 크림색이었다. 파도가 매번 바위에 걸려 넘어진 탓에 물이 바위틈 양쪽으로 달려오고 쿵쾅댔지만 그와 저 크림색 바위 사이에는 몇 미터에 달하는 초록색 청수(淸水)가 있었다. 바위 너머로는 연기를 뿜으며 뻗어 나가는 바다와 그 속에 갇힌 물기 어린 햇살밖에는 아무것도 없었다.

그는 눈이 감기도록 둔 다음 눈 뒤편에서 왔다 갔다 하는 심상들을 무시했다. 그의 정신이 천천히 움직이다가 하나의 생각에 내려앉았다. 몸속에는 거의 꺼지기는 했으나 믿을 수 없게도 대서양에도 굴하지 않고 아직 그을고 있는 작은 불길이 있었다. 그는 의식적으로 그 불길 주위로 몸을 구부린 다음 그것을 보살폈다. 기껏해야 불똥 정도밖에는 되지 않았다. 그 형태상의 말들과 심상들이 절로 전개되었다.

그의 위편으로 바닷새가 울면서 기나긴 울음소리가 바람결에 떠내려왔다. 그는 불똥에게서 관심을 거둔 다음 다시금 눈을 떴다. 이번에는 그도 본인의 인격을 매우 많이 되찾은 터라 내다보고는 눈에 보이는 것 일체를 단박에 파악할 수가 있었다. 그곳에는 컴컴한 암벽들이 양쪽에 있어 한층 밝은 빛의 틀을 잡아 주었다. 물보라를 두른 바위 하나에 내려앉은 햇빛과 태양 아래로 제각기 엷은 안개를 같이 데리고 가는 물너울들의 한결같은 행진이 있었다. 그는 고개를 옆으로 돌린 다음 위쪽을 응시했다.

해초와 삿갓조개 들 위쪽에서 암석은 한층 반반해졌으며 한데로 모였다. 꼭대기에는 트인 곳과 더불어 일광과 그 사이에 끼인 구름의 낌새가 있었다. 그가 지켜보고 있자니 갈매기 한 마리가 트인 곳을 휙 가로지르더니 바람결에 울음소리를 냈다. 올려다본다고 용을 쓰느라 아파 왔다는 걸 깨닫고 그는 자기 몸으로 향해서 방수복과 더플코트 아래로 자신의 무릎이었던 혹들을 살펴보았다. 그는 단추 하나를 면밀히 쳐다보았다.

그의 입이 닫혔다가는 벌어졌다. 소리들이 나왔다. 그는 그 소리들을 재조정했고 그것들은 자신 없는 말들이었다.

"내가 널 알지. 너새니얼이 널 꿰매서 달아 줬어. 내가 달아 달라고 부탁했거든. 이걸 하면 그놈도 사병 식당에서 피신해서 잠깐 평화롭게 있을 구실이 생긴다고 하면서."

눈이 다시 감겼고 그는 서툴게 단추를 손가락으로 매만졌다.

"내가 수병이었을 때 이 방수복을 받았지. 너새니얼 전에는 로프티가 단추들을 꿰매서 달아 줬고."

그의 고개가 무릎에 대고 주억거렸다.

"전 파랑 당직 근무조.[18] 파랑 당직 근무조 집합할 것."

---

18) 당시 영국 함정에서는 당직 근무조의 이름에 색깔을 붙이기도 했다는 걸 알 수 있다.

심상들은 코골이의 단단한 형태에 의해 끊겼다. 오한은 극적인 느낌이 덜해졌으나 양팔에서 힘을 앗아 간 탓에 이내 양팔은 무릎에서 떨어져 나가 양손이 조약돌들 위에 놓였다. 고개가 흔들렸다. 코골이 사이사이에 조약돌들이 발에 닿아 딱딱했고, 발뒤꿈치가 밑면에서부터 천천히 미끄러지고 나자 엉덩이에 닿아 더욱 딱딱했다. 심상들이 너무도 혼란스러워, 그것들이 인격을 파괴해 버릴 위험 못지않게 그 불똥이 꺼져버릴 위험도 있었다. 그는 심상들 사이에서 길을 밀어붙여 나가서는 눈꺼풀을 들어 올리고 내다보았다.

저 아래 물이 조약돌들 위로 괴어오른 곳에서 조약돌들이 하늘거리고 있었다. 보다 위편에서 아까 그를 구해 준 바위는 뛰어오르는 끈 같은 포말로 거품이 칠해지고 술이 둘려 있었다. 바깥에는 오후의 광휘가 있었지만 그 바위틈은 부둣가의 변소처럼 물을 뚝뚝 떨구면서 구중중하니 냄새를 풍겼다. 그는 입에서 꽥꽥대는 소리를 냈다. 원래 그의 정신에 형성되었던 말들은 이거였다. 이 염병할 돌덩이는 어디에 있는 거지? 그러나 그런 식으로 이 컴컴한 바위틈을 모욕하자니 뭔가 위험을 무릅쓰는 것 같았기에 그는 목구멍에서 그 말들을 변형했다.

"나는 대체 어디에 있는 거지?"

단일의 점 같은 암석, 산맥의 봉우리, 수몰된 세계라는 태곳적의 턱주가리에 박힌 이빨 하나가 감도 잡히지 않도록 광대한 이 망망대해를 뚫고 튀어나와 있었는데…… 그래서 육지에서 몇 해리나 떨어져 있었던 건가? 사악한 기운이 스며, 처음 물속에서 고군분투할 때처럼 경련성으로 공황이 오는 게 아니라 깊숙하고도 광범위한 두려움이 밀려들어 그는 뭉툭한 손가락들로 바위를 집게발처럼 움켜잡게 되었다. 그는 심지어 반쯤 몸을 세워서 해초와 젤리 덩어리들에 대고 기대었다고 할지 쭈그리고 앉았다.

"생각을 해, 이 빌어먹을 머저리야, 생각을 하라고."

안개 낀 바닷물의 수평선은 바짝 붙어 있었고, 바위로부터는 물이 뛰어올랐으며 조약돌들은 하늘거렸다.

"생각해."

그는 쭈그리고 앉은 채 바위를 지켜보면서 몸을 움직이는 게 아니라 계속해서 떨고 있었다. 파도들이 바깥쪽 바위에 부딪혀 부서지면서 길들여진 탓에 바위틈 앞쪽의 물살은 질펀하니 무해하다는 점에 주목했다. 천천히, 그는 바위틈의 사각 안쪽으로 기대어 앉았다. 불똥은 타올랐고 심장은 불똥이 원하던 걸 공급해 주고 있었다. 그는 바깥쪽 바위를 지켜보았지만 거의 눈에 담지 못했다. 어떤 이름을 놓치고 있었던 것이다. 그 이름은 해도에 적혀 있었는데, 대서양 가운데로 한참 나아간 곳에서 괴상하게도 외떨어져 있었던지라 풍상을 어느 정도 웃어넘길 줄도 알았던 해군 군인들은 그 암석을 두고 우스갯소리도 했더랬다. 눈살을 찌푸리며 그는 지금 마음의 눈으로 그 해도를 보았지만 또렷이 보이진 않았다. 순양함의 항해장인 중령이 함장과 함께 해도 위로 수그리는 모습을 보았고, 자신이 항해장의 부사관으로서 준비 태세로 서 있는 동안 그들이 서로 씩 웃던 모습을 보았다. 함장은 특유의 딱 부러지는 다트머스[19]식 억양으로 말하고는…… 말하고는 웃었다.

"그 이름이 나는 영 니어 미스[20] 같은데."

그 이름이 뭐였든 간에 니어 미스였다는 거다. 그리고 현재 니어 미스 위에서 움츠러든 채 있는 거라면 헤브리디스 제도에서는 몇 해나 떨어져 있었다는 건가? 그 웃기지도 않게 뚝 떨어진 곳의 바위틈에서 깜빡대는 거였다면 불똥이 다 무슨 소용이었단 말인가? 그는 함장의 심상에다 대고 말들을 뱉었다.

"아까보다 별반 나아진 것도 없잖아."

그가 바위들을 미끄러져 내려가기 시작하면서 뼈들이 경첩을 굽혔다. 그는 사각 안쪽에 털썩 주저앉았고 고개가 떨어졌다. 그는 코를 골았다.

그러나 코골이가 외면적이었다면 내부에서는 의식이 마치 제 우리를 부단히 살펴보는 동물처럼 심상들과 계시들 틈바구니에서, 형태-소리들과 묵살된 감정들 틈바구니에서 움직이며 쑤석거리고 있었다. 의식은 상세한 여체(女體)들에는 퇴짜를 놓고, 천천히 잡다한 말들을 분류했고, 덜덜 떨리는 몸뚱이의 통증과 강구를 무시했다. 의식은 하나의 생각을 찾고 있었다. 의식은 그 생각을 발견했고, 허섭스레기로부터 분리해

---

19) 영국의 다트머스에 위치한 브리타니아 해군 사관 학교의 별칭.
20) Near miss. 폭격이나 사격에서 명중하지는 않았으나 표적에 매우 근접하게 탄환이 떨어진 상태. 소설의 배경이 된 섬은 '로컬(Rockall)'로, '아무것도 없는 상태'를 의미하는 비속어 '퍼컬(fuck all)'과 발음이 매우 비슷하여 농담의 소재가 되고 있다.

낸 다음, 들어 올려서 신체 기관을 사용하여 그것에 힘과 중요성을 부여했다.

"나는 지성적이다."

코골이의 이면에는 새까만 유예 기간이 있었다. 그러던 중 너무도 멀찍이 떨어졌던 오른손이 명령에 복종하여 방수복을 더듬거리며 잡아 뜯기 시작했다. 오른손은 덮개 하나를 들어 올리고 안으로 기어갔다. 손가락들이 노끈과 접혀 있던 접이식 주머니칼을 찾아냈다. 손가락들은 그 자리에 남았다.

눈이 깜빡거리며 뜨였기에 눈썹들의 아치가 초록 바다에게는 틀이 되었다. 잠시 눈은 바라보았고 인상들을 알아보지는 못하는 채로 수용했다. 그러더니만 온몸이 벌떡 튀어올랐다. 불똥은 불꽃이 되었고, 몸은 허우적대며 쭈그렸으며 손은 방수복 호주머니에서 홱 튀어나와 암석을 붙잡았다. 눈은 응시하는 채였고 깜빡이지도 않았다.

눈이 지켜보는 동안 파도 하나가 바깥쪽 바위를 맑게 넘어갔던지라 물 안쪽의 갈색 해초가 보였다. 조약돌들 너머의 초록색 춤사위는 소란했다. 포말의 선이 부서지더니 조약돌들 위로 그의 발치까지 쉭쉭대며 다가왔다. 포말은 내려앉아 빠져나갔고 조약돌들은 이빨처럼 딱딱거렸다. 그가 이 파도 저 파도를 지켜보는 사이 파열하는 포말은 조약돌들을 많이 더 많이 삼켜 가면서 돌아갈 때 눈에 보이는 수량을 점점 적게 남겨 두었다. 바깥쪽 바위는 더는 장벽이 아니고 그저 방어물 시늉을 할 뿐이었다. 연기를 뿜는 초록 바다가 불가항력으로 전진해 오면서 바위틈은 점점 더 직통으로 연결되어 가고 있었다. 그는 외해로부터 홱 틀어서 암석 쪽으로 돌아보았다. 저 컴컴하니 공중화장실 같은 바위틈은 저런 물을 뚝뚝 떨구는 해초를 달고서, 조개와 젤리라는 저런 고착되어 지성이 없는 생명체를 달고서는 달의 예우 덕분에 하루에 단 두 번 뭍이 되었다. 확실한 땅처럼 느껴졌지만 그것은 바다의 함정으로, 공기 호흡을 하는 생명체에게는 간밤의 물컹하니 사나운 바다와 수직의 해리만큼이나 용납할 수 없는 것이었다.

갈매기 한 마리가 그와 더불어 괴성을 질러 주었기에 그도 본인 속으로 되돌아왔고, 바위에 이마를 기댄 다음 심장이 진정되기를 기다렸다. 포말의 탄환 하나가 그의 발을 넘어갔다. 그는 발을 지나쳐 아래를 내려다보았다. 딛고 설 조약돌이 더 줄어 있었고 그가 아까 물가로 휩쓸려왔을 때 손에 맞닿았던 조약돌들은 30센티미터 높이로 깡충대는 바닷물 아래에서 노랑과 초록이었다. 그는 다시금 바위를 돌아보고 소리 내어 내뱉었다.

"기어오르자!"

그는 돌아보았고 바위틈 속에서 붙들 곳들을 찾아냈다. 고를 만한 선택지는 많았다. 그곳들의 축축한 돌출부들에 갖다 대니 그의 양손은 형편없이 퉁퉁 불어 터진 물건이 아닐 수 없었다. 그는 잠시 바위에 기대어 신체의 자원을 끌어모았다. 오른쪽 다리를 들어 올려서 재떨이 같은 구덩이에다 발을 떨궜다. 그 재떨이에는 모서리가 있었지만 날카로운 모서리는 아니었기에 발에서는 아무 느낌도 나지 않았다. 그는 해초가 무성한 표면에서 이마를 떼어 내 오른쪽 다리가 쭉 펴질 때까지 몸을 끌어 올렸다. 왼쪽 다리가 휙 휘둘리더니 쿵 부딪혔다. 그는 암붕(岩棚)에 발가락을 올려 두고는 그렇게, 조약돌들로부터 고작 몇 인치 떨어져서 독수리처럼 대자로 뻗은 채로 있었다. 바위틈이 얼굴께로 치솟았고 그는 컴컴한 사각 속에서 남몰래 방울방울 떨어지는 적하(滴下)의 평화가 부러운 듯이 그것을 쳐다보았다. 시간이 방울방울 지나갔다. 예의 심상 두 개가 표류해 흩어졌다.

조약돌들이 그의 아래쪽에서 달가닥거렸고 마지막으로 핥아 보는 물이 바위틈으로 튕기듯 들어왔다. 그는 고개를 떨구고 내려다보아 시선을 구명대 너머로, 방수복의 벌어진 옷자락 틈새로, 젖은 조약돌들이 바위틈의 사각 안쪽에 놓여 있던 곳으로 옮겼다. 그는 방수 장화용 스타킹을 보고 생각으로 자기 발을 다시 그 속에 넣었다.

"지금까지 방수 장화를 신고 있을걸."

그는 오른쪽 발의 위치를 신중하게 바꾸고 왼쪽 무릎을 빳빳이 수직으로 고정하여 힘들이지 않고 몸무게를 지탱했다. 그의 발은 특이한 방식으로 선택적이었다. 날카로운 곳이 있지 않았던 한 발에서는 암석이 느껴지지 않았다. 발이 그에게 아픔을 줄 때나 그에게 발이 보일 때에만 그제야 발은 그의 일부가 되었다.

한 파도의 후미가 사각 속으로 곧장 내뻗었고 텀벙 소리와 함께 정점에 부딪혔다. 하나의 물보라 줄기가 다리 사이로 구명대를 지나 뛰어올라서 얼굴을 적셨다. 그는 소리를 자아냈고 그제야 자신이 두르고 다니던 육체의 연장선이 얼마나 감당할 수 없는 것인지 깨달았다. 그 소리는 목구멍에서 시작되어 부글거리다가 그 자리에 남았다. 입은 가담하지는 않았으나 벌어져 있던 터라 아래턱이 뻣뻣한 방수복 옷깃에 늘어져 놓인 채였다. 부글대는 소리가 증가했고 그는 치아를 딱 맞부딪혔다. 치아와 윗입술이라는 얼어붙은 물질 사이로 말들이 비틀려 나왔다.

"죽은 사람 같잖아!"

또 하나의 파도가 안쪽에 이르렀고 물보라가 그의 얼굴에 흘러내렸다. 그는 기어오르는 데 용을 쓰기 시작했다. 복잡한 안벽을 올라가다 보니 더는 삿갓조개도 홍합도 없었고 본인 몸과 자그마한 따개비들과 초록으로 얼룩진 해초 말고는 암석에 달라붙은 것도 없었다. 그러는 내내 바람이 그를 바위틈으로 밀어 넣었고 바다는 퍼뜨려진 소음들을 냈다.

바위틈이 좁아지던 끝에 그의 몸보다 썩 폭이 넓지 않은 트인 곳을 통해 머리가 튀어나왔다. 그는 양쪽에 팔꿈치를 떼밀어 둔 다음 올려다봤다.

그의 얼굴 앞에서 암석은 바위틈의 가장 좁다란 부위 위로 넓어지면서 깔때기가 되었다. 깔때기의 옆면들은 아주 반반하지는 않았으나, 마찰력으로 몸 하나를 받쳐 주기를 거부할 만큼은 반반했다. 옆면은 마치 지붕의 각도처럼 암석의 꼭대기까지 경사져 내려왔다. 그의 얼굴로부터 꼭대기에 있는 절벽 같은 깔때기 끄트머리까지의 길은 성인 남성 신장의 두 배 가까이 되었다. 그는 붙들 곳들을 탐색하며 천천히 고개를 돌려 보기 시작했지만 마땅한 곳은 하나도 보이지 않았다. 중턱쯤

에야 함몰된 곳이 하나 있었지만 붙들 곳이라기에는 너무 얕았다. 뭉툭해진 손가락들로 저 둥글어진 가장자리를 붙들면 절대 안전하지 못할 터였다.

사각 밑바닥에서부터 쿵 소리가 찾아왔다. 고체 같은 물이 사각 속으로 발사되어서 파열하고는 다시금 휩쓸고 내려갔다. 그는 구멍대 너머, 본인의 두 발 사이를 들여다보았다. 조약돌들이 흐릿해졌다가 한순간 또렷이 나타나더니만 밀려드는 초록 물 아래로 사라졌다. 그의 몸과 암석 사이에서 물보라가 발사되어 올라갔다.

그는 몸을 끌어 올린 끝에 허리 위쪽의 몸이 경사면을 따라 앞으로 숙이고 있도록 했다. 양발은 팔꿈치가 있었던 디딜 곳들을 찾아냈다. 무릎이 천천히 펴지는 사이 그는 헉헉대며 호흡했고 오른팔이 그의 앞쪽으로 뻗어 나갔다. 손가락들이 함몰된 곳의 뭉툭해진 가장자리에 대고 죄어들었다. 잡아끌었다.

그는 디딜 곳에서 한쪽 발을 떼어 내어 무릎을 찔끔찔끔 올렸다. 반대쪽 발도 이동시켰다.

그는 사각의 꼭대기에서부터 고작 몇 인치 거리에, 한쪽 손과 몸의 마찰력으로 붙들린 채 매달려 있었다. 오른손 손가락들이 부들대더니만 굴복했다. 손가락들은 둥글어진 가장자리 위로 미끄러졌다. 그의 전신이 미끄러져 내려갔고 그는 다시 바위틈의 꼭대기에 돌아와 있었다. 그는 눈 옆의 암석을 보지 않은 채 가만히 있었고 오른팔은 그의 위쪽으로 뻗어 있었다.

바다가 바위틈을 장악하고 있었다. 수 초마다 그의 아래쪽에서는 파도가 찾아와 쿵 부딪히고 되돌아갔다. 묵직한 물방울들이 떨어지더니 그의 얼굴 앞쪽의 깔때기 표면에서 흘렀다. 그러고 나면 파도 하나가 폭발했고 물이 그의 다리 위로 폭포처럼 쏟아졌다. 그는 얼굴을 들어 올려 암석에서 떼었고 그 으르렁대는 표정은 그의 뻣뻣한 근육들과 씨름했다.

"삿갓조개처럼."

그는 바위틈 꼭대기에서 몸을 구부린 채 잠시 누워 있었다. 조약돌들은 더는 사각 안쪽에서 나타나지 않았다. 조약돌들이란 물보라가 한바탕씩 몰아치는 사이사이 저 자신들이 담긴 하늘거리는 기억에 지나지 않았다. 그러더니 조약돌들이 사라지고, 암석도 함께 사라지더니 재차 찾아온 폭발과 함께 물이 그를 머리부터 발끝까지 강타했다. 그는 얼굴에서 물을 털어 냈다. 그는 마치 물 같은 건 상관없었다는 듯이 바위틈을 내립떠보고 있었다.

그는 외쳤다.

"삿갓조개처럼!"

그는 발을 내려놓고 디딜 곳을 더듬었고, 결연히 몸을 낮추면서 물살이 그를 강타하고 돌아갈 때마다 매달렸다. 그는 숨을 참았다가 파도가 그를 떠날 때마다 뱉어냈다. 물은 이제 차갑지 않았고 오히려 강력했다. 더욱 가까이 조약돌들로 몸을 낮출수록 더욱 세게 들이받혔거니와 물살이 되돌아갈 때마다 그를 아래로 몰아 대던 무게감이 더욱 육중해졌다. 그가 디딘 곳을 놓치고 마지막으로 올라온 몇 인치를 떨어졌더니 그 즉시 파도 하나가 그를 삼켜서 사각 속으로 야만스레 떠밀어 버

린 다음 그를 떼어 내려고 했다. 파도 사이사이에 그가 비치적
대며 발을 딛자 물은 조약돌 위로 무릎 높이까지 올라왔고 조
약돌들은 그의 아래쪽에서 밀려났다. 그는 사족을 짚고 엎어
져서 사각 후면을 강타한 초록색 무더기 속에 모습이 감추어
졌다가 나무 몸통 모양의 물보라 속을 기어올랐다. 사각을 비
치적대며 돌아다니다가는 양손으로 붙들었다. 물이 그를 잡
아 뜯었지만 그는 버텨 냈다. 그는 칼을 빼낸 다음 칼날을 펼
쳤다. 아래로 휙 수그리니 그 즉시 그의 눈앞에 암석과 해초의
광경들이 있었다. 바다의 대소동이 귓속의 이명음으로 내려앉
았다. 그러다 그가 다시 일어나 칼은 자유로이 휘둘리고, 손안
에는 삿갓조개 두 개가 쥐여 있는데 바다가 그를 때려눕히고
는 머리를 박은 채 세워 두었다. 그는 암석을 찾아내어 되돌림
파에 대항하며 달라붙었다. 한순간 파도들이 그를 떠나자 그
는 마치 영역이라도 쟁취해 내는 듯 입을 열고 대기 속에서 헉
헉댔다. 사각 속에서 디딜 곳들을 찾아내자 바다가 폭발하여
그를 위로 떠미는 바람에 이제 그가 분투하는 목적은 아래쪽
에서 몸을 통제하에 두는 것이 되었다. 매번 강타당하고 나면
그는 내리닥치는 물살을 피하고자 몸을 납작하게 했다. 그가
일어설 무렵에 바다는 납덩이처럼 힘찬 제 특성은 잃었으나
한층 사감을 담아 사나워졌다. 그의 의복을 잡아 뜯었고, 사
타구니를 때렸고, 방수복을 천막처럼 부풀려 올린 끝에 옷자
락이 허리 위로 구겨지게 했다. 그가 내려다보기라도 하면 물
은 그의 얼굴에 곧장 닥쳐왔고 그게 아니면 내장을 때리고 그
를 위로 떠밀었다.

그는 가장 좁다란 부위에 이르러서 떠밀려 통과했다. 물이 다시 콸콸 흘러간 뒤에 눈을 뜨고 포말이 얼굴에 줄줄 흘러내리는 사이 젖은 호흡을 했다. 머리끄덩이 하나가 딱 콧날에 찰싹 들러붙어 있었고 그 머리끄덩이의 끄트머리가 두 갈래인 것이 보였다. 여울이 다시 그에게 부딪혔고 폭포가 쇄도하며 돌아갔는데 그는 여전히 그곳에, 깔때기가 시작되는 바위틈의 가장 좁다란 부위에 본인 몸무게에 의해 끼워진 채였고 몸은 떨리고 있었다. 그는 경사면에 대고 앞으로 누워서 다리를 펴기 시작했다. 얼굴이 바위에 맞대진 채 올라갔고 급류가 그의 위를 휩쓸며 돌아갔다. 그는 방수복의 주름들 속을 더듬기 시작했다. 삿갓조개 하나를 끄집어내어 허리께의 암석에다 배치했다. 물이 다시 왔다 갔다. 그는 칼을 뒤집어서 손잡이로 그 삿갓조개 꼭대기를 톡톡 두드렸다. 삿갓조개는 모로 약간 휘청이더니 암석에다 절로 흡착했다. 무게감이 그를 짓눌렀고 그렇게 남자와 삿갓조개가 함께 암석에 고착되었다.

그의 양다리는 쫙 펴진 채 뻣뻣했고 눈은 감겨 있었다. 그는 오른팔을 원을 그리며 빙 가져와서 자기 위편을 만져 보았다. 붙들기에는 너무도 반반했던 뭉툭해진 함몰부를 찾았다. 그의 손이 돌아왔고 침수되었다가 방수복 안을 더듬거렸다. 그는 손을 빼냈고 그 손이 주위로 또 위로 기어갈 무렵에는 손아귀에 삿갓조개 하나가 있었다. 남자는 자기 얼굴에서 1~2인치 떨어진 암석을 쳐다보고 있었지만 흥미롭게 쳐다본 건 아니었다. 남아 있던 생기랄 것은 기어가는 오른손에 집중되어 있었다. 손은 예의 뭉툭해진 구멍을 찾아서 그 가장자리 너머에다 삿갓조개를 설치했다. 몸은 몇 인치 들어 올려져서 물이 되돌아가기를 기다리며 미동 없이 있었다. 여울이 지나가고 나자 손이 돌아와 칼을 가지고 올라가서 암석에 대고 무턱대고 툭툭 두드렸다. 손가락들이 뻣뻣하게 탐색하더니 그 삿갓조개를 찾아서는 칼 손잡이로 쳤다.

그는 얼굴을 틀어 파도를 또 한 차례 견뎌 낸 다음 자기 위쪽의 삿갓조개를 심각하게 검토해 보았다. 그의 손이 칼을 놓아 버리자 그것은 미끄러져 달각대다가 그의 허리춤에 미동 없이 걸렸다. 그는 구멍대의 꼭지를 잡고는 끄트머리를 돌려 열었다. 숨을 내쉬었고 그의 몸이 깔때기 안에서 약간 납작해졌다. 그는 고개를 옆면으로 내려 둔 다음 아무것도 하지 않았다. 그의 입 앞쪽에서 암석의 축축한 표면은 살짝 흐릿해졌고 규칙적으로 그렇게 흐릿해진 자국은 폭포가 되돌아오면서 지워졌다. 가끔은 늘어뜨려진 칼이 달가닥거리곤 했다.

다시금 그는 얼굴을 틀어 올려다보았다. 손가락들이 저 삿갓조개에 대고 죄어들었다. 이제 오른쪽 다리가 움직이고 있었다. 손가락들이 아까 두 번째 삿갓조개를 찾아다녔듯이 발가락들도 부들부들 떨면서 첫 번째 삿갓조개를 찾아다녔다. 발가락들이 삿갓조개를 찾진 못했지만 무릎이 찾았다. 손은 아귀힘을 풀고 무릎으로 내려와서 다리의 그쪽 부위를 들어 올렸다. 뻣뻣한 얼굴 뒤쪽의 으르렁대는 표정이 삿갓조개를 오금 속 통증으로서 감지했다. 치아가 악물렸다. 온몸이 꿈틀거리기 시작했고, 손은 보다 높이 있던 삿갓조개로 되돌아가 잡아당겼다. 남자는 지붕의 경사면을 옆으로 올라갔다. 왼쪽 다

리가 들어왔고 방수 장화 스타킹으로 첫 번째 다리가 밀려나
버렸다. 발의 옆면은 삿갓조개에 맞닿아 있었다. 다리가 쫙 펴
졌다. 또 한 차례의 급류가 되돌아와서 휩쓸어 내렸다.

　남자는 한쪽 발을 삿갓조개 위에 두고, 주로 마찰력에 의
해 붙들린 채 누워 있었다. 한데 그의 발은 삿갓조개 하나에
올라가 있었고 두 번째 삿갓조개는 그의 눈앞에 있었다. 그가
위로 내뻗자 반대쪽 손이 여전히 그의 얼굴 옆 삿갓조개를 움
켜쥐고 있었다는 전제하에 그의 손가락들이 찾아낸, 어쩌면
붙들 만한 곳이 있었다. 그는 위로, 위로, 위로 움직였고 그러
자 그의 손가락들에 적합한 모서리가 나왔다. 오른팔이 올라
가서 붙들었다. 그는 양팔로 잡아끌고 양다리로 떠밀었다. 그
는 그 모서리 너머로 암석 도랑을 보았고, 바다를 일별했으며,
바위들과 뒤죽박죽 위쪽의 백색 물질을 보았다. 그는 앞으로
거꾸러졌다.

3장

그는 어느 도랑 안에 누워 있었다. 풍화된 암벽과 그의 눈으로부터 뻗어 나가는 기다란 물웅덩이가 보였다. 그의 몸은 이 풍경과는 아무 관련이 없는 어떤 다른 장소에 있었다. 그것은 그에게서 뒤처져 벌어지고 흩어졌기에 그의 양다리는 각기 다른 세상들에 있고 목은 비틀린 채였다. 그의 오른팔은 몸 아래에 구부러져 있고 손목은 접혀 있었다. 이 손이, 그리고 그의 옆구리를 누르는 손마디의 딱딱한 압력이 감지되었지만 어마어마한 수고를 들여 움직일 근거가 될 만큼 통증이 극심하지는 않았다. 그의 왼팔은 도랑을 따라 뻗어 나갔으며 물에 반쯤 뒤덮여 있었다. 오른눈은 여기 물에 너무도 가까웠던지라 눈을 깜빡여서 속눈썹이 수막에 걸리자 표면장력으로 살짝 잡아당기는 기운이 느껴졌다. 그가 수면을 의식적으로 보게 될 무렵에 물은 다시금 납작해진 터였지만 그의 오른쪽 뺨과 입꼬리가 물속에 있던지라 진동을 일으키고 있었다. 다른 쪽 눈은 물 위에 있어 도랑을 내려다보고 있었다. 도랑의 안쪽은 더러운 흰색이었는데, 하늘로부터 반드르르하게 반사되는 상 이상의 것으로 기이하리만치 하였다. 그의 입꼬리가 따끔거렸다. 이따금씩 수면은 잠시 잠깐 얽게 되었고 얽은 자국 하나하나로부터 수면 위로 희미하게 뒤얽히는 원들이 퍼져나갔다. 그의 왼눈은 그것들을 지켜보았는데 두개골이 안와 둘레로 휩쓸듯 이어진 자리에 있던 일종의 암흑으로 된 아치를 통하여 바라보는 채였다. 밑바닥에 거의 일직선으로 있는 것은 그의 코의 피부색이었다. 아치를 채우는 것은 빛나는 물의 수평이었다.

그는 천천히 생각하기 시작했다.

나는 어느 도랑으로 굴러떨어졌다. 머리는 저기 저편에 대고 떼밀렸고 목은 비틀렸다. 양다리는 다른 암벽 너머로 공중에 올라가 있는 게 틀림없다. 내 허벅지가 아픈 건 무거운 양다리가 암벽의 가장자리를 지렛목 삼아 누르고 있기 때문이다. 오른쪽 발가락들이 그쪽 다리의 나머지 부분보다 더 상했다. 내 손은 몸 아래쪽에 접혀 있고 그런 연유로 갈빗대에서 국부적인 통증이 느껴지는 것이다. 내 손가락들은 목재로 만들어져 있을지도 모르겠다. 물 아래 저 근처에 있는 저 흰색보다 흰색은 내 손으로서, 숨겨져 있다.

대기 중에는 떠내려오는 괴성이, 꽥꽥대는 울음과 날개의 퍼덕임이 있었다. 갈매기 한 마리가 도랑 끄트머리의 암벽 위에서 다리와 갈고리발톱을 내민 채 몸을 넓게 펼치고 제동을 걸고 있었다. 갈매기는 도랑을 향해 성난 포효를 내질렀고, 넓게 펼친 양 날개가 부여잡을 곳에 다다르더니 암석에서 고작 40~50센티미터 높이에 퍼덕거리며 걸려 있었다. 바람이 그의 뺨을 식혔다. 물갈퀴가 달린 양발이 올라붙고 날개가 진정되더니 그 갈매기는 옆걸음질 치듯 활공하여 가 버렸다. 갈매기가 지나가느라 소란스러워진 통에 하얀 물에 파동이 생겨 그의 뺨, 감긴 눈, 입꼬리에 부딪혀 왔다. 따가움이 증가했다.

행동을 강제할 만큼 날카로운 통증은 없었다. 그 따가움마저도 뇌리 바깥에 있었다. 그의 왼눈은 물속에 있는 흰색보다 흰색인 그의 손을 지켜보았다. 기억 속 심상들의 일부가 돌아왔다. 그것들은 암석을 기어오르며 삿갓조개들을 배치하는 한 남자에 관한 새로운 심상들이었다.

심상들은 따가움보다도 더 그를 동요시켰다. 심상들은 그의 왼손은 수면 아래에서 오그라들게 하고 방수복이 입혀진 팔은 물속에서 뒹굴게 했다. 그의 호흡이 갑자기 격렬해진 탓에 파동이 도랑을 따라 잔물결로 나아가서 엇걸렸다가 되돌아왔다. 잔물결 하나가 그의 입안으로 철벅 튀겼다.

그러는 즉시 그는 경련이 일어 몸부림치고 있었다. 양다리가 발버둥치며 옆으로 휘둘렸다. 머리는 암석에 맷돌질하며 돌아갔다. 그는 양손으로 하얀 물속을 허우적대다가 몸을 들어 올렸다. 얼굴 위로 흐르는 지나치게 미끈한 물기와 오른쪽 눈초리에서 선명하게 찌르는 통증이 느껴졌다. 그는 퉤 뱉어 내고 으르렁댔다. 두껍게 층층이 쌓인 더러운 흰색에 몇 인치

높이로 갇힌 용액이 있는 도랑들과, 초록 바다 위로 활공하여 가는 갈매기 한 마리를 그는 일별했다. 그러던 그가 몸을 억지로 내몰고 있었다. 그다음 도랑 속으로 고꾸라져서는 암벽 위로 몸을 질질 끌고 갔고 깨진 암석의 뒤죽박죽을 보고서 미끄러져 발을 헛디뎠다. 그는 내리막길을 가고 있었고 가는 도중에 고꾸라졌다. 넙데데한 바위들 주위로는 움직이는 물이, 혼재된 해조류 생명체가 있었다. 바람이 그와 함께 내려가면서 앞쪽으로 몰아댔다. 그가 앞으로 가는 한 바람은 흡족해했지만 그가 한순간 조심한답시고 멈추기라도 하면 바람이 그의 균형 잡히지 않은 몸을 아래로 떠밀어 버려 그는 긁히고 부딪혔다. 외해와 하늘이라든지 전체적인 암석이랄 것은 그다지 보이지 않았고 그저 언뜻언뜻 밀접하게 존재하는 것이, 어떤 금이나 지점, 당장이라도 한 대 칠 태세였던 한 뼘 넓이의 노르스름한 표면, 비인간적으로 그를 때려 대던, 그의 몸을 쳐서 밝게 번쩍이는 빛을 유발하던 피치 못할 암석 주먹들이 보일 따름이었다. 눈초리의 통증도 그와 동행했다. 이것이 그 모든 통증 중에서도 가장 중요한 통증이었던 건 이게 그가 거주하던 컴컴한 두개골 속으로 현재 바늘을 찔러 넣었기 때문이다. 이 통증은 피할 도리가 없었다. 그의 몸이 그 통증을 중심으로 돌아갔다. 그러더니 그는 갈색 해초를 쥐고 있었고 바다가 그의 머리 위로, 또 어깨 너머로 휩쓸어 가고 있었다. 그는 몸을 끌어 올려서 윗면에 걸쳐 물웅덩이가 있는 납작한 바위에 누웠다. 그는 물속에서 얼굴 옆쪽과 눈을 앞뒤로 굴려 보았다. 양손도 살살 움직여 보았기에 물이 휙휙 휘둘렸다. 양손은 물을 떠나 주위로 뻗어 가서 초록 해초의 얼룩들을 그러모았다.

그는 무릎을 대고 일어서서 눈과 얼굴 오른쪽에다가 초록 얼룩들을 갖다 댔다. 삿갓조개들로 올록볼록해진 빈터와 진영들[21]에 더해 젤리들 틈바구니의 암석에다 등을 대고 털썩 앉아서 딱지로 덮인 저 따개비들이 저들 멋대로 그를 아프게 하도록 내버려 두었다. 그는 허벅지에 왼손을 살포시 놓아둔 다음 손을 곁눈질했다. 손가락들은 반쯤 구부러져 있었다. 피부는 흰색이었던 가운데 안에서 퍼런색이 비쳐 보였으며 주름들이 규칙적인 형상으로 표면을 갈랐다. 컴컴한 아치 뒤편의 두개골 속에서 예의 바늘이 그를 좇아 내뻗었다. 그가 눈알을 움직이면 그 바늘도 움직였다. 눈을 떴더니 눈이 그 즉시 초록 해초 속에서 물로 채워졌다.

그는 콧방귀를 뀌고 가슴속 깊이에서 소리들을 내기 시작했다. 그것들은 소리로 된 딱딱한 응어리들만 같았기에 나오면서 그를 홱홱 비틀었다. 눈 각각에서 소금물이 더 나와서 바다의 흔적들과 그의 뺨에 닿은 용액에 합류했다. 그의 온몸이 덜덜 떨리기 시작했다.

더 멀리 아래쪽으로는 한 암붕 위에 보다 깊은 물웅덩이가 있었다. 그는 무거운 몸을 이끌고 천천히 기어 내려가 찔끔찔끔 몸을 건너가게 하여 다시 물속에 오른쪽 뺨을 집어넣었다.

---

21) 삿갓조개는 이동했다가 매일 똑같은 자리로 돌아오기에 그 자리 주위가 삿갓조개가 흡착해서 생긴 원형 자국으로 올록볼록해진다.

눈을 떴다 감았다 해서 바늘이 있는 눈초리를 물이 왈칵 씻어 내도록 했다. 기억 속 심상들은 너무도 멀찍이 떠나 버린 터라 무시될 수 있는 수준이었다. 그는 주변을 더듬다가 양손을 물웅덩이에 푹 찔러 넣었다. 이따금씩 웬 딱딱한 소리가 그의 몸을 홱홱 비틀었다.

아까의 바다 갈매기가 다른 갈매기들과 함께 돌아왔고, 그에게도 머리 위에서 갈매기들이 저들의 항적처럼 얽히고설키는 울음소리들을 내는 게 들려왔다. 바다로부터 나는 소음들도 있었는데, 그의 귀 아래편의 물기 어린 꾸르륵 소리들과 물너울들이 내달리는 쿵 소리로서 암석 본토에 덮이기야 했으나 그래도 옆걸음질로 둘러 와서 바위들 사이와 틈새 속으로 간접적으로나마 파생된 소리를 보낼 수 있던 것들이었다. 통증을 무시해야 한다는 발상이 그의 암흑 속 중심부에 찾아와 들어앉으니 거기선 그가 그 발상을 피할 도리가 없었다. 그는 바늘이 움직여 댐에도 불구하고 양쪽 눈을 뜨고서 표백된 양손을 내려다보았다. 그는 중얼거리기 시작했다.

"쉼터. 쉼터를 마련해야 해. 안 그러면 죽는다."

그는 고개를 신중하게 돌렸고 자신이 왔던 길을 올려다보았다. 내려오는 도중에 그를 타격했던 단편적인 암석 부분들이 이제 서로의 일부로서 눈에 들어왔다. 그의 눈은 한 번에 몇 미터씩을, 예의 바늘이 찔러 대어 그에게서 물이 나오게 하면서 어찔어찔해졌던 지면들을 담았다. 그는 암석을 다시 기어오르려고 덤벼들었다. 바람은 가벼워졌으나 뚝뚝 떨어지는 비의 자락들은 여전히 그의 위에 떨어졌다. 그는 성인 남성이 양팔로 잴 수 있는 정도보다 높지 않은 절벽으로 몸을 끌어 올렸지만 그것은 각개의 사지들로서는 상당한 준비와 숙고를 하며 타개해야 하는 장애물이었다. 그는 한동안 그 자그마한 절벽 정상에 누워서 습기가 찬 가운데 짬짬이 높이 솟은 암석을 올려다보았다. 하얀 도랑들이 그를 기다리던 고지대 바로 위에 태양이 놓여 있었다. 햇빛은 구름들, 그리고 안개-비와 분투하고 있었고 새들이 있어 암석을 가로지르며 빙 선회했다. 태양은 칙칙했어도 그의 눈에서 물을 더 뽑아냈기에 그는 눈을 틀어막고 돌연 바늘에다 대고 고함을 질렀다. 그는 촉각에 의지하다가는 한쪽 눈으로 백색 물질이 없던 도랑들과 골짜기들 사이로 기어갔다. 그가 도랑들의 부서진 암벽들 너머로 양다리를 드는 게 마치 다리들이 다른 신체에 속한 듯 했다. 일시에, 그의 눈 안의 통증이 감소함에 따라 추위와 탈진이 돌아왔다. 그는 어느 골짜기 안쪽에 납작 엎어져 버린 뒤 자기 몸이 알아서 건사하도록 내버려 두었다. 깊숙한 오한이 그에게 꼭, 너무도 꼭 끼워진 나머지 그 오한은 옷가지 속에, 피부 속에까지 존재했다.

오한과 탈진은 그에게 또렷이 말했다. 포기해, 그것들은 말했다, 가만히 누워 있어. 돌아가겠다는 생각을, 살아남겠다는 생각을 포기해. 집어치우고, 놓아줘. 그 하얀 몸체들은 끌림도 흥분도 없는 것으로, 그 얼굴들, 그 말들은 다른 장소에서 다른 남자에게 벌어진 것들이었어. 이 암석 위에서는 한 시간이 한 세월이지. 네가 잃을 게 뭐가 있어? 여기서는 고문받을 일밖에 없는데. 포기해. 놓아줘.

그의 몸은 다시 기어가기 시작했다. 거기 근육이나 신경에 두들겨 맞아 나가떨어지기를 거부한 기력이 있어서가 아니라 그렇다기보다는 통증의 목소리들이 선측을 두들겨 대는 파도와 같아서였다. 그 모든 심상들과 통증들과 목소리들의 중심부에는 철근과 같은 어떤 사실, 어떤 것 — 너무도 노골적으로 만물의 중심부였기에 저 자신을 조사하지도 못했던 그것이 있었다. 두개골의 암흑 속에서 그것은, 한층 어두운 어둠으로서 자존적이며 불멸적으로 존재했다.

"쉼터. 쉼터를 마련해야 해."

중심부가 작동하기 시작했다. 그것은 바늘을 겨눠 내고 곁눈질했고 생각들을 정돈했다. 중심부는 저쪽보다는 이쪽으로 기어가야만 하겠다고 결론지었다. 열댓 군데의 장소를 주목했다가 퇴짜 놓았고, 기어가는 몸 앞쪽을 탐색했다. 아치 아래의 발광하는 창문을 들어 올렸고 마치 새로운 잎사귀에 도달하려 하는 애벌레의 고개가 천천히 옮겨 가듯이 두개골의 아치를 좌우로 옮겼다. 쉼터로 괜찮을 법한 곳에 몸이 접근했을 때 고개는 아직까지도 좌우로 움직이던 것이 안쪽의 느릿한 상념들보다 빠르게 움직이는 채였다.

그곳에는 도랑의 벽면에서 미끄러져 옆으로 낙하했던 석판 하나가 있었다. 이로써 암석과 도랑의 옆면 및 밑바닥 사이에 삼각형의 구덩이가 만들어졌다. 이 도랑 속에는 빗물의 얼룩에 불과한 것이나 있었지 하얀 물질도 없었다. 그 구덩이는 도랑의 선을 따라가는 각도로 이어져 나가며 내려갔고 그 안쪽에는 암흑이 있었다. 그 구덩이는 암석의 나머지 부분보다 메말라 보이기까지 했다. 종내 그의 고개는 움직임을 멈추었고 태양이 시야에서 쑥 내려가는 사이 그는 이 구덩이 앞에 드러누웠다. 그는 도랑 속에서, 퉁퉁 불어 터진 의복이 혼재된 가운데 몸을 틀기 시작했다. 그는 아무 말도 하지 않았고 벌어진 입으로 힘겹게 호흡했다. 천천히 그가 몸을 틀자니 하얀 방수 장화용 스타킹이 바위틈 쪽으로 가게 되었다. 그는 삼각형의 구덩이로 몸을 뒤로 빼서 안쪽에 양발을 넣었다. 배를 대고 납작 엎드려서 제 허물을 벗지 못하는 뱀처럼 약하게 꼼지락대기 시작했다. 그의 눈은 뜨여 있었고 초점이 없었다. 그는 뒤로 뻗어서 방수복과 더플코트를 양편에서 내리눌렀다. 방수복은 빳빳했고 그는 마치 물속의 깊은 바위틈 속으로 몸을 뒤로 빼는 바닷가재처럼 무수한 각개의 움직임들로 몸을 뒤로 뺐다. 그는 아래에서 어깨까지는 바위틈 속에 있었고 암석이 그를 꽉 붙들어 주었다. 구명대를 추어올린 끝에 그 무른 고무가 가슴 상부를 가로지르게 되었다. 찬찬한 생각들이 차올랐다가 이지러졌고, 오른눈에 든 바늘에서 흐르던 물을 제외하고는 눈도 텅 비어 있었다. 손이 꼭지를 찾아냈고 그가 천천히 다시 숨을 불어 넣은 끝에 고무가 가슴에 맞대어 단단히 부풀어 오르게 되었다. 그는 팔짱을 껴서 양쪽에 하얀 손이 하나씩 갔다. 얼굴 왼쪽은 방수복이 입혀진 소매에 떨궈지도록 놔두었고 그의 눈은 감겼다, 틀어막혔다는 것이 아니라 가볍게 닫혔다는 거다. 그의 입은 여전히 벌어져 있어 아래턱이 옆으로 떨궈진 채였다. 이따금씩 바위틈에서 몸서리가 올라와서 고개와 양팔을 떨리게 했다. 물이 양쪽 소매에서 천천히 흘러나왔으며, 머리칼과 코에서 떨어졌고, 목 주위로 구겨진 의복으로부터 뚝뚝 떨어졌다. 눈은 입처럼 떡 벌어져 있었는데 그러는 편이 바늘을 한층 감당할 만했기 때문이다. 그가 물을 막으려 눈을 깜빡여야 했을 때만 바늘 끝은 그가 거주하는 장소로 푹 찔러 들었다.

갈매기들이 암석 위에서 선회하며 돌아내리는 모습이 보였다. 갈매기들은 암석의 고점에 착지해서 고개들과 혀들을 곧추세우고 부리들도 활짝 벌린 채 울음을 냈다. 창공은 회색으로 침잠했고 바다-연기가 떠갔다. 새들은 말하고 날개를 흔들었고, 날개를 접어 이쪽 것 위에 저쪽 것을 포개고는 암석에 맞대어진 하얀 조약돌들처럼 자리를 잡은 뒤에 고개들을 접어 넣었다. 회색의 상태가 농밀해지며 암흑으로 접어들자 물 위에 군데군데 포말이 보이듯이 새 몇 마리와 그들이 갈겨 놓은 새똥 얼룩들이 보였다. 도랑들은 암흑으로 가득했는데 아래쪽 쉼터 근처에는 어떤 이유에서인지 더러운 흰색이 없었기 때문이다. 바위들은 도랑들 틈바구니에서 침침한 형상들이 되어 있었다. 바람이 부드럽게 불었고 암석 본토 위쪽의 한기와 더불어 그 한기가 보이지 않게 조심스레 지나감으로써 지속적이면서도 거의 들리지 않는 수준의 쉭쉭 소리가 났다. 이따금씩 물너울 하나가 안전지대의 바위 곁 사각 속으로 쿵 부딪혔다. 그러고 나면 기나긴 휴지(休止)가 있고 나서 깔때기 아래로 물이 낙하하며 엎치락뒤치락 쇄도하는 기척이 있기 마련이었다.

남자는 바위틈 안에 옹송그린 채 왼쪽 뺨으로 검은 방수복을 벤 채로 누워 있었고 그의 양손은 양쪽에서 명멸하는 조각들이었다. 이따금씩 몸이 덜덜 떨리면서 방수복이 희미하게 긁히는 소리가 찾아왔다.

4장

　남자는 두 개의 틈 안에 있었다. 첫 번째 틈은 폐쇄된 데다 따뜻하지는 않으나 적어도 바다나 공기의 찬기로 춥지는 않은 암석의 틈이었다. 암석의 틈은 그를 받아들이려 하지 않았다. 그것은 그의 몸을 국한했던지라 몸서리를 치니 여기저기서 두들겨 맞았고, 이에 달래지는 게 아니라 안쪽으로 밀어 넣어졌다. 그는 신체 대부분에 걸쳐서 통증을 느꼈지만 가끔은 불길로 착각되기 마련이던 아득한 통증을 느꼈다. 양발에는 무지근한 불길이, 게다가 양쪽 무릎에는 한층 날카로운 유의 불길이 있었다. 그는 마음의 눈으로 이 불길을 볼 수 있었는데 그의 몸은 그가 거주하는 내면의 두 번째 틈이었기 때문이다. 각 무릎 아래에는 또, 죽어 가는 낙타 아래에 지펴지는 불길처럼 얼기설기한 나뭇가지들로 피워져서는 분주하게 용솟음

치는 작은 불길이 있었다. 그러나 그 남자는 지성적이었다. 그는 이런 불길들이 열기가 아니라 통증을 주었음에도 그것들을 견뎌 냈다. 불길들을 견뎌 내야만 했던 건 일어서거나 심지어 움직인다면 통증이 커질 거라는, 나뭇가지가 더해지고 불꽃이 더해지며 온몸 밑에서 뻗어 나갈 거라는 뜻밖에 되지 않을 것이었기 때문이다. 그 자신은 육신으로 된 이 내면의 틈에서 맨 끄트머리에 있었다. 불길들로부터 떨어진 이 맨 끄트머리에는 숨을 쉴 때마다 앞뒤로 굴러다니던 구멍대 위에 누워 있는 그라는 덩어리가 있었다. 그 덩어리 너머엔 이 세계라는 둥근 뼈대의 구체와 그 안에 걸려 있는 그 자신이 있었다. 이 세계의 반절은 타올랐다가 얼어붙었지만 비교적 꾸준하고 견딜 만한 통증을 동반했다. 이 세계의 위쪽 반절을 향해 가야지만 마치 그를 좇아 파고드는 거대한 바늘과 같은 찌르는 감각이 가끔씩 찾아오기 마련이었다. 그러면 그는 그쪽에 있는 온 대륙들로 지진성의 경련을 일으키기 마련이었고 그러면 찌르는 감각들은 빈도는 잦아도 깊이가 덜해지기 마련이었으며 구체에서 그쪽의 성질도 변화하기 마련이었다. 우주에는 어두운 색과 회색의 형상들과 그가 어렴풋이 알고 있기로 본인에게 연결된 한쪽 손이었던 은하의 백색 조각이 나타나기 마련이었다. 구체에서 그 반대쪽은 온통 컴컴했으며 전혀 거슬리지 않았다. 그는 마치 침수(侵水)된 육체처럼 이 구체의 한복판을 떠다녔다. 그곳에서 떠다니는 동안 그는 존재의 원리로서 모든 소소한 은혜들 중에서도 가장 소소한 것으로도 만족해야 함을 알았다. 그와 연결되어 있던 연장선들, 그 아득한 불길들, 그 뭉근히 타오르는 양, 그 고문대와 집게 들은 하나같이 적어도 충분히 멀리 떨어져 있었다. 그가 활동하지 않는 존재의 어떤 특정한 양태에, 내면적인 균형의 어떤 절묘함에 도달할 수 있었다면, 그는 그 두 번째 틈의 성질에 의해 구체의 중심부에서 가만히 고통 없이 떠다니도록 허락받을지도 몰랐다.

가끔 그는 이런 상태에 가까워졌다. 그는 작아지고 구체는 더욱 커지다 보니 타오르는 연장선들이 행성 간에 존재하게 되었다. 그러나 이 은하계는 심우주에서 시작되어 파도처럼 찾아오는 경련의 영향하에 있었다. 그러자 그가 다시금 커져서 굴길들의 구석구석을 채우고 불길들 위를 새된 비명을 지르는 신경들로 휩쓸면서 구체 속에서 팽창해 나가는 바람에 급기야 그는 구체를 채우게 되었고 예의 바늘도 그의 오른쪽 눈초리를 통하여 머릿속 암흑으로 곧장 푹 찔러 들었다. 어렴풋이 그는 통증이 찔러 대는 동안 하얀 손 하나를 보곤 했다. 그러다 천천히 그는 구체의 중심부로 다시 가라앉아, 오그라들어서 어느 컴컴한 세계의 한복판에서 떠다니곤 했다. 이것이 고금을 막론하고 통용되던 리듬이 되었고 그런 식으로 지속될 터였다.

이런 리듬은 그에게 또 가끔은 다른 누군가에게 벌어졌던 심상들로써 조정되었으나 본질적인 곳에서는 바뀌지 않았다. 그것들은 불길들에 비해 밝게 조명되었다. 은하계보다도 커다란 파도들에다 파도들 속에 걸려 있는 유리로 된 해군 군인이 있었다. 네온 빛으로 된 어떤 명령이 있었다. 하얗고도 상세한 몸체들 같지는 않으나 얼굴이 달려 있는 여자 한 명도 있었다. 밤중 선박의 음침함과 단단함, 갑판의 들림, 느릿한 기울임과 요동침이 있었다. 그는 함교를 가로질러 나침함과 그 흐릿한 불빛을 향해 앞으로 걸어가고 있었다. 냇이 좌현 견시병으로서 담당 구역을 떠나는 소리가, 냇이 사다리를 내려가는 소리가 들려왔다. 냇이 방수 장화나 즈크화가 아니라 보행화를 신고 있던 게 들려왔다. 냇은 거추장스럽게도 거미 같은 장신을 숙여 여자처럼 조심하면서 사다리를 내려가고 있었는데, 그새 몇 개월이 지난 지금도 해군 군인답게 알맞은 옷가지를 챙겨 입거나 사다리 하나 매끄럽게 넘어갈 줄을 몰랐던 것이다. 동틀 녘에는 부적당한 복장으로 덜덜 떠는 모습으로 발견되었고, 사병 식당에서는 언사에 상처 입고, 조롱의 표적이 된 채, 겸허하고 고분고분하고 쓸모없는 모습으로 발견되곤 했다.

그는 우현의 수평선을 짤막하게 바라보다가는 건너편의 호송 선단을, 여명에 막 시야에 잡히고 있는 거체(巨體)들을 건너다보았다. 그것들이 이제는 길쭉하게 번진 눈물들처럼 녹이 슬어 있는 게 거의 눈에 보일 정도였던 수많은 삭막한 철벽들처럼 수평선을 막아섰다.

그러나 냇은 난간 곁에서 오 분간의 고독을 찾고 그놈의 영체(靈體)[22]들을 만난답시고 함미 방향에서 얼쩡대고 있곤 했다. 그는 우현 측에 있는 폭뢰 투하 장치 쪽으로 머무적머무적

---

22) 그노시스파에서 하느님으로부터 발현되어 우주의 운행을 관장한다고 여겨지는 존재.

하며 길을 골라 가고 있곤 했는데 좌현 난간보다 그쪽이 바람 직해서가 아니라 본인이 언제나 그쪽으로 가서였다. 그가 바람과 기관의 악취를, 전시 구축함 특유의 먼지 자욱한 불결함과 추레함을 견뎌 내고 있곤 했던 건 살면서 느끼는 촉각, 미각, 시각과 청각과 후각 제반을 포함한 삶 자체가 그에게서는 일정 거리 떨어져 있었기 때문이다. 그는 습관이 들어 아무렇지도 않아질 때까지 계속해서 견뎌 내곤 했다. 그는 해군에 결코 발을 붙이지 못할 법했는데 그의 저 커다란 양발은 언제나 저기 바깥의 다른 곳에 있으면서 우연히 들여져 있던 한편 속으로 저 남자는 기도했고 그놈의 영체들을 만난답시고 기다렸기 때문이다.

그러나 갑판용 시계는 지그재그 항행[23]의 다음 구간으로 째깍째깍 나아가고 있었다. 그는 초침을 주의 깊게 눈여겨보았다.

"우현 15도."[24]

함수 좌현으로 나가니 윌드비스트호[25] 역시 방향을 틀고 있었다. 회색의 빛이 키[26]가 건너편으로 박차고 간 탓에 일어난 함미 아래의 소용돌이를 보여 주었다. 함교가 그의 아래쪽에서 비스듬히 기울어지는 동안 윌드비스트호도 제자리에서

---

23) 2차 세계 대전 당시 연합군 군함은 독일 해군의 공격을 피하기 위해 침로를 지그재그 형태, 즉 갈지자형으로 잡아 항해했다.
24) 키를 우현, 즉 오른편으로 15도 돌리라는 뜻의 조타 명령.
25) Wildebeeste. '영양(羚羊)', '누'라는 뜻의 선박명.
26) 함미 쪽에 부착되어 함정의 방향을 조종하는 장치.

함미 쪽으로 미끄러져 가는 것 같더니 이윽고 평행하게 되어 딱 보의 함수 방향에 놓여 있게 되었다.

"키 바로."[27)]

월드비스트호는 여전히 방향을 틀고 있었다. 자신의 발바닥으로 강철을 통해 길게 갈팡질팡 뒹구는 녹회색 물에 연결된 그는 배가 방향을 바꾸는 동안 배가 좌현으로 정확히 몇 도 기울어질지 스스로 예측할 수가 있었다. 그러나 물이란 건 하여간 그렇게 예측 가능하지만은 않은 법이었다. 배가 돌아서던 중 마지막 몇 도 사이에 그는 회색 언덕 하나, 일곱 번째 파도[28)]가 함수를 스쳐 지나며 함정 아래편으로 통과하는 것을 보았다. 함미의 진폭이 커졌고, 함미가 경사를 미끄러져 내려왔는데 그러는 사이에 급작스럽게 요동치느라 원래의 침로에서 10도는 벗어나 버린 터였다.

"현 침로 유지."[29)]

그리고 염병할 해군과 염병할 전쟁은 엿이나 처먹으라지. 그는 졸린 하품을 하고는 월드비스트호가 다시 침로로 돌아올 무렵 그 함미 아래에서 소용돌이를 보았다. 저 밖의 두 번째 틈 끄트머리에 있는 불길들이 확 용솟음쳤고, 바늘 하나가 찔러 댔으며 그는 다시 본인 몸속이었다. 언제나와 같은 리듬 속에서 다시금 불길은 사그라졌다.

---

27) 키를 0도, 즉 좌현과 우현의 정중앙에 놓으라는 뜻의 조타 명령.
28) 파도에는 주기가 있는데, 주기의 중간에 있는 일곱 번째 파도는 그중에서도 가장 큰 파도로 여겨진다.
29) 함정이 나아가고 있는 침로를 일정하게 유지하라는 뜻의 조타 명령.

V자형 경계진[30]의 구축함들이 다 함께 되돌아섰다. 명령들 사이사이에 그는 애즈딕[31]의 떨리는 핑 소리에 귀 기울였고 여명은 밝아만 갔다. 상선 선단이 6노트로 통통거리며 나아가는 한편 구축함들은 선도 경호원처럼 그들 앞쪽의 길을 문질러 닦아 내며 보이지 않는 빗자루로 바다를 말끔히 쓸어 내고 함께 침로를 변경하는 모습이 전부 하나의 선상(線上)에 있었다.

그는 뒤쪽 사다리를 딛는 발소리를 들었고 함장이 오고 있는 것일지도 모르기에 방위를 잡는다고 부산을 떨었다. 그는 꼼꼼하게 공을 들여 월드비스트호의 방위를 확인했다. 그러나 그 발소리와 함께 날아오는 목소리는 없었다.

그는 마침내 무심한 척 돌아보았고 그곳에는 로버츠 부사관이 있어, 이제는 경례를 올려붙이는 중이었다.

"좋은 아침이네, 중사."

"좋은 아침입니다, 대위님."

"뭔가? 나 먹으라고 배급 럼주[32]라도 한 모금 얻어 왔나?"

---

30) 상선들을 중앙에 두고 군함들이 V자형으로 에워싸서 적군으로부터 보호하는 대형.

31) ASDIC(Anti-Submarine Detection Investigation Committee)을 소리 나는 대로 읽은 명칭이다. 현재 '소나(Sound Navigation and Ranging: SONAR)'라고 불리는 음향 탐지기의 전신이다. 애즈딕에서 발사된 음파가 적군 잠수함에 반사되어 돌아오면 '핑' 소리가 난다. '핑' 소리의 간격이 짧을수록 적군 잠수함이 근접했다는 신호다.

32) 영국 해군에서는 1850년부터 1970년까지 승선한 해군 군인들에게 매일 일정량의 럼주가 배급되었다.

챙 아래에서 바싹 붙은 눈들이 약간 물러났지만 입은 저더러 미소를 짓게 했다.

"그럴 수도 있겠습니다만……."

그러더니 계산을 끝내고, 자신에게 올 이득을 인정하자 미소가 커졌다.

"요즘 어째 제가 럼주가 좀 안 당겨서 말입니다. 혹시 당기시면 언제든지……."

"알겠네. 고맙군."

그러면 이젠 무슨 용무일까? 혹시 파견 명령지라도 달라는 건가? 임관에 추천이라도 해 달라는 건가? 소소하고 감당 가능한 용무일까?

그러나 로버츠 부사관이 꾸미는 꿍꿍이속은 영 알 수가 없었다. 그 꿍꿍이속이 무엇이든 또 정교한 체계를 이룬 의무들이 어디로 뻗어 나갈 법하든 간에 오늘 그 꿍꿍이속은 그의 분별력과 이해심을 고맙게 여기는 견해 말고는 무엇도 요구하지 않았다.

"월터슨 관련으로 말입니다."

놀란 웃음.

"내 오랜 친구 냇 말인가? 그놈이 뭘 하고 돌아다녔나? 어디 영창에라도 들어가거나 한 건 아니지?"

"오, 아뇨, 그런 건 전혀 아닙니다. 다만……."

"뭔데?"

"뭐, 지금 한번 봐 주십시오, 우현 측의 함미 방향을 말입니다."

그들은 함께 함교의 우현 익창(翼艙)[33]으로 걸어갔다. 너새니얼은 여전히 그놈의 영체들에 정신이 팔려 있었던지라, 양발은 코르티신[34] 위에서 마찰력에 의해 붙들리고 뼈밖에 없는 엉덩이는 딱 투하 장치의 함미 방향 난간에 걸쳐진 채였다. 그의 양손이 얼굴에 올라가 있었고 현실 같지 않은 그의 장신은 물너울들의 추진력으로 기우뚱거리는 채였다.

"바보 자식."

"저러다 언젠가 경을 치지 싶습니다."

로버츠 부사관이 다가왔다. 거짓말쟁이. 그의 숨결에서 럼냄새가 풍겼다.

"저걸로 징계 대상으로 보고할 수도 있었습니다만, 그래도 제가 생각하기에 대위님께서 민간인일 때부터 알고 지내시는 친구라는 걸 봐서……."

침묵.

"알겠네, 중사. 내 쪽에서 한마디 해 두지."

"감사합니다."

"내가 고맙지, 중사."

"럼주도 잊는 일 없을 겁니다."

"정말 고맙네."

로버츠 부사관은 경례를 붙이고 면전에서 물러났다. 그는 사다리를 내려갔다.

---

33) 선창 또는 아래 갑판의 뱃전에 접하는 부분.
34) 당시에 발이 미끄러지는 것을 방지하기 위해 갑판에 사용되었던 리놀륨의 일종.

"좌현 15도."

양쪽 무릎 아래의 불길들과 찔러 대는 바늘을 동반한 고독.
X 대포[35]의 총구가 코르티신 위로 들어 올려져 있던 갑판 위
쪽 바깥에서의 고독. 그는 혼자 음산한 미소를 짓고 너새니얼
의 머릿속을 재구성해 보았다. 그는 필시 대포 담당조와 폭뢰
당직 근무조 사이에서 프라이버시를 찾겠답시고 희망에 차 함
미 방향으로 피신했을 테다. 그러나 본인 스스로 한적한 잡일
이라도 찾아낼 만큼 영악하지 않은 한 코딱지만 한 배 안에서
수병을 위한 고독이란 존재하지 않았다. 그는 선수루[36]의 폭
도로부터 함미로, 그야말로 사람이 미어터지는 누추한 상태로
부터 그나마 완화되고 바람이라도 통하는 형태의 누추한 상
태로 떠돌아 왔을 것이 틀림없다. 그는 워낙에 감이 없는 놈이
라 복닥복닥한 사병 식당이 매우 인구 밀도가 높은지라 마치
한 사람이 런던의 군중 속에서 얻을 수 있는 그런 유의 프라
이버시를 보장해 줬다는 것을 이해하지 못했던 것이다. 그리
하여 그는 폭뢰 당직 근무조도 달리 할 일이 없어 자신을 예
의주시하리라는 것은 미처 알지 못하고 그렇게 기도할 때마다
그놈들의 음침한 응시를 당해 내곤 했던 것이다.

"키 바로. 현 침로 유지."

지그.

---

35) 영국 해군에서는 전함에 실린 대포를 함수에서부터 함미까지 알파벳
순서대로 이름을 붙인다. 일례로 A 대포는 함수에 위치하고, X 대포는 함미
쪽에 위치한다.
36) 승조원들이 거주하는 함수의 선실.

그리하여 그는 아래 선실에서 누워 쉬라고 보내져 본인 해먹에서 흔들리고 있어야 할 시간에 기도를 하고 있는 것인데, 당직을 설 때에는 바다의 한 구역에 대해 견시(見視) 태세로 있어야 한다는 말을 들었기 때문이다. 그리하여 그는 본분을 지키면서도 상황 파악은 하지 못한 채로 견시 태세로 있었던 것이다.

머릿속의 컴컴한 중심부가 돌아서 좌현 견시병이 쪼그리고 앉은 모습을, 선회하는 RDF[37] 안테나를, 뜨거운 공기의 떨림과 연기의 자취가 있는 연돌을 보았고 함교에서 선루 끝 너머로 우현 갑판을 내려다보았다.

너새니얼은 여전히 거기 있었다. 호리호리한 체형까지 겸비되어 더더욱 믿기지 않는 모양새가 되어 버린 그 현실 같지 않은 신장이 난간을 위태위태한 울타리로 격하시켜 버렸다. 그의 양다리는 쫙 벌어져 있었고 마찰력에 의해 양발이 그를 갑판 위에 붙들어 주었다. 컴컴한 중심부가 지켜보는 사이 너새니얼이 양손을 본인 얼굴에서 끌어 내려서 난간을 붙잡고 몸을 똑바로 일으키는 것이 보였다. 그는 갑판 위에서 함수 방향으로 길을 헤쳐 나가기 시작했는데 양다리를 벌려 버티며 양팔을 내뻗어 균형을 잡으려는 채였다. 그는 그 터무니없이 조그만 해군 모자를 정수리에 정확히 수평으로 쓰고 있었고, 이에 그의 검은 곱슬머리 — 그날 밤이 눅눅했던 탓에 약간 뻗

---

37) '무선 방위 측정기(Radio Direction Finder)'의 약어. 육상 송신국 또는 선박으로부터의 전파 방위를 측정할 목적으로 1910년경 개발된 계기이다.

쳐 있던 — 가 모자 아래에서 사방팔방으로 드러났다. 그는 우연히 함교를 보았고 진지하게 오른손을 머리 오른쪽으로 가져갔다……. 스스럼없이 구는 법도 없고, 제 분수를 알며, 민간인일 때와 변함없이 함정에서도 겸손하며 웃기지도 않고 말릴 수도 없는 놈, 하고 검은 중심부는 생각했다.

그러나 그 가느다란 사람 형상의 균형은 이렇게 오른손을 일시적으로 휘두르면서 교란되었다. 그리하여 그 사람 형상은 모로 휘뚝거렸고, 다시 경례를 올리려고 시도했다가 헛방을 치는 바람에, 양팔은 내뻗고 양다리는 쫙 벌려 버티는 채로 뭐가 문제인지 진지하게 숙고했다. 한 차례의 앞뒷질이 그 사람 형상을 흔들리게 했다. 사람 형상은 돌아서서 기관 위벽[38]으로 갔고 금속이 뜨거운지 확인하고자 그 표면을 시험해 본 다음, 균형을 잡고 함수 방향으로 돌아서서 천천히 함교에다 경례를 올려붙였다.

컴컴한 중심부는 저 원근법으로 축소된 사람 형상에게 자신이 쾌활하게 손을 흔들도록 했다. 너새니얼의 얼굴이 그 정도 거리에서조차 변화했다. 얼굴을 알아보면서 화색이 돌았는데 로버츠 부사관이 본인의 지나치게 바싹 붙은 눈[39] 밑으로 미소를 지었듯이 회반죽처럼 발린 채 정돈된 게 아니라, 얼굴 뒤편의 어림짐작하는 중심부에서 자연스럽게 우러나오던 게, 사람 미치도록 좋으면서도 화가 치밀어서 숨까지 받아지게 하

---

38) 선박의 기관(engine)을 덮는 상부 구조물인 기관 위벽은 강철로 만들어진다.
39) 바싹 붙은 눈은 영미권에서는 정직하지 못한 사람의 특질로 여겨진다.

던 순전한 호인의 증거였다. 구체에서 이쪽 끄트머리에 있는 기층(基層)들에 경련이 일어 여태껏 고통 없이 떠다니던 중심부를 향해 예의 바늘이 찔러 대며 파고들어 왔다.

그는 나침함과 암석을 붙잡았고 좌절감에 비통해져서 외쳤다.

"내 심정을 아무도 이해 못 하는 거야?"

그러자 그는 다시금 내면의 틈의 굴길들로 두루두루 늘려졌고 불길들은 그의 육신 속에서 용솟음치며 지글거리고 있었다.

다른 소음들 틈바구니로 새로운 소음이 찾아왔다. 그것은 저 바깥에 있는 백색의 미동 없는 방울들과 연관되어 있었다. 방울들은 이전에 그랬던 정도보다 한층 뚜렷해져 있었다. 그러다 그는 시간이 흘렀다는 걸 인지했다. 영원한 리듬만 같았던 것은 몇 시간의 암흑이었고 이제 그곳에는 미광이 있어 그의 인격을 강화해 주었으며, 인격에 한도와 분별을 부여했다. 그 소음은 걸터앉아 쉬는 갈매기들 중 하나로부터 나온 걸걸한 꼬꼬 소리였다.

그는 통증과 더불어 누워 있으면서 일광과 새로운 하루라는 사실을 숙고했다. 염증이 생긴 눈초리를 신중하게 놀리기만 했다면 나무처럼 경직된 왼손을 점검할 수 있었다. 그는 손가락들더러 오므려지라고 염원했고 그것들은 부들대더니 축소되었다. 즉각 그는 손가락들 속으로 돌아와 있었고, 척박한 암석의 어느 바위틈에 깊숙이 쑤셔 넣어진 한 남자가 되었다. 지식과 기억이 정연하게 잇따라 역류했고, 그는 아까의 깔때기를, 아까의 도랑을 떠올렸다. 그는 백주 대낮의 한 조난자가 되었고 본인 처지의 불가피성이 그에게 닥쳐들었다. 그는 몸을 끌어당기면서 바위들 사이의 공간으로부터 저 자신을 끌어내기 시작했다. 그가 빠져나오는 동안 갈매기들은 떠들썩하게 잠에서 깨어 이륙했다. 그들은 돌아오며 날카로운 울음과 함께 그를 살펴보러 휩쓸고 왔다가는 다시금 대기 중으로 옆걸음질 쳐 나갔다. 그들은 사람 사는 해변과 절벽 들에 있는 사람을 경계하는 갈매기들 같지가 않았다. 그렇다고 사람의 발길 닿은 적 없는 대자연의 원시적 순수를 두르고 있는 것도 아니었다. 그들은 물로 둘러싸인 단 한 사람을 발견하고는, 그 육신의 온기와 그 느릿하고도 부당한 몸짓들에 분통을 터뜨리는 전시 중의 갈매기들이었다. 그들이 저렇게 바짝 접근해 오면서, 또 퍼덕이며 맴돌면서 그에게 말하기를, 그는 죽어서 마치 터진 해먹처럼 바다에 둥둥 떠 있는 게 훨씬 나았단다. 그는 비치적대면서 나무처럼 경직된 양팔로 그들 사이로 주먹을 휘둘렀다.

"야! 저리들 가! 꺼지라고!"

그들이 왁자지껄하게 선회하며 올라가더니 되돌아온 끝에 그 날개들이 그의 얼굴을 치게 되었다. 그가 공황에 빠져 다시 주먹을 휘두르는 바람에 한 마리가 한쪽 날개를 기껏해야 반쯤 퍼덕일락 말락 하면서 축 늘어졌다. 그제야 그들은 후퇴하여 뱅뱅 돌며 지켜보았다. 그들의 고개는 좁다랬다. 그야말로 날아다니는 파충류들이었다. 갈고리발톱 및 집게발톱이 달린 것들에 대한 예로부터의 반감으로 그는 그것들에 몸서리치게 되었으며 저것들의 매끄러운 윤곽들에다 박쥐와 흡혈귀 들의 그 모든 기묘함을 대입해 생각하게 되었다.

"가까이 오지 마! 이것들이 날 뭘로 보는 거야?"

갈매기들이 그리는 원들이 넓어졌다. 그들은 외해로 날아갔다.

그는 관심을 다시 본인의 몸으로 돌렸다. 그의 육신은 동통과 뻣뻣함 들의 복합체인 듯했다. 제어 계통마저도 고장 나 있었는데 그의 다리들이 마치 그에게 끈으로 묶여 있었던 웬 거추장스러운 종류의 죽마이기라도 한 것처럼 의도적인 개개의 명령들을 부여받아야만 했기 때문이다. 그는 중간 부위에서 죽마들을 부러뜨려서 똑바로 일어섰다. 그는 새로운 불길들을 ― 보편적인 동통 가운데 한층 극심한 통증으로 된 작은 섬들을 발견했다. 오른쪽 눈초리에 있는 불길은 그에게 너무도 가까웠던지라 발견하고 자시고 할 필요도 없었다. 그는 어느 도랑의 옆면에 등을 기대면서 일어나 주위를 둘러보았다.

아침은 칙칙했지만 바람은 사그라진 터였고 물살도 나아간다기보다는 뛰어오르고 있었다. 그는 새로운 것을 인지하게 되었다. 해군 군인으로서 운전 중인 배에 타고 있을 때에는 절대 들을 일이 없는 바닷소리를 말이다. 작은 파도들이 수도 없이 올랑촐랑하는 소리가 합성된 부드러운 반주음이 있었고, 돌덩이처럼 후려치는 소리에서부터 반추하듯 삼키는 소리에 이르기까지 지속적으로 꾸르륵대고 빨아들이는 소리가 있었다. 시시각각 조음점(調音點)에 올라서는 듯하더니만 입맛을 다시듯 액체가 짭짭대는 양으로 전락해 버린 소리들이 있었다. 전반적으로 이것은 정의될 수 있는 음색이자, 이명과 같은 쉭쉭 소리, 공기가 돌을 보드랍게 스치는 소리, 지속적이고도 은은하며 끝없는 마찰음이었다.

갈매기 울음이 그의 위편에서 소용돌이쳤고 그는 한쪽 팔을 올려 팔꿈치 아래를 보았지만 그 갈매기는 암석으로부터 선회해 나가 버렸다. 울음소리가 가시고 나자 모든 것은 다시금 온순해진 것이, 미온적이라 거슬리지도 않게 되었다.

그는 수평선을 내려다보았고 혀로 윗입술 위를 지나가 보았다. 혀는 다시 찾아와서 실험적으로 건드려 본 다음 사라졌다. 그는 마른침을 삼켰다. 그의 눈이 더 휘둥그렇게 뜨였고 그는 찌르는 감각에는 하등 관심을 두지 않았다. 그는 빠르게 호흡하기 시작했다.

"물!"

바닷속에서 겪은 절박한 위기의 순간에서처럼 그의 몸은 변화하여 능란해지고 자진해 나서게 되었다. 그는 더는 나무처럼 뻣뻣하지 않은 다리로 허우적대며 도랑을 빠져나갔다. 저들 자체의 무게 말고는 그 무엇도 지지해 본 적이 없었던 무너진 부벽들 건너로 기어올랐고, 암석 꼭대기 근처 도랑들의 하얀 웅덩이들 속을 스르륵 나아갔다. 저번에 기어올랐던 절벽의 끄트머리에 이르렀고 그러자 외딴 갈매기 한 마리가 그의 발아래에서 활공하여 빠져나갔다. 그는 두 발을 디딘 채 낑낑 몸을 돌렸지만 수평선은 모든 지점에서 똑같이 제 모습이었다. 본인 아래쪽 암석의 형세로 보아 모든 지점을 점검했다는 게 분간이 갈 따름이었다. 그는 다시 돌아보았다.

마침내 그는 암석 자체로 되돌아서서 기어 내려갔으나 이제는 이 도랑에서 저 도랑으로 옮겨 가는 속도가 한층 느렸다. 하얀 새똥들의 층 아래에 있게 되자 그는 멈춰서 암석을 30센티미터씩 조사하기 시작했다. 어느 도랑 속에 쭈그리고 앉아서 옆면 아래쪽을 붙잡고 재빠르게 흘긋거리며 도랑의 모든 부분을 쳐다보는 모습이 마치 꽃등에의 비행을 눈으로 좇으려고 하는 것 같았다. 그는 납작한 바위 위의 물을 보았고 그리로 가서 물웅덩이 양옆에다가 양손을 대고 물속으로 혀를 찔러 넣었다. 입술이 내려가 혀 주위로 수축하며 빨아 마셨다. 그 물웅덩이는 그저 바위 위에 물기가 있는 부분이 되었다. 그는 계속해서 기어갔다. 어느 도랑의 옆면에 수평으로 째진 금에 이르렀다. 금 아래로는 석판 하나가 떨어져 나가고 있었고 거기에 물이 고여 있었다. 그는 이마를 암석에 댄 다음에 옆으로 돌려 뺨이 금 위쪽에 받쳐지도록 했다……. 그러나 그래도 혀는 물에 가 닿지를 못했다. 입이 돌에다 갈리는데도 밀어 넣고 밀어 넣었지만 그래도 물은 저 너머에 있었다. 금이 간 돌덩이를 그러쥐고 광포하게 홱 잡아당기니 이윽고 돌덩이가 깨져 나왔다. 물이 쏟아져 내려서 도랑 밑바닥에서 물막이 되었다. 그는 쿵쾅대는 심장으로 그 자리에 서서 양손에는 깨져 나온 돌멩이를 쥐고 있었다.

　"대가리를 써, 인간아. 대가리를 쓰라고."

　그는 뒤죽박죽이 된 본인 앞쪽의 경사면을 내려다보았다. 암석을 체계적으로 헤쳐 나가기 시작했다. 그러다 깨져 나온 돌멩이가 양손에 들려 있는 걸 알아채고 떨궜다. 그는 암석 건

너로, 그리고 다시 이 도랑에서 저 도랑으로 헤쳐 나갔다. 썩어 가는 생선 가시들에 더해 전복된 흉골이 마치 유기된 배의 용골만 같은 죽은 갈매기 한 마리를 맞닥뜨렸다. 회색 및 노란색 지의류의 반점들을, 심지어는 흙의 자취들을, 단추 하나만한 이끼를 발견했다. 텅 빈 게딱지들, 죽은 해초 쪼가리들, 바닷가재의 집게발들이 있었다.

암석의 하단에는 웅덩이들이 있었지만 소금물 웅덩이들이었다. 그는 바늘과 불길들은 잊어버린 채 다시 경사면을 올라왔다. 밤새도록 누워 있던 바위틈 속을 더듬어 보았지만 그 바위는 거의 말라 있었다. 그는 쉼터가 되어 주었던 무너진 석판 위로 용케 기어올랐다.

그 석판은 두 조각이 되어 있었다. 한때 그곳에는 필시 물구나무를 선 거대한 암석층이 있어 다른 암석층들이 풍화되는 동안 버텨 주었을 테다. 그런 그것이 쓰러져서는 둘로 깨져 있었던 것이다. 한층 커다란 조각은 암석의 맨 끄트머리에서 도랑을 가로질러 놓였다. 조각의 일부가 바다 위로 튀어나왔고, 도랑은 마치 배수로처럼 그 밑으로 이어졌다.

그는 드러누워서 몸을 끼워 넣었다. 그는 멈칫했다. 그러더니 마치 바다표범처럼 꼬리를 홱 움직이면서 지느러미발들로 몸을 앞쪽으로 들어 올리고 있었다. 그는 고개를 내려놓고 빨아들이는 소음을 냈다. 그러고는 가만히 누웠다.

그가 일찍이 물을 찾아낸 그 장소는 작은 동굴 같았다. 도랑 바닥이 물속으로 완만하게 경사져 내려갔기에 웅덩이의 이쪽 끝은 얕았다. 석판이 오른손 쪽의 벽을 때려 부숴 둔 덕에 그가 팔꿈치를 따로따로 벌린 채로 누워 있을 공간이 생겼다. 지붕이 되는 돌덩이는 비스듬히 가로놓여 있었고 동굴의 보다 멀찍한 끄트머리는 완전히 틀어막힌 게 아니었다. 저 위쪽 지붕 언저리에는 작은 구멍이 있어, 일광과 하늘의 조각으로 꽉 차 있었다. 하늘에서 쏟아지는 일광이 물속에서, 또 물로부터 반사되어서 돌덩이 지붕 도처에서 희미한 선들이 부들부들 떨렸다. 물은 마실 수 있었지만 그 맛에 딱히 유쾌함은 없었다. 그 맛들을 하나하나 꼭 집어낼 수는 없었으나 막연하게 불쾌한 것들의 맛이 났다. 그 물은 갈증을 채워 준다기보다는 가라앉혀 주는 수준이었다. 웅덩이가 그의 앞쪽으로 길이가 몇 미터는 되었고 보다 멀찍한 끄트머리는 수심이 깊어 보였으므로 이 물질은 충분히 있는 듯 보였다. 그는 고개를 내려 다시금 빨아들였다. 이제 그의 1.5개의 눈도 빛에 익은 이상 물 아래에 침전물이 불그스름하니 점액질로 있는 게 보였다. 그 침전물은 단단하지 않고 쉬이 흩뜨려졌기에 그가 물을 마신 자리에서 그 점액질이 휘감겨 올라오면서 여기저기 떠다니고 걸려 있다가 가라앉고 있었다. 그는 심드렁하게 지켜보았다.

이내 그는 중얼거리기 시작했다.

"구조. 구조되기 위해서 조치를 해 두자."

암석에 두개골이 쿵 부딪히면서 그는 뒤로 허우적댔다. 그는 도랑을 따라 기어갔고 암석의 꼭대기로 용케 기어올라서 다시 수평선을 휘두르고 휘둘러 응시했다. 그는 무릎을 꿇고 양손을 짚어 몸을 낮췄다. 머릿속에서 상념들이 재빨리 명멸하기 시작했다.

"내가 허구한 날 여기 올라와 있을 수는 없어. 사람들이 지나간다고 해도 거기다 대고 소리를 칠 수도 없는 노릇이고. 나 대신 여기에 서 있어 줄 사람을 만들어야 해. 저쪽에서도 사람을 닮은 뭐라도 보이면 가까이 와 보겠지."

그의 양손 아래에는 깨져 나온 바위가, 이렇게 깔끔하게 갈라져 떨어져 나오게 한 암벽에 기대어 있었다. 그는 기어 내려가 엄청난 중량과 씨름했다. 그 돌덩이더러 한쪽 모서리를 대고 일어나게 했는데, 그가 부들부들 떨자니 돌덩이가 나동그라졌다. 그는 무너져서 잠시 드러누워 있었다. 그 돌덩이는 내버려 두고 자그마한 절벽과 그가 전에 한쪽 눈을 목욕시켰던 흩어진 바위들 쪽으로 무거운 몸을 이끌고 허우적대며 내려갔다. 그는 딱지 않은 반드러운 바위가 암반 웅덩이 속에 놓여 있는 걸 발견했고 그것을 끌어 올렸다. 그 돌덩이를 복부에다 갖다 대고, 몇 걸음 비치적대더니 돌덩이를 떨군 다음 다시 들어 올려 날랐다. 그는 깔때기 위쪽의 고점에다 돌덩이를 털썩 버려두고 되돌아왔다. 어느 도랑의 암벽 위에는 여행 가방 같은 돌덩이 하나가 균형을 잡은 채 올라가 있었고 그는 뭘 해야 할지 숙고해 보았다. 그는 여행 가방에다 등을, 그리고 도랑의 반대쪽에다 양발을 갖다 댔다. 여행 가방이 으드득 긁히더니 움직였다. 그는 한쪽 끄트머리 아래에 어깨 한쪽을 갖다 대고 들썩였다. 여행 가방은 바로 옆의 도랑 속으로 굴러떨어지더니 깨져 버렸다. 그는 웃기지도 않아서 이를 생끗 드러내고는 개중 커다란 부분을 넓적다리 안쪽으로 끌어 올렸다. 깨진 여행 가방을 암벽에다 올렸고 이쪽을 저쪽으로 넘겨 뒤집으면서, 떨어져 나와 있기야 했어도 다루기가 버거웠던 암석으로 이뤄진 경사면들로 그걸 꾀를 부려 올려 가며 잡아당기고 끌었다.

그러자 고지대에는 바위 두 개가 있게 되었는데, 하나에는 혈흔이 있었다. 그는 수평선을 한번 쓱 둘러보았고 다시 경사면을 기어 내려갔다. 그는 멈추고 이마에 한 손을 갖다 댄 다음 손바닥을 살펴보았다. 그러나 거기에는 피가 없었다.

그는 납작한[40] 동시에 쉰 듯한 목소리로 소리 높여 내뱉었다.

"땀이 나기 시작하고 있군."

그는 세 번째 돌덩이를 찾았지만 그걸 도랑의 벽면에다 올릴 수가 없었다. 돌덩이를 가지고 후퇴했고 그걸 몰아대어 밑바닥을 따라 저층까지 이르러 보니 그가 그걸 끌어 올리기에 족할 만큼 낮은 출구를 찾아낼 수 있었다. 그 돌덩이를 다른 돌덩이들로 끌고 갔을 무렵에는 양손이 상해 있었다. 그는 돌덩이들 곁에 무릎을 꿇고서 바다와 하늘을 검토해 보았다. 태양은 파리하게 나와 있었고 구름의 층수도 한층 줄어 있었다. 그는 돌덩이 세 개를 가로질러 드러누워서 그것들이 몸을 아프게 하도록 놔두었다. 태양이 암석의 오후 방면에서부터 그의 왼쪽 귀로 내리쬐었다.

그는 일어나서 낑낑대며 두 번째 돌덩이를 세 번째 돌덩이

---

40) 공기의 압력에 목소리가 눌려서 '납작해졌다(flat)'라는 독특한 표현을 사용하고 있다.

위에, 또 첫 번째 돌덩이를 두 번째 돌덩이 위에 올려놓았다. 세 개의 돌덩이들은 머리끝에서 발끝까지 거의 70센티미터는 되었다. 그는 주저앉아 돌덩이들에 등을 기대었다. 수평선은 텅 비었고, 바다는 온화했고, 태양은 토큰[41] 같았다. 바다 갈매기가 이 암석에서 돌을 던지면 닿을 거리의 바닷물 위에서 표류하고 있었고, 이제 그 새는 둥글어져 희고 무해했다. 그는 쑤시는 한쪽 눈을 쉬게 한다고 한 손으로 가렸지만 한 손을 올리고 있는 수고가 너무 버거웠던지라 그쪽 손바닥이 다시 무릎으로 떨궈지도록 내버려 두었다. 그는 눈은 무시하고는 생각을 해 보려고 했다.

"식량은?"

그는 발을 딛고 일어서서 도랑들 너머로 기어 내려갔다. 하단에는 몇 미터 높이의 절벽들이 있었고 절벽들 너머로는 개개의 바위들이 지면을 찢었다. 이것들에는 접근할 수 없었기에 그는 잠시 이것들을 무시했다. 절벽들은 매우 거칠었다. 절벽들은 자잘한 따개비들로 된 층으로 뒤덮여 있었는데 저마다의 석회질 분비물들을 용접하듯 뭉쳐 이뤄 둔 대군생이 그의 상태가 나은 눈으로 볼 수 있을 깊이만큼이나 물속으로 쑥 잠겨 내려갔다. 그곳에는 누리끼리한 삿갓조개들에 더해 알록달록한 바다 우렁이들이 암석에 맞붙어서 말라 가면서 안쪽으로 오므라들어 있었다. 각 삿갓조개가 제 발로 문질러 만들었던 꺼진 자리에 들어앉아 있었다. 파란 홍합 무리도 있어, 초

---

41) 예전에 버스 요금 등을 낼 때 화폐 대신 쓰이던 동전 모양의 주조물.

록색 해초 거미줄들이 그 위에 걸린 채였다. 그는 암석 옆면 위로 — 물구멍 아래로, 왜냐하면 지붕이 되는 석판이 마치 다이빙대처럼 튀어나와 있는 모습이 보였으므로 — 다시 쳐다보았고 그 홍합들이 온 암벽을 정복해 놓은 모습을 보았다. 경계가 뚜렷한 선 아래로 암석은 홍합들로 퍼렜다. 그는 조심조심 몸을 낮춘 다음 절벽을 점검해 보았다. 물속에는 거둬들일 식량이 한층 더 빽빽했는데 홍합들도 저 아래에서는 더 큼지막했거니와 물우렁이들도 홍합들 위로 기어 다니고 있었기 때문이다. 거기다 삿갓조개와 홍합, 우렁이, 따개비 들 틈바구니로는 빨린 사탕들처럼 점점이 박힌, 젤리로 된 붉은 방울들, 말미잘들이 있었다. 물속에서 말미잘들은 원형의 꽃잎들로 주둥이들을 벌렸지만 위쪽 그의 얼굴께에서는 조수가 차오르기를 기다리면서 마치 모유를 짜낸 후의 가슴들처럼 오므려지고 처져 있었다.

허기가 한 쌍의 손처럼 옷가지 아래에서 죄어 댔다. 그러나 그가 그곳에서 입에서 군침을 흘리며 매달려 있자니 마치 매우 슬프기라도 한 것처럼 목구멍에 응어리가 차올랐다. 그는 크림색 암벽에 매달려서 물이 휩쓰는 소리를, 풍부하기야 하나 썩 채소답지는 않은 이 생명체로부터 오던 극미한 째각임들과 살랑임들에 귀 기울였다. 그는 허리춤을 더듬어 노끈을 꺼내 홱 휘둘러서는 남는 손으로 칼을 잡아챘다. 입에다 칼날을 갖다 대어 치아로 악문 다음 칼날로부터 손잡이를 당겨 냈다. 한 삿갓조개 아래로 칼끝을 들이대자 그것이 죄어들며 내려갔기에 칼날을 돌릴 때 그 근육질의 힘이 느껴졌다. 그는 노끈의 길이만큼 칼을 떨궈 둔 다음 삿갓조개가 떨어지는 순간에 그것을 잡아챘다. 그쪽 손아귀에서 그 삿갓조개를 뒤집어본 다음 그 넓은 말단을 들여다보았다. 타원형의 갈색 발이 빛을 막겠다고 안쪽으로 오므라든 게, 뒤쪽으로 오므라든 게 보였다.

"이런 우라질."

그는 삿갓조개를 본인에게서 홱 밀쳐 냈고 그 천막은 바닷속에 들어가 물이 살짝 공중제비를 넘게 했다. 잔물결들이 잦아드는 사이 그는 그 삿갓조개가 하얗게 하늘거리며 내려가 시야에서 벗어나는 것을 지켜보았다. 삿갓조개가 사라진 자리를 한참 바라보았다. 그는 다시금 칼을 가져다가 따개비들 사이로 끌질하듯 선들을 긋기 시작했다. 그것들은 울면서 오줌같은 소금물을 흘렸다. 그가 칼끝으로 말미잘 하나를 쿡 찔러보니 젤리가 질끈 틀어막혀 버렸다. 칼날의 납작한 부분으로 윗면을 눌러 보자 그 구멍이 그의 눈에 오줌을 쌌다. 그는 칼을 암석에다 떼밀어 칼을 닫았다. 다시 타고 올라가서 돌덩이들 셋 — 부러진 둘과 딱지 않은 맨 꼭대기의 하나에 등을 댄 채로 고지대 암석에 주저앉았다.

안쪽에서 그 남자는 본인의 신체를 장악한 일종의 발작을 인지하고 있었다. 그는 양발을 몸에다 바짝 끌어 올렸고 옆으로 굴러가서 얼굴이 암석에 엎어져 있게 했다. 그의 몸은 퉁퉁 불어 터진 의복 아래에서 벌떡대고 덜덜대고 있었다. 그는 돌에다 대고 속삭였다.

"너 포기하면 안 돼."

그 즉시 그는 내리막으로 기어 나가기 시작했다. 기어가는 건 허우적대는 게 되었다. 아래쪽 물가에서 그는 돌덩이들을 발견했지만 다들 쓸모없는 모양의 것들이었다. 그는 수면 바로 아래에서 돌덩이 하나를 골라 힘겹게 다른 돌덩이들에게로 다시 갔다. 새로운 돌덩이를 꼭대기의 돌덩이로 바꾼 다음, 제자리에 문질러 박고는 딱지 않은 돌덩이도 되돌려놓았다. 76센티 미터.

그는 중얼거렸다.

"해야만 해. 해야만."

그는 홍합 절벽 반대편의 암석-측면으로 기어 내려갔다. 이쪽 측면에는 암봉들과 오르락내리락하며 빨아들이는 물이 있었다. 물은 매우 어두컴컴했고 밑바닥에는 기다란 해초가, 여행자들이 여행 가방 자물쇠가 고장 나면 가끔 여행 가방에 칭칭 동여매는 것과 같은 끈들이 있었다. 이 갈색 해초는 수면 가까이에서는 짜부라지고 제 위로 휘감겨 있었지만 더 멀리 바깥에서는 물속에 꼿꼿하게 서 있거나 마치 촉수나 혀처럼 천천히 움직였다. 그 너머로는 심해의 해저로 내려가는 시커먼 심수 말고는 아무것도 없었다. 그는 이로부터 눈을 떼어 내어 암봉 중 하나를 따라 타고 올랐지만 어디나 암석은 굳건하여 떨어져 나온 돌 조각들이 눈에 띄는 경우가 없었는데, 그래도 한 곳에서는 단단한 암봉에 금이 가 있긴 했다. 그는 스타킹을 신은 양발로 이 부분을 밀어 보았지만 움직이게 할 수가 없었다. 그는 암봉 위에서 서투르게 돌아서 되돌아왔다. 거대한 암석의 하단에서 부적절한 모양을 한 돌덩이들을 찾아내서 그것들을 하나하나 어느 도랑까지 가져가 쌓았다. 그가 바위틈들 안쪽을 엿보고서 누리끼리해지는 석영의 토막들과 둥글어진 덩어리들을 끌어내니 그 위로 해초가 초록색 머리카락처럼 질질 끌렸다. 그것들을 본인이 세우고 있던 사람에게로 가져가서 맨 아래 있는 돌덩이 주위에 쌓았다. 몇몇 덩어리들은 감자보다 아주 크지도 않아 커다란 돌덩이들이 들어맞지 않던 자리에 이것들을 때려 넣었더니 이윽고 맨 꼭대기의 돌덩이가 건드려도 더는 흔들리지 않게 되었다. 그는 마지막 돌덩이 하나, 본인 머리통만큼이나 커다란 하나를 다른 돌덩이들 위에 올려 두었다.

90센티미터.

그는 돌 더미에서 떨어져 서서 본인 주위를 둘러보았다. 돌더미는 그의 시야 속에서는 수평선 높이에서부터 태양보다 높이까지 이르렀다. 그는 이를 보고 놀라서 서쪽이 어디였는지를 확실히 하고자 주의 깊게 보았다. 전에 자신을 구해 주었던 바깥에 있는 바위가 보였고 바다 갈매기들은 되돌림파[42] 바로 너머에 떠다니고 있었다.

그는 다시 암석을 기어 내려가 아까 삿갓조개를 비틀어 떼어 냈던 곳으로 향했다. 찌푸린 얼굴을 하고 복부 위의 축축한 옷감 속으로 접어 쥔 양 주먹을 밀어 넣었다. 그 자그마한 절벽에 매달려서 손가락으로 빨간 젤리 방울들을 뜯어내기 시작했다. 그것들을 절벽 끄트머리에 두고는 한참을 쳐다보지

---

42) 해안에 접근한 파가 부서져 다시 바다 쪽으로 흘러 내려가는 흐름.

않았다. 그러던 그는 1.5개의 눈을 아래쪽의 그것들로 돌려서 면밀히 점검해 보았다. 그것들은 한 줌의 사탕처럼 놓여 있었는데 다만 아주 살짝씩 움직였으며 쌓아 올려진 더미에서는 약간의 맑은 물도 흘러나오고 있었다. 그는 절벽 끄트머리에서 그것들 곁에 앉아 더는 그것들을 보지 않았다. 그의 얼굴이 고뇌의 표정으로 굳어졌다.

"이런 우라질!"

그의 손가락들이 사탕 하나 위로 오므려졌다. 그는 그것을 재빨리 입안에 넣어 고개를 홱 수그려 삼키고는 몸서리쳤다. 그는 또 하나를 취해서는 삼켰고, 또 하나를 될 수 있는 대로 빨리 취했다. 그는 사탕 더미를 먹어 치우고는 목구멍만 꿀렁이는 채로 빳빳이 앉았다. 이윽고 진정되면서 파리하게 씩 웃었다. 그는 왼손을 내려다보았고 그곳에는 물이 뚝뚝 떨어지는 채로 마지막 사탕 하나가 새끼손가락에 놓여 있었다. 그는 입에다 그 손을 턱 맞부딪혔고 손가락들 건너를 응시하면서 위장과 일전을 벌였다. 그는 허우적대며 바위들 너머 물구멍으로 향하여 몸을 끌어넣었다. 다시금 붉은 토사와 점액질의 타래들이 밑바닥에서부터 올라왔다. 웅덩이 중 한층 가까운 끄트머리 둘레에는 폭이 1센티미터쯤 되는 붉은 띠가 있었다.

쌉쌀한 물로 위장을 가라앉히고 나서 그는 뒷걸음질로 구멍에서 나왔다. 바다 갈매기들이 이제는 암석을 빙빙 돌고 있었고 그는 증오를 담아 그것들을 쳐다보았다.

"그런다고 내가 꺾일 줄 아냐!"

그는 본인이 만든 90센티미터짜리 난쟁이가 서 있는 암석의 꼭대기로 다시 용케 기어올랐다. 사방팔방에서 수평선이 시야에 들어왔고 텅 비어 있었다. 그는 입술에서 식수의 자취를 핥았다.

"수중에 마실 물은 충분하니까……."

그가 일어서서 식수 위의 석판을 내려다보았는데 거기 그게 마치 다이빙대처럼 튀어나와 있었다. 그는 천천히 절벽으로 가 내려서서 석판 아래를 들여다보았다. 웅덩이의 바다 방향 끄트머리는 서로서로 박힌 깨진 돌들이 뒤죽박죽되어 가로막혀 있었다. 그의 시야라는 손상된 창문 뒤편에서 그는 붉은 토사가 일어나서 휘감는 걸 보았다. 그 물질이 여기 돌들 안쪽 면을 덮으면서 물이 새어 나가지 않도록 돌들을 살짝 봉해 주고 있는 게 틀림없었다. 그에게 잽싸게 상상도로 펼쳐진 것은 시간이 붉은 물질로 덮어 준 끝에 막히게 된 숨겨진 표면들 및 구멍들, 그리하여 온통 소금물 가운데 가로막히게 된 이 뜬금없는 담수였는데, 이게 너무도 섬약하게 가로막힌지라 그야말로 스치기만 해도 그의 생명은 돌이킬 수 없이 흘러 나가게 될 것이었다…….

그는 부릅뜬 눈을 하고 밭게 나오던 숨결로 뒷걸음질 쳤다.

"잊어버려!"

그는 잠자는 용도의 바위틈 속으로 몸을 뒤쪽으로 쑤셔 넣기 시작했다. 거의 귀까지 들어가서 시야 밖으로 벗어났고 몸과 묵직한 의복으로 구멍을 메웠다. 더플코트의 양 소매를 방수복의 대롱들로부터 뽑아낸 끝에 소매가 양쪽 손등에 덮이게 되었다. 약간 몸부림친 끝에 소매를 손가락으로 움켜쥐어 주먹을 접어 쥐어서 주먹들이 북슬북슬한 더플코트 속에 숨겨지게 할 수가 있었다. 구명대가 다시 한번 가슴과 목울대를 받쳐 주었고 그는 왼쪽 뺨으로 팔뚝을 뱄다. 이제 태양이 져버린 마당이라 그가 덜덜 떨면서 그렇게 누워 있는 동안 초록색 하늘이 청색, 남청색으로 변했고 갈매기들이 떠돌아 내려왔다. 그의 몸은 오한에 굴복했지만 한 바탕씩 오한이 오는 사이사이에는 상당히 가만히 누워 있었다. 입은 벌어져 있었고 눈은 암흑 속을 안절부절 응시했다. 한번은 그가 꿈틀거리더니 입이 말했다.

"잊어버려!"

갈매기 한 마리가 살짝 움직이더니 다시금 내려앉았다.

5장

그러나 그는 온몸으로 두루두루 늘려져 있었기 때문에 구
덩이 속으로 떨어질 수는 없었다. 그는 회복되는 원기를 어렴
풋이 인지하고 있었다. 그리고 이러한 원기는 그에게 추위를
음미하고 신체적으로 비참해지게 했을 뿐만 아니라 한기로
짜증이 일게도 했다. 간밤의 종말론적인 환상들과 음성들 대
신에 그가 지닌 것이라고는 이제 혹사당하고 불평불만이 가
득한 육신뿐이었다. 눈 속의 바늘 끝은 뭉툭해졌건만 바늘이
찔러 대는 것만 아니면 그 무엇이라도 견뎌 내질 못하고 그는
그쪽의 냉기를 차단하려는 노력의 일환으로 계속해서 한쪽
발을 다른 쪽 발 위에다 비빈다거나 몸으로 석판을 눌러야만
했는데, 그래 봤자 그 반대편이 점점 더 집요하게 관심을 요한
다는 걸 알게 될 따름이었다. 그는 자신이 가장 많이 거주하

고 있던 암흑의 구체를 나무처럼 경직되어 딱딱한 표면에서 들어 올려서 회전시킨 다음 반대쪽 반구를 아래로 놔두곤 했다. 이번 밤과 간밤 사이에는 차이점이 또 하나 있었다. 불길들이 사그라진 터였는데도 이제 그가 불길들을 돌볼 짬과 여력이 생기고 보니 여전히 그곳에 있었던 것이다. 마치 그의 몸이 인정사정없이 잡아 늘여지고 있었던 것처럼 뻣뻣함은 아예 자리를 잡은 긴장감이 되어 버린 터였다. 암석 역시, 이제 그가 가용할 여력이 조금 생기고 나니 그에게 추가적으로 불편감을 강제하고 있었다. 구체가 극도의 탈진감 속에서 매끄러운 표면이라고 받아들였던 것이 사실은 여기저기 돌출부가 있는 티를 내며 기복을 이루고 있었다. 이러한 티들은 국지적인 불편감이 되었다가 결국 무지근한 동통으로 변했다. 계속해 보라고 허락을 받은 동통들은 통증들이, 그러다가는 불길들이 되는 바람에 피해야만 하게끔 되었다. 그리하여 그는 허벅지를 들어 올려 치우거나 약하게 꿈틀거리곤 했는데 그러면 어김없이 그 돌출부는 사라지고 기복 말고는 무엇도 남기지 않았다는 걸 깨달을 따름이었다. 그의 허벅지는 다시금 아래에 납작 붙어서 암흑 속에서 불편감, 동통, 통증, 불길을 기다리고 있기 마련이었다.

위쪽 상단에서 이제 창문이 어둑해지고 나니까 그 남자는 보일 수밖에는 없었던 음성과 물체 들로 불편감의 막간들이 다시금 꽉 차 있는 것을 발견했다. 그의 아래쪽에서 지구 중심의 불길들 너머로 태양이 이동해 가는 혼란스러운 심상이 떠올랐다. 그러나 태양과 불길들은 둘 다 그를 데워 주기에는 너무도 멀찍이 떨어져 있었다. 그는 담수를 가로막고 있는 붉은 토사, 한주먹거리의 곱절은 되는 붉은 사탕들, 텅 빈 수평선을 보았다.

"난 살아남을 거야!"

그는 자신 아래쪽의 태양과 더불어 그것이 달팽이처럼 움직이는 모습을 보았고 머릿속으로는 지구의 축에 기반한 공전과 태양 주위를 일 년 내내 도는 지구의 여정에 혼란을 느꼈다. 그는 봄철의 한층 밝은 일광으로 데워지기까지 사람이 얼마나 많은 달을 견뎌 내야만 하는지를 보았다. 그는 생각도 정체성도 없이 몇 달간 태양을 지켜보았다. 그는 태양을 다각도에서, 열차의 차창을 통해 또는 들판에서 보았다. 그는 태양의 불길들을 주말농장에, 정원에, 불겅그레받이[43]에 있는 다른 불길들과 혼동했다. 이런 불길들 중 하나는 유독 집요했던지라 이곳이야말로 현실이었으며 지켜봐야 했다. 그 불길은 어느 불겅그레받이의 쇠살대 뒤편에 있었다. 그는 그 불겅그레받이가 어떤 방 안에 있었다는 걸 알아차렸고 그러자 모든 것이 과거에서 튀어나온 친숙한 것이 되었으며 그는 본인이 어디 있었는지를, 또 그 시간과 그 말들에 특별한 의미가 있었다는 것을 깨닫게 되었다. 홀쩍하고 거미처럼 가늘디가는 사람 형상이 반대편 의자에 앉아 있었다. 그 사람 형상이 제 검은 곱슬머리 아래에서 올려다보는 모습이 마치 천장 건너편에 있는 웬 참고 문헌이라도 찾아보고 있는 듯했다.

---

43) 난로, 보일러, 가마 등에서 불을 받치고 있는 판.

"우리를 현재 있는 그대로 상정하면 천국은 완전한 무(無)일 거야. 모양을 갖추지 않고 아무것도 생기지 않은.[44] 알겠어? 우리가 생명체라고 부르는 모든 것을 파괴하는 일종의 검은 번개일 거라고."

그러나 그는 대답하면서 웃고 있었고 행복해 했다.

"난 모르겠고 별 상관도 없긴 한데 네 강연에는 갈게. 우리 너새니얼, 내가 널 보게 돼서 얼마나 반가운지 넌 감도 못 잡을 거다!"

너새니얼은 신중하게 그의 얼굴을 살펴보았다.

"나도. 널 보게 돼서 반갑다는 쪽을 말하는 거야."

"우리 감정 드러내고 있다, 냇. 우리 비영국인처럼 굴고 있어."

또다시 예의 신중한 눈길.

"너한테 내 강연이 필요할 것 같다. 너 행복하지 않지?"

"그렇다 해도 천국에 꼭 흥미가 있지도 않은걸. 마실 거라도 한 잔 가져다줄게."

"아냐, 괜찮아."

너새니얼은 의자에서 몸을 풀어내 양팔은 양쪽으로 내뻗고 양손은 위로 구부린 채 섰다. 그는 처음에는 아무것도 보지 않고 있다가는 방을 둘러보았다. 그는 벽으로 가서 선반 상단에다 뼈밖에 없는 엉덩이로 터무니없게 드높이 몸을 걸쳤

---

44) 구약 성서 중 세계가 창조되기 전의 혼돈의 상태를 일컫는 구절이다. "땅은 아직 모양을 갖추지 않고 아무것도 생기지 않았는데, 어둠이 깊은 물 위에 뒤덮여 있었고 그 물 위에 하느님의 기운이 휘돌고 있었다."(「창세기」 1장 2절).

다. 그가 믿기지 않는 다리들을 밀어 내어 쫙 벌린 끝에 발바닥의 마찰력에 의해 위태롭게 붙들렸다. 그는 다시금 예의 참고 문헌을 올려다보았다.

"강연을 죽는 기술에 관한 얘기라고 부를 수도 있을 거야."

"나보다 네가 죽어도 한참 전에 죽겠다. 밤이 이렇게 추운데…… 너 옷 입은 꼬락서니 좀 봐라!"

너새니얼은 웃어 젖히는 창문을 들여다보더니만 저 자신을 내려다보았다.

"추운가? 그래. 차림새가 좀 그런 것 같네."

"그러는 나는 끝장나게 오래 살아서 내가 추구하는 바도 얻어 낼 거거든."

"추구하는 바라면……?"

"이런저런 거."

"하지만 넌 행복하지 않잖아."

"하고많은 사람 중에서 하필 나한테 이런 연설을 쏟아붓는 이유가 뭔데?"

"우리 사이에는 끈이 있거든. 우리에게 무슨 일이 벌어질 예정이든가 어쩌면 우리가 함께 일하기로 정해졌는지도 모르지. 너는 견디는 역량이 특출나."

"견뎌서 뭘 하는데?"

"천국을 얻어 내지."

"무(無)를?"

"죽어서 천국에 가는 기술을."

"난 됐네요. 나이에 맞게 좀 살아라, 냇."

"넌 얻어 낼 수 있을 거야, 알겠지만. 그리고 나는……."

냇의 얼굴은 변화를 겪고 있었다. 그 얼굴이 다시금 그에게로 돌아섰다. 뺨의 홍조가 고통스러웠다. 눈이 닥쳐오며 위로 드리워졌다.

"……그리고 나는, 예감이 들거든. 웃지는 말아 줘…… 하여 간 느껴진달까…… 알겠다고도 말할 수 있겠지." 그 눈 아래에서 숨은 약간 헐떡이는 소리로 나왔다. 양발은 긁어 댔다.

"……내가 알겠다고도 말할 수가 있는 건 너는 일신상 천국에 관해 — 죽는 것에 관해 — 이해하는 게 중요한데, 왜냐하면 기껏해야 몇 년 안에……."

잠시간 그곳에는 침묵이, 이중의 충격이 있었는데, 방 창문 너머에서 종들이 마치 그 목소리와 더불어 멈춰 버린 듯 울리기를 그친 탓이다. 피우던 담배에서 오는 지독한 따끔거림이 팔뚝을 따라 구체 속으로까지 휘리릭 뛰어드는 바람에 그는 담배를 홱 튀겨 내고 소리를 질렀다. 그러던 그는 바닥에 납작 엎드려 안락의자 아래에서 담배꽁초를 찾아 더듬었고 바닥의 기복이 몸에 닿자 그것은 불편감이 되었다. 그곳에 엎드려 있자니 그 말들이 그를 뒤쫓아 왔고, 그의 귀를 윙윙거리게 했으며, 심란함을 자아냈고, 급작스럽고 간담이 서늘하게도 이해가 됨에 따라 심장이 쿵쾅대도록 밀어붙이던 게 마치 심장이 너새니얼이 내뱉지 않은 말들을 헐떡이고 있는 듯했다.

"……왜냐하면 기껏해야 몇 년 안에 너는 죽을 거거든."

그는 격분과 공황에 빠져 내뱉어지지 않은 말들에 대고 소리를 질렀다.

"이런 염병할 머저리 같으니라고, 냇! 이런 지랄 염병할 머저리 같으니라고!"

말들은 도랑 속에서 메아리쳤고 그는 한쪽 뺨을 방수복에서 휙 쳐들었다. 바깥에는 빛이 상당한 게, 햇빛과 갈매기들의 울음소리가 있었다.

그는 소리쳤다.

"내가 죽으면 내 손에 장을 지진다!"

그는 재빨리 바위틈 바깥으로 몸을 끌고 가 도랑 속에 섰다. 바다와 하늘은 남청색이었고 태양은 물에서 눈부신 빛을 만들어 내지 않을 만큼 높이 있었다. 그는 얼굴에 와 닿는 햇볕을 느꼈고 양손으로 수염 그루터기들을 문질렀다. 수평선을 재빨리 휘둘러보고는 어느 도랑으로 기어 내려왔다. 그는 본인 뒤편을 슬쩍슬쩍 흘깃대면서 바지를 만지작대기 시작했다. 그러고는 암석에 상륙하고 처음으로 조롱조의 웃음을 부르짖으면서 수염이 까칠한 외면적인 얼굴을 깨뜨렸다. 그는 난쟁이에게로 되돌아가서 수평선에다 대고 호스로 물을 주는 시늉을 하며 소변을 보았다.

"신사 여러분께서는 자리를 떠나시기 전에 옷매무새를 가다듬어 주시기를 당부드립니다."[45]

그는 방수복의 단추들을 만지작대기 시작하더니 방수복을 사납게 잡아당겨 벗어 버렸다. 더플코트 안쪽에서 구명대를 잡아 주고 있던 띠들도 집어 내어 잡아당겼다. 그는 양쪽 모두

---

45) 당시 신사용 공중화장실 내부에 있던 안내문을 떠올리고 있다.

를 쓱 벗어서 묵직한 더미로 툭 버려두었고 그 자리에 서서 내
려다보았다. 각 팔에 있는 금몰로 된 두 개의 물결치는 줄, 금
박이 입혀진 단추들, 재킷과 바지의 검은 암사슴 가죽을 흘긋
쳐다보았다. 그는 착장을, 재킷이고 모직 스웨터고 검은 스웨
터고 셔츠고 러닝셔츠고 벗겨 냈고, 기다란 스타킹, 양말, 팬
티를 잡아당겨 벗었다. 그는 가만히 서서 본인 몸 중에서 보이
는 것을 뜯어보았다.

양발은 너무나도 철두철미하게 통통 불어 터져 있었던지라
본래의 형태를 잃은 듯했다. 엄지발가락 하나는 멍과 말라붙
어 가는 피로 검퍼렜다. 양쪽 무릎에는 열상에까지 이르렀던
멍들이 있었는데, 절창이나 자상이 아니라 6펜스짜리 동전[46]
크기로 피부와 살이 해져 있던 곳들이었다. 그의 오른쪽 골반
은 시퍼런 게 마치 누가 페인트에 쑥 담갔던 손을 그 위에 대
기라도 한 듯했다.

그는 양팔을 뜯어보았다. 오른쪽 팔꿈치는 부어오르고 뻣
뻣했으며 근방에 멍들이 더 있었다. 여기저기 그의 몸에는 반
점들이 있었는데, 살이 까진 건 아니고 피부 아래에서의 출혈
로 얼룩덜룩해진 것이었다. 그는 얼굴 위의 수염 그루터기들
을 다정하게 매만졌다. 그의 오른쪽 눈은 자욱해져 있었고 그
쪽 뺨은 뜨겁고 뻣뻣했다.

그는 러닝셔츠를 가져가 그 몸체를 쥐어짜 보려고 했지만
그 직물 안에는 물이 갇혀 도저히 나와 주질 않았다. 그는 비

---

46) 과거에 사용되던 영국 동전으로, 직경이 2센티미터 정도였다고 전해진다.

틀린 옷감의 한쪽 끄트머리 위에 왼발을 두고 반대쪽을 양손으로 비틀었다. 습기가 배어 나와 암석을 축였다. 그는 의복한 점마다 차례차례로 이렇게 해 준 다음 옷 무더기를 양지에 마르도록 펼쳐 두었다. 그는 난쟁이 옆에 앉아서 재킷 속을 더듬었고 퉁퉁 불어 터진 종이 다발과 작은 갈색 소책자를 꺼냈다. 소책자에서 색이 이염되어서 마치 종이들이 녹슬고 있던 것처럼 종이들을 물들여 두었다. 그는 본인 주변에 종이들을 늘어놓았고 호주머니들을 차례로 샅샅이 뒤졌다. 2페니와 1플로린[47]을 발견했다. 그는 난쟁이 옆에 그것들을 작은 더미로 놓아두었다. 방수복 호주머니에서 노끈에 매달린 칼을 가져다가 목에 감아서 걸었다. 그렇게 해 두고 나서는 한 손을 들어 올려 하얀 줄로 그의 목에 감겨서 매여 있던 작은 갈색 원반[48]을 지그시 잡아당겼다. 그는 얼굴을 씩 웃는 표정으로 구부렸다. 일어나서 허우적대며 바위들을 넘어 물구멍으로 향했다. 조심조심 몸을 넣은 다음 앞으로 수그렸다. 붉은 타래들이 떠오르면서 그에게 웅덩이의 틀어막힌 반대편 끄트머리를 상기시켰다. 그는 숨을 참으며 조심조심 뒷걸음질로 물러났다.

그는 기어 내려와 도랑들 너머 암석의 하단으로 향했다. 수위가 낮았고 살아 있는 젤리들이 몇 톤씩 철갑을 두른 채 절벽들을 뒤덮어 펼쳐져 있었다. 끄트머리 너머로 발가락을 튀어나오게 한 채 그가 서 있던 곳에서 그 식량은 말라 있었고

---

47) 지금의 10펜스에 해당하는 옛날 영국 동전.
48) 2차 세계 대전 당시 영국에서는 면으로 된 줄에 달린 둥근 원반 형태의 갈색 군번줄이 배부되었다.

지속적으로 자잘하게 타닥거리는 소리들로 말을 걸어 댔다. 해초는 조가비들 위에서 투명했고 아주 엷은 초록색이었다. 그는 이쪽의 붙들 곳에서 저쪽의 붙들 곳으로 용케 기어 내려 가며 발에 날카로운 조가비들이 걸릴 적에 질겁했다. 그는 홍 합들을 잡아당겼지만 그것들은 떨어져 나와 주지 않았다. 마 치 뼈를 들러붙은 힘줄로부터 뜯어내고 있듯, 관절에서 뒤틀 어 빼내고 있듯 그것들을 비틀어 떼어 내야만 했다. 그는 그것 들을 머리 위로 홱 던져 그것들이 아치를 그리며 올라가서 암 석 위에 달가닥거리며 떨어지게 했다. 갈팡질팡하는 물 위쪽 에서 날카로운 조가비들 사이에서 용을 쓰다 보니 양다리가 혹사당한 탓에 부들부들 떨리고 있었다. 그는 절벽을 타고 올 라서 한숨 돌리고는 돌아와서 더 비틀어 떼어 냈다. 그리하여 암석 위에는 거둬들인 홍합들이 흩어진 채 있었는데 개중 몇 몇은 길이가 10센티미터는 되었다. 그는 양지에서 숨을 헐떡이 며 주저앉아서 그것들과 씨름했다. 그것들은 붉은 사탕들처럼 취약하지 않았던 게, 꽉 물리고 달라붙어서 칼날을 들이밀 구 석 하나 없었던 것이다. 그가 암석에다 하나를 놓아두고는 칼 손잡이로 그것을 때리다 보니 조가비에 균열이 갔다. 그는 그 복잡한 몸체를 꺼내고는 바다 너머로 눈길을 돌렸다.

"벨기에인은 이렇게들 먹는다잖아."

그는 그 몸체를 꿀꺽 삼켰다. 이를 악물고 조가비를 또 하 나 부수었다. 곧 그는 마른 암석 위에 하얗고 노랗게 놓인 생 살의 무더기를 가지게 되었다. 그의 아래턱은 움직였고, 그는 수평선으로 눈길을 돌렸다. 오른눈 중에서 자욱해진 쪽이 그가 먹는 동안 살짝 잡아당겨졌다. 한 손으로 주변을 더듬었더니 무더기가 사라져 있었다. 그는 절벽을 기어 내려가서 더 얻어 왔다. 이런 홍합 하나하나를 칼로 급작스럽게 콱 내리 찔러 열었다. 그것들이 사라지고 나자 그는 암석에서 붉은 사탕들을 쥐어뜯어서 입안에 털어 넣었다. 초록색이든 붉은색이든 구분하지 않았다. 초록색 해초 가닥 하나를 집어서 마치 양상추 이파리처럼 씹었다. 그러고는 물구멍으로 되돌아가서 몸을 집어넣은 다음에 번득이는 수면을 내려다보면서 잠시 누워 있었다. 그가 입술만 축였기에 붉은 점액질 타래들이 그저 살짝만 살랑대다가는 다시금 가라앉았다. 그는 조심조심 몸을 빼내어 암석 꼭대기로 용케 기어올라 주위를 살폈다. 수평선은 전후좌우 방면에서 곧고도 명확하게 줄이 그어져 있었다. 그는 주저앉았다.

종이들과 소책자는 여전히 축축했지만 그는 소책자를 집어 들어 열어 보았다. 표지 안쪽에는 사진 한 장 위에 투명한 보호막이 씌워져 있었다. 그는 보호막을 통해 들여다보고 수증기가 서린 인물 사진을 알아보았다. 정성 들여 매만져 둔 머리털, 강인하고도 미소를 띤 얼굴, 목에 둘린 하얀 실크 스카프가 보였다. 그러나 세부는 영영 사라져 버린 터였다. 수증기와 갈색 이염 사이로 그에게 어렴풋이 미소 짓던 그 청년은 희미한 갈색의 세상 속에서 증조부모들이 자세를 잡고 찍은 인물 사진들만큼이나 아득했다.

그렇다고 하더라도 그는 계속해서 바라보면서 눈에 보인다기보다는 본인이 기억하는 세부들을 탐색했으며 그의 앞에 있는 뺨이라면 미소를 띤 것이 매끄럽겠다고 점치는 한편 본인의 수염이 까칠해진 뺨을 만져 보았으며 부스스한 머리칼을 다시 매만졌고 통증이 있는 한쪽 눈초리를 다정하게 매만졌다. 사진 맞은편에는 필기용 빈칸에 써 둔 글이 있었지만 이 역시도 얼룩지고 물에 씻겨 읽기 어려웠다. 그는 소책자를 내려놓았고 그의 목에 둘러져 걸려 있던 갈색 원판을 찾아 더듬었다. 그는 노끈이 허락하는 한 멀리까지 원판을 들어 올린 끝에 그의 왼눈에 가까워지게 했다. 그는 힘껏 뒤로 갔고 원판을 본인으로부터 충분히 멀찍이 떨어뜨렸다.

크리스토퍼
해들리
마틴
R. N. V. R.[49] 임대위[50]
영국 국교회

그는 새겨진 글을 한 획 두 획 읽고 또 읽었다. 그의 입술이 움직이기 시작했다. 그는 원판을 떨구고는 상흔으로 덮인 채 소금기에 절여진 다리들을, 복부와 음부를 덮은 덤불 같은 음

---

49) 영국에서 1903년 창설된 '영국 해군 의용 예비대(Royal Naval Volunteer Reserve)'의 약어. 후일 '영국 해군 예비대(Royal Naval Reserve: RNR)'로 통합되었다.
50) 전시 중 임시로 승급한 장교의 경우 계급 앞에 '임시직'을 뜻하는 '임'을 붙이게 된다.

모를 내려다보았다.

그는 쉰 목소리를 쓰면서 또 일종의 경악감을 품고 소리 높여 내뱉었다.

"크리스토퍼 해들리 마틴. 마틴. 크리스. 나는 언제나의 나 그대로다!"

단번에 그는 본인 머리라는 구체 안에 기이하게 고립된 상태에서 빠져나와 정상적으로 본인의 사지로 두루두루 늘려진 것 같았다. 그는 다시금 본인의 눈 표면에 거주했으며, 대기중에 나오게 되었다. 한낮의 햇살이, 햇빛이 그에게 몰려들어 내려왔고, 바다 위에는 광채가 있었다. 단단한 이 암석은 켜켜로 쌓인 조분석이 있기도 하고 담수에 조개류가 있기도 한 게 하나의 물체만큼이나 말이 되었다. 이 암석은 어느 유한한 바닷속 두 선의 교차점에 있는 한 지점이었고, 수평선 아래로는 실제 선박들이 지나다니고 있었다. 그는 재빨리 두 발을 딛고 서서 양지에 널린 옷가지들을 뒤집느라고 암석을 빙 둘러 힘을 쓰고 다녔다. 팬티를 쿵쿵거리고는 웃음을 터뜨리기도 했다. 종이들 쪽으로 돌아가 그것들을 뒤집었다. 동전들을 집어들어 잠시 한 손에서 쟁그랑거린 다음 동전들을 바다에 던져 넣을 듯한 시늉도 했다. 그는 멈칫했다.

"그런 짓은 너무 크리스마스 크래커 속 좌우명[51] 같겠다. 너

---

51) 영국에서는 크리스마스 만찬 때 '크리스마스 크래커'라는 폭죽을 터뜨린다. 두 사람이 폭죽의 양 끝을 잡아당기면 폭죽 소리가 나면서 안에서 종이 모자 같은 작은 선물이나, 다소 진부하게 느껴질 수 있는 교훈이나 농담 등이 적힌 쪽지가 나온다.

무 감정이 과하달까."

그는 고요한 바다를 바라보았다.

"나를 영웅으로 내세울 생각은 없어. 그래도 나는 건강과 교육과 지성을 갖췄단 말씀이야. 내가 널 이기고 말 테다."

바다는 아무 말도 하지 않았다. 그는 약간 머저리처럼 혼자 씩 웃었다.

"내가 이런 말을 한 것은 살아남겠다는 결의를 확언하려던 거야. 그리고 당연히 혼잣말이고."

그는 암석을 둘러보았다.

"맨 먼저 할 일은 토지를 점검하는 것이지."

암석은 하나의 섬에서 하나의 사물로 줄어 있었다. 햇빛 속에, 또 추위가 없는 상태 속에 있는 만큼 이 총체를 눈으로만 보는 게 아니라 이해를 해 가며 점검할 수 있었다. 그는 그 도랑들이 수직 지층들의 풍화된 끄트머리라는 걸, 또 도랑들 사이의 암벽들은 풍화가 한층 더뎠던 비교적 단단한 층들이라는 걸 단번에 알아보았다. 그것들은 진흙이 뜨거워져서 부분적으로 녹아 버릴 지경까지 무게로 압축된 바 있는 진흙 심층의 부러진 끄트머리였다. 위층에서의 어떤 경련, 추정 불가한 뒤틀림, 지구 복부의 진통이 이 심층을 잡아 뜯고 이렇게 부러진 끄트머리를 진흙과 점토를 뚫고 수직으로 찔러 올린 끝에 그게 마치 이빨이 살진 아래턱을 찢고 나오듯이 터져 나오게 된 것이었다. 그런 다음에 덜 압축된 층들은 마치 책에서 책장들이 잘려 나간 자리처럼 모서리로 가득한 도랑으로 침식되어 갔던 것이다. 암벽들 역시 군데군데 부러져 있었고 현지의 장해물로 어디나 개조되어 있었다. 암벽 중 몇몇은 추락한 터라 도랑들 속에 뒤죽박죽된 채 놓여 있었다. 암석 중 물에서 내밀어진 윗부분 일체가 이 도랑에서 저 도랑으로, 서쪽에서 동쪽으로 아래로 내려가는 경향을 띠었다.

암석의 절벽 측면들이 층리를 감추었던 건 물살에 침식되어 있었거니와 그 위에 너무도 빽빽하게 무리를 지은 식충류(植蟲類)[52]들로 레이스 무늬가 새겨져 있었던 탓이다. 이쪽 꼭대기에는 악취를 풍기는 물 아래에서 백색 물질이 콘크리트처럼 발려 있었지만 저쪽 아래에 파랗게 산산이 조각난 홍합-조가비들이 흩어져 있던 곳에서는 암석은 깨끗하거나 따개비와 해초로 뒤덮여 있었다. 이 암석 너머에는 얕은 물이 찬 틈이 있었고, 그러고는 더 작은 암석이 또 하나, 또 하나 그다음 또 하나가 살짝 곡선을 이루고 있었다. 그러고는 마맛자국이 일어 물의 패턴을 가로막았고 그런 다음에는 바다가 하늘까지 쭉 가파르게 올라갔다.

그는 그 일련의 암석들을 숙연히 쳐다보았고 그것들을 이빨이라고 생각하는 자신을 발견했다. 그것들이 아래턱에서 점진적으로 드러나고 있다는 상상을 하던 자신을 문득 포착한 것이다…… 하지만 그것은 사실이 아니었다. 그것들은 가라앉고 있었다고나 할까, 그렇다기보다는 무한한 슬로 모션으로 닳아 가고 있었다. 그것들은 노령의 어금니들로서 닳아 가고 있었다. 세상이 한세월 살아가는 동안 그들도 뭉툭해진 것이

---

52) 해면, 산호 등 식물과 비슷한 무척추동물을 일컫는 말.

었고, 암석들이 먹는 모종의 음식을 갈다 보니 깎여 나가고 있던 것이다.

그는 성마르게 고개를 저었다가는 목에 급작스러운 통증이 오는 바람에 헉하고 숨을 멈췄다.

"침식 과정이 워낙에 느려서 하등 관련이 없는……"

그는 멈추었다. 그는 대기 속을 올려다보고는 어깨 너머를 둘러보았다. 그는 그 말들을 신중하게, 똑같은 억양을 담아 똑같은 강도로 되풀이했다.

"침식 과정이 워낙에 느려서……"

그의 입에서 나온 그 소리에는 기묘한 구석이 있었다. 그는 이렇게 잠긴 목소리를 감기를 앓았거나 한바탕 격하게 소리를 지른 다음에 회복 중인 사람의 것인 양 치부했다. 그러면 설명이 되었다.

그는 고래고래 노래를 불렀다.

"알루엣, 장티유 알루엣……"[53]

그는 오른손으로 코를 쥐고 압력으로 양쪽 볼이 둥글어질 때까지 코로 숨을 불어 내려고 해 보았다. 귓속에서 뚫리는 게 없었다. 눈이 아파 오더니 눈물이 맴돌았다. 그는 수그려서 상흔을 입은 무릎에 양손을 짚고 옆으로 고개를 돌려 보았다. 목의 통증은 무시해 가며 격하게 고개를 흔들면서 그는 귓

---

53) '종달새야, 착한 종달새야(Alouette, gentille alouette)'라는 뜻으로, 대중적으로 널리 알려진 프랑스 동요인 「알루엣」의 가사 중 일부이다. 해당 동요는 프랑스에 파병된 참전 용사들 사이에도 유행했다고 전해진다. 가사는 종달새의 깃털, 부리, 머리를 뽑겠다는 내용으로 진행된다.

속에 물이 찼다는 걸 증명해 줄 소소하게 근들거리는 무게감을 느끼기를 희망했다.

그는 일어나 바닷물이라는 원형 극장 전체를 마주한 채 도레미파를 불렀다.

"라알-라, 라, 라, 라, 라 랄-라아!"

그 소리는 그의 입에서 끝나 버렸다.

그는 자세를 딱 잡고는 웅변조로 암송했다.

지친 달님이 그녀 앞쪽에 등불을 들고
지금 이 순간에도 새벽의 회색 문을 두드리고……[54]

그의 목소리는 어물어물하더니 멈추었다. 그는 한 손을 끌어다 내려 손목을 돌리고 그의 입에서 30센티미터쯤 앞쪽에 손바닥을 댔다.

"마이크 테스트. 마이크 테스트. 수신은 양호하며, 감도는……"

그는 입술을 다물고 손을 천천히 내렸다. 암석 위쪽의 파란색 이글루형 지붕은 방대한 거리로 떨어져 갔고, 가시계(可視

---

54) 영국 화가 윌리엄 홀먼 헌트(William Holman Hunt, 1827~1910)의 작품인 「세상의 빛」을 암시한다. 해당 그림에서 예수는 달을 후광처럼 등지고 닫힌 집의 문을 두드리고 있다. 본 작품은 신약 성서 중 "들어라. 내가 문 밖에 서서 문을 두드리고 있다. 누구든지 내 음성을 듣고 문을 열면 나는 그 집에 들어가서 그와 함께 먹고, 그도 나와 함께 먹게 될 것이다."(「요한의 묵시록」 3장 20절)라는 구절에 기반했다고 전해진다.

界)가 펄쩍 도약하며 팽창되었다. 바닷물은 대서양 한가운데의 한 자그마한 암석 둘레로 출렁거렸다. 긴장으로 그의 얼굴이 팽팽해졌다. 그는 흩어진 종이들 가운데로 한 걸음을 내디뎠다.

"하느님 맙소사!"

그는 돌 난쟁이를 부여잡고 그 혹처럼 튀어나온 양어깨에다 몸을 붙들어 매고 건너편을 응시했다. 그의 입은 다시금 벌어져 있었다. 그의 심박이 갈비뼈들 사이에서 파닥이는 모양으로 눈에 보일 정도였다. 그의 손마디들이 허예졌다.

난쟁이에게서 달그락거리는 소리가 났다. 머릿돌이 쿵 떨어지더니 턱, 턱, 턱 절벽을 내려갔다.

풍덩.

그는 욕설을 내뱉기 시작했다. 허우적대며 암석을 내려가서 지나치게 무거운 돌덩이를 하나 찾아서 1미터쯤 움직여 본 다음에 놓아 버렸다. 돌덩이 위에 몸을 던지고는 욕설을 퍼부으며 바다로 갔다. 그러나 손이 닿는 범위에서는 그가 옮길 만한 것이 하나도 눈에 띄지 않았다. 그는 다시 꼭대기로 재빨리 가서 두려움에 빠져 머리가 없는 난쟁이를 바라보며 섰다. 허우적대며 예의 지나치게 무거운 돌덩이에게로 돌아가서 그걸 가지고 씨름했다. 이쪽을 저쪽으로 넘기며 돌덩이를 옮겼다. 어느 암벽 꼭대기까지 이어지는 계단을 지어 둔 다음에 그 거대한 돌덩이를 용을 써서 올렸다. 몸에서 젖 먹던 힘보다도 더 끌어냈다. 그에게서 피가 났다. 그는 마침내 종이들 가운데 땀을 뻘뻘 흘리며 섰다. 난쟁이를 해체한 다음 이러니저러니 해도 교육과 지성과 의지에 비하면 지나치게 무겁지 않던 그 돌덩이 위에다 난쟁이를 다시 세웠다.

1미터 20센티미터.

그는 메마른 하얀 감자들을 끼워 넣었다.

"이 위험이란 쐐기풀에서……."[55]

공기가 마치 흡묵지처럼 그의 목소리를 빨아들였다.

정신 차리자.

교육과 지성으로.

그는 난쟁이 곁에 서서는 마지못한 청중을 두었어도 누가 본인 얘기를 듣든지 말든지 할 말은 하고야 말려는 사람처럼 말하기 시작했다.

---

55) 「헨리 4세」 1부 2막 3장에 등장하는 핫스퍼의 대사 중 일부이다. 원래 대사는 다음과 같다. "하지만 들어 보시게, 이 바보 양반아, 이 위험이란 쐐기풀에서 우린 안전이란 꽃을 딴단 말이야." 번역은 다음에서 인용했다. 윌리엄 셰익스피어, 최종철 옮김, 『셰익스피어 전집 7』, 「헨리 4세 1부」(민음사, 2014).

6장

"바라야 하는 목표는 구조되는 거야. 그러려면 최소한의 필수 조건은 생존이야. 이 몸이 견뎌 내도록 유지해야 해. 몸에다 식수와 식량과 쉼터를 공급해야 해. 그렇게 수행할 때 어쨌든 그 과제가 수행되기만 한다면 잘 수행되는지 아닌지는 중요치 않아. 명줄이 끊어지지만 않으면 이렇게 섬뜩한 막간극에도 불구하고 과거에다 어떤 미래를 이어 줄 테니까. 그게 1번.

2번. 내가 병이 들 걸 예상해야 한다. 몸을 이런 생고생에 노출시켜 놓고 이 가엾은 짐승이 호의호식하고 있는 것처럼 굴기를 기대할 수는 없어. 아파질 조짐을 예의주시하고 알아서 치료를 해야 해.

3번. 내 정신을 경계해야 한다. 광기가 나한테 슬금슬금 다가와서 불시에 덮치게 두어서는 안 돼. 벌써부터…… 환각을 예상해야 한다. 그게 진짜 싸움이야. 그런 이유로 나는 이런 흡묵지에도 불구하고 소리 높여 말할 거고. 평상시에 소리 높여 말하는 건 정신 이상의 조짐이지만. 여기서는 정체성의 증명이야.

4번. 나는 구조되기 위해 스스로를 도와야 한다. 눈에 띄는 것 말고는 할 수 있는 일이 전혀 없어. 셔츠를 달아 올려 둘 나뭇가지 하나조차 없으니까. 그래도 이 암석이라면 굳이 쌍안경 한 짝을 이쪽으로 돌릴 것도 없이 시야에 들어오겠지. 이 암석을 본다면 내가 만들어 둔 이 난쟁이도 보게 될 거고. 그쪽에서 누군가가 이 난쟁이를 세워 두었다는 걸 알 거고 그러면 그쪽에서 와서 나를 데려가 줄 거야. 내가 해야 하는 일은 살아남아서 기다리는 게 다야. 현실을 꽉 붙잡고 있어야만 해."

그는 단호하게 바다를 바라보았다. 단번에 그는 자신이 다시금 하나의 창문을 통해 보고 있었다는 걸 깨달았다. 그는 자기 자신의 안쪽에서 상단에 있었다. 그 창문은 위쪽으로는 섞이고 겹쳐진 피부와 양쪽 눈썹의 털로 인해 경계가 지어져 있었으며, 코의 윤곽이랄지 그림자 두 개로 인해 세 개의 채광창으로 나뉘어 있었다. 그런데 코들은 투명했다. 오른손의 채광창은 자욱해져 있었고 세 채광창 모두가 맨 아래쪽에서는 한데 모였다. 암석을 내려다볼 때 그는 면도되지 않은 윗입술의 무성한 산울타리 너머로 지면을 보고 있었다. 창문은 그의 몸 도처로 뻗어 나갔던 헤아릴 수 없는 암흑에 둘러싸여 있었다. 그는 창틀을 우회하여 들여다보려고 앞으로 수그렸지만 그 창틀은 그와 함께 갔다. 그는 한순간 창틀을 찡그린 표정으로 변형했다. 그는 세 채광창을 수평선에다 빙 돌렸다. 그는 찡그리면서 말했다.

"그건 살아가면서 겪는 평범한 경험이지. 그런다고 이상할 건 아무것도 없어." 그는 고개를 젓고는 몸을 바쁘게 놀렸다. 본인 몸에다 창문들을 돌렸고 피부를 비판적으로 뜯어보았다. 상흔들 위로 커다란 구획들이 분홍색이었기에 그는 외쳤다.

"햇볕에 탔구나!"

그는 러닝셔츠를 와락 잡아채서 당겨 입었다. 직물이 정말 거의 말라 있었기에 그는 그만한 정도로 수용했고 팬티에 아무렇게나 몸을 집어 넣었다. 발광하는 창문들은 만물을 보는 일상적인 방식이 되었다. 그는 종이들을 모아서 신분 수첩[56]에 넣어 두고 종이 뭉치 일체를 리퍼 재킷[57]의 호주머니에 잘 집어넣었다. 그는 암석 꼭대기를 타박타박 걸어 다니면서 옷가지들을 만지며 얼마나 말랐는지 확인해 보았다. 그것들은 축축하기보다는 무거운 느낌이었다. 손가락에 묻어 나오거나 쥐어 짜내지는 습기는 없었지만, 그가 옷가지들을 암석으로부터 들어 올린 자리에는 옷가지들이 한층 어두운색의 돌로 제 형상들을 남겨 두어 햇볕에서 서서히 바래 갔다.

그는 흡묵지에다 대고 납작하게 말했다.

---

56) 당시 영국 해군 군인들은 신상 정보 및 복무 이력 등이 적힌 신분 수첩을 소지했다.
57) 영국 해군 제복으로 단추가 두 줄로 달린 남색의 짧은 재킷.

"방수 장화를 신고 있을걸."

그는 방수복으로 다가가서 무릎을 꿇고 그것을 바라보았다. 그러더니 갑자기 미처 떠올리지 못하고 있었던 호주머니들을 헤집고 있었다. 그는 물이 주르륵 떨어지는 방수모와 퉁퉁불어 터진 발라클라바[58]를 끄집어냈다. 방수모를 펴고 발라클라바를 쥐어짰다. 그것들을 펼쳐 두고 다른 편 호주머니로 손을 쑤셔 넣었다. 애타게 집중하는 표정이 그의 얼굴에 자리를 잡았다. 그는 더듬거리더니 녹화(綠化)되어 가는 반 페니짜리 동전[59] 하나, 무슨 노끈과 초코바에서 나온 구겨진 포장지를 끄집어냈다. 포장지를 매우 조심조심 펴 보았지만, 안쪽에는 아무것도 남아 있지 않았다. 그는 반짝이는 포장지에다 얼굴을 바짝 들이대고 실눈으로 쳐다보았다. 주름 하나 속에 갈색 알갱이가 하나 있었다. 그는 혀를 내밀어서 그 알갱이를 취했다. 초콜릿은 알알한 단맛으로, 괴로울 정도로 짧은 순간 톡쏘더니, 사라졌다.

그는 돌 난쟁이에 등을 기댄 뒤 양말을 향해 손을 뻗어서 양말을 당겨 신었다. 방수 장화용 스타킹도 갖다가 상단을 말아 내려서 장화 대신으로 때웠다.

그는 난쟁이에게 고개를 기댄 다음 눈을 감았다. 어깨 너머로 태양이 빛났고 바닷물이 휩쓸고 갔다. 머릿속에서 분주한 장면들이 깜빡거렸고 음성들이 말했다. 잠기운의 부수물은

---

58) 머리, 목, 어깨를 덮는 털실로 짠 모자.
59) 영국에서 1967년까지 주조되었던 동전.

전부 경험했건만 그럼에도 잠의 강림과 공극은 찾아오지 않았다. 구체 가운데의 그것은 활발했고 지칠 줄을 몰랐다.

"침대보가 깔린 침대가 그립다. 맥주 1~2 파인트[60]랑 더운 밥이 그립다. 뜨끈한 목욕이 그립다."

그가 한동안 잠자코 앉아 있는 사이 그것은 이 생각에서 저 생각으로 뛰어다녔다. 그는 발화가 정체성의 증명이란 걸 기억해 냈고 그의 입술은 다시 움직이기 시작했다.

"내가 이런 것들이 없는 걸 못 견뎌 하지 않으면서 이런 것들을 원할 수만 있다면, 내가 대서양 한복판의 암석 위에 외로이 있다고 또 생존하기 위해 분투해야만 한다고 스스로에게 말할 수만 있다면…… 그렇다면 나는 어떻게든 해 나갈 수 있어. 어쨌든 나는 H. M. S.[61]에 타고 있는 저 멍청한 새끼들에 비하면 안전하니까. 그 새끼들은 언제 포격을 당할지 절대로 모르거든. 그에 비하면 이 암석을 없애 버릴 수 있는 포탄 있으면 나와 보라고 해."

저 자신을 조사하지 못했던 그것이 눈 뒤편의 세상에서 계속해서 덩실댔다.

"거기다 어찌 됐든 낮 시간에는 자면 안 돼. 잠은 비참한 밤을 위해 아껴 두자고."

그는 갑자기 일어서서는 수평선을 둘러보았다.

"차려입고 먹자. 만찬을 위해 차려입는 거야."

---

60) 영국에서 1파인트는 500밀리리터 정도.
61) His Majesty's Ship 또는 Her Majesty's Ship의 약자로, 영국 군함을 일컫는 말.

그는 방수 장화용 스타킹을 걷어차 벗어 던지고 옷가지들을, 더플코트와 방수복을 제외하고는 전부 입었다. 그는 스타킹을 바지 위쪽으로 무릎까지 끌어 올렸다. 그는 일어서서 그 납작한 공기 속에서 달변가가 되었다.

"나는 이 장소를 '전망대'라고 부르겠어. 저건 '난쟁이'고. 저기 바깥에 태양 아래로 내가 헤엄쳐 온 저 바위는 '안전 바위'야. 내가 홍합 등등을 구하는 장소는 '식량 절벽'이고. 내가 구해 온 것들을 먹는 곳은…… '레드 라이언'[62]이야. 남쪽에 끈 말이 있는 곳은, '전망 절벽'이라고 부르겠어. 여기 서쪽으로 내부에 깔때기가 있는 이 절벽은……."

그는 이름을 고르느라 멈칫했다. 바다 갈매기 한 마리가 태양 아래로 선회해 들어와서 '전망대' 위에 서 있는 사람 형상 두 개를 보고는 괴성을 지른 다음 정신이 나가 옆걸음질 치듯 활공하여 휙 돌아나갔다. 그것은 곧장 돌아왔지만 그의 오른손 쪽의 한층 낮은 고도로 돌아온 것이었고 절벽 속으로 사라졌다. 그는 찔끔찔끔 나아가서는 내려다보았다. 왼편으로는 거의 끊기는 일도 없는 순전한 내리막이, 그다음 절벽 가운데에는 예의 바위틈이, 또 그 위로는 예의 깔때기가 있었다. 오른편으로는 '전망대'의 가장 높은 모퉁이가 내밀고 있는 탓에 절벽의 발치가 숨겨져 있었다. 그는 손과 무릎을 딛고 끄트머리로 가서 내려다보았다. 절벽은 1미터만큼 눈에 보이더니만

---

62) '붉은 사자'라는 뜻의 Red Lion은 영국에서 주점의 상호명으로 매우 흔히 사용된다.

휘어들어서 모습을 감췄다. 밑바닥 근처에서 암석 절벽은 다시금 시작되었는데 그의 눈에 깃털의 번득임이 보였다.

"돌덩어리가 절벽에서 떨어져 나간 거로군."

그는 신중하게 바닷물을 탐색했고 수면 아래 깊은 곳에서 네모난 형상 하나를 알아본 것 같다고 생각했다. 그는 뒷걸음 질로 물러난 뒤 일어났다.

"'갈매기 절벽'이다."

수평선은 여전히 텅 비어 있었다.

그는 암석을 기어 내려가 '레드 라이언'으로 향했다.

"이 암석 총체의 이름을 기억해 낼 수 있으면 좋으련만. 함 장님이 그 이름이 니어 미스라고 하고는 웃었단 말이지. 그 이름이 혀끝에서 맴도는군. 거기다 '전망대'와 '레드 라이언' 사이 내가 습관적으로 기어올라 다니는 이곳에도 이름이 하나 있어야겠어. 여길 '하이 스트리트'라고 불러야겠다."

그는 본인이 앉아 있던 바위가 어두워졌음을 보고는 어깨 너머를 흘긋 쳐다보았다. 태양이 막 그를 떠나면서 '난쟁이' 뒤로 내려가던 참이라 쌓인 돌덩이들이 거인이 되어 있었다. 그는 재빨리 일어나서 더덕더덕한 '식량 절벽'으로 몸을 내렸다. 그는 독수리처럼 대자로 뻗은 채 매달려서 1~2미터를 건너가 홍합을 비틀어 떼어 냈다. 간만의 차가 큰 조수가 이제 는 차올라 있었기에 그로서는 움직일 여지가 훨씬 적었다. 수그리고 내려가서 물속에서 홍합을 용써서 떼어 내야만 했다. 그는 '레드 라이언'으로 다시 올라가서 먹기 시작했다. 바위의 거대한 형상이 세세한 요소를 잃고 저녁 하늘을 배경으로 반점 하나가 되어 있었다. 암석의 그림자가 닥쳐오는 모습이 산봉우리만큼이나 광대했다. 반대쪽을 바라보자 그곳에서는 세 바위가 어두운 바닷속으로 줄어들어 가고 있었다.

"너희들 바위 셋은…… 옥스퍼드 서커스랑 피커딜리, 레스터 스퀘어[63]라고 이름 짓겠어."

그는 어두컴컴한 물구멍으로 가서 몸을 끌어 넣었다. 반대쪽 끄트머리에 있는 뒤죽박죽된 돌들에 난 구멍으로부터 약간의 빛이 여전히 새어 들었고 그가 물을 마시니 잔물결들은 어렴풋이 볼 수 있었으나 붉은 타래들은 보이지 않았다. 그는 검지를 물속에 곧장 아래로 넣어서 점액질의 밑바닥을 느껴 보았다. 그는 아주 꼼짝 않고 누워 있었다.

"또 비가 올 거야."

그런 다음 그가 움찔하며 몸서리치던 것은 구멍 안쪽에 그와 더불어 다른 누군가가 있었던 탓이다. 아니면 물과 석판에서부터 거의 그의 목소리와 더불어 말했던 어떤 목소리가 있었던 탓이다. 심장이 찬찬해짐에 따라 그는 그 소리가 드물어서 잊고 있던 어떤 것, 즉 울림, 메아리라고 논리 정연하게 생각할 수 있게 되었다. 그러는 즉시 자신의 목소리가 이 안쪽에서는 실제 성량 그대로였다고 추론되었기에 몸을 조용히 시킨 다음 부러 말해 보았다.

"이 안에선 정체성이 풍부하군요, 신사 숙녀 여러분……."

그는 목소리를 급격히 뚝 끊어 버린 다음에 암석이 "……

---

63) 영국 런던 지하철에서 서로 맞붙어 있는 전철역 이름들이다.

분······." 하고 말하는 것을 들었다.

"비가 올 겁니다."

"······니다."

"어떻게 지내세요?"

"······요?"

"전 살아남느라 바쁩니다. 이 암석을 이름들로 투망질해 두고 길들이고 있거든요. 어떤 사람들은 그런 행동의 중요성을 이해하지 못할 거예요. 어떤 것에 이름이 주어진다는 건 인장이자 사슬이 주어진다는 거거든. 이 암석이 나를 제 방식에 맞추려고 들면 나는 거부하고 이 암석을 내 방식에 맞출 거예요. 이 암석에 내 일상, 내 지형을 밀어붙일 거라고요. 이 암석을 이름들로 묶어 둘 겁니다. 암석이 흡묵지로 나를 소멸시키려고 들면, 그럼 내 말들이 울려 퍼지고 현저한 소리들이 나 자신의 정체성을 확신시켜 주는 이 안쪽에서 말할 겁니다. 빗물을 가두어서 이 웅덩이에 더할 거예요. 내가 원하는 결과들을 자아내기 위한 정교한 공작 기계로서 내 뇌를 사용할 겁니다. 안위를. 안전을. 구조를. 그러므로 나는 내일을 생각의 날로 선포합니다."

그는 물구멍에서 뒷걸음질로 나와서 '하이 스트리트'를 타고 오른 다음 '전망대'에서 '난쟁이' 곁에 섰다. 모든 옷가지를 챙겨 입고, 축축한 발라클라바를 뒤집어쓰고 방수모를 머리를 싸매듯 턱걸이까지 내려서 당겨 썼다. 재빨리 수평선을 둘러보았고, '갈매기 절벽' 아래쪽 중허리의 보이지 않는 둥지에서 오는 희미한 동정에 귀 기울였다. '하이 스트리트'를 내려가 본인의 바위틈으로 갔다. 바위틈 곁의 암벽 위에 앉아서 회색 스웨터 속에 양발을 넣은 다음 스웨터를 발 둘레에 싸맸다. 내려서서 더플코트와 방수복을 밀어 내려가며 바위틈 속으로 꿈틀꿈틀 길을 나아갔다. 구명대에 공기를 팽팽하게 불어 넣었고 튜브의 가슴에 오는 두 끝을 따로 묶었다. 구명대는 그의 머리에 대도 충분히 크고 매우 푹신한 베개가 되어 주었다. 그는 등을 대고 누워서 푹신한 베개 위에다 방수모를 쓴 고개를 받쳤다. 바위틈 속에서 양팔을 그의 양 옆구리에 찔끔찔끔 내렸다. 그는 하늘에 대고 말했다.

"해초를 말리려다가 이 바위틈에 안감으로 대야겠어. 그럼 깔개 속 빈대 못지않게 포근해지겠지."

그는 눈을 감았다.

"근육 하나하나에서 차례로 힘을 빼는 거야."

잠이란 여타의 상태와 마찬가지로 생각으로 달성되어 마땅한 상태이다.

"암석 위에서 살림을 꾸려 나가는 것의 난점은 할 일이 너무 많다는 거야. 그래도 지루해지는 일은 없겠다는 거, 그거 하나는 있지."

양발의 근육에서 힘을 빼는 거다.

"게다가 이런 이야깃거리가 어디 있어! 암석 위에서의 일주일이라니. 강연이 막……."

'생존법을 말하다.' 연사 대위…… 이긴 하지만 소령이 못 될

게 뭐람? 아님 중령은? '금몰 모자'[64]다 뭐다 떡하니 차려입고.

"제군들이 유념해야 할 것은⋯⋯."

그의 눈이 번쩍 뜨였다.

"근데 나는 전혀 유념하질 않았잖아! 그쪽으론 전혀 생각해 보지도 않았어! 일주일간 똥을 한 번도 안 쌌다니!" 아니면 하여간 내가 그 염병할 놈의 함교에서 날아가기 전부터 쭉 안 쌌든지.

방수모의 덮개들이 하늘에 눌린 납작한 그의 목소리가 들려오는 것을 막아 주었다. 그는 누워서 장운동이 부진했다는 점을 숙고했다. 이것은 크롬과 자기(磁器)와 그에 수반되는 상황들을 담은 심상들을 자아냈다. 그는 칫솔을 다시 놓아두고는, 거울 속 자기 얼굴을 쳐다보면서 섰다. 먹는다는 사안 일체는 유별날 정도로 유의미했다. 다들 모든 층위에서 먹는 것을 의식으로 삼았다, 파시스트들은 형벌로,[65] 종교인은 성사로, 식인종은 의식으로 아니면 약으로 아니면 최상급의 직설적인 정복 선언으로. 살해당하고 먹혔다는 것으로. 거기다 물론 입으로써 먹는다는 건 보편적인 과정인 것을 천하게 표현한 바일 뿐이었다. 음경으로써, 아니면 양 주먹으로써, 아니면 목소리로써 먹을 수도 있었다. 징 박힌 부츠 아니면 사고파는

---

64) 영국 군대에서 고위급 장교의 모자는 금몰로 장식되어 있으므로 '금몰 모자(Brass Hat)'는 '고위급 장교'를 일컫기도 한다.

65) 당시 이탈리아의 파시스트 당원들은 사상을 강제하기 위하여 사람을 나무에 결박한 뒤 0.5~1리터의 피마자유를 삼키게 하고 살아 있는 개구리나 두꺼비를 먹게 하는 형벌을 내리기도 했다고 전해진다.

것 아니면 결혼하고 아비가 되는 것 아니면 다른 놈 마누라와 오입질을 하는 것으로써 먹을 수도 있었다…….

오입질이라니까 그는 연상되었다. 그는 거울에서 돌아서서 가운을 줄로 동여맨 다음 화장실 문을 열었다. 그러자 그곳에서, 마치 다소 한물간 표현으로 소환되었다는 듯 그에게 다가오는 것은 앨프리드였다. 그러나 그것은 평소와 다른 앨프리드로, 창백하니 땀을 흘리고 부들부들 떨면서 구보로 다가오고 있었다. 그가 본인 가슴팍에 주먹이 날아오던 차에 그 손목을 잡아채 비틀어 버리니 앨프리드는 이를 바드득 갈며 잇새로 식식대고 있었다. 먹는다는 것의 범우주적 본질에 관한 인식이 확고하던 그는 씩 웃으며 그를 내려다보았다.

"안녕, 앨프리드!"

"이 염병할 돼지 새끼야!"

"쪼끄만 게 오지랖도 넓으셔."

"그 안에 누구 꼬불쳐 놨어? 뱉어!"

"자, 자. 조용히 따라오지그래 앨프리드, 피차 괜한 호들갑은 원하지 않잖아."

"딴 사람인 척하지 마라! 이 개새끼야! 이런 빌어먹을……."

그들은 닫힌 문가에 있었다. 앨프리드는 입 주변의 주름들 속으로 눈물을 흘리며 문손잡이를 잡으려고 몸부림치고 있었다.

"저기 있는 여자 누군지 뱉어, 크리스. 난 기필코 알아야겠다고…… 환장하겠네, 진짜!"

"난리 치지 말고, 앨프리드."

"그리고 시빌이 아닌 척하지 마라, 남의 여자나 훔치는 이 더러운 개새끼야!"

"안에 보고 싶어, 앨프리드?"

딸꾹질. 미약한 몸부림.

"다른 사람이라고? 장난하는 거 아니지, 크리스, 솔직하게?"

"우리 친구 기운 차리게 해 주려면 뭔들 못 하겠냐. 봐 봐."

문이 열리고, 시빌이 새된 비명을 작게 내지르며 침대보를 입가로 끌어 올리는 것이 마치 이 상황이 침실 소극[66]이라도 된다는 듯했는데, 물론 모든 의미에 있어서 그게 맞기도 했고.

"솔직히, 앨프리드 이 친구야, 사람들이 보면 다들 네가 이 여자랑 결혼이라도 한 줄 알겠어."

그런데 먹는다는 것과 중국식 상자 사이에는 어떤 연관성이 있었다. 중국식 상자란 무엇이었나? 관인가? 아니면 한 상자 안쪽에 다른 상자가 들어가는 그런 조각된 상아 장식품들?[67] 그렇지만 어딘가에는 그 안에 중국식 상자가 있었단 말이다…….

경악한 그는 석조 인간처럼 입을 헤벌리고 하늘을 응시하며 누워 있었다. 그의 가슴팍을 떠미는 맹렬한 몸부림, 나약한 입에서 나오는 징징대는 흐느낌이 아직까지도 한층 강인한 그의 신체로부터 반응을 불러일으키고 있던 차에 그는 바위틈 속으로 돌아와 있었다.

---

66) 침실에서 벌어지는 정사를 소재로 한 희극.
67) 상자 안에 다른 상자가 들어가도록, 점점 작은 크기로 제작된 일련의 상자를 일컫는다.

그는 목청을 가다듬고 소리 높여 내뱉었다.

"대체 난 어디 있는 거야? 난 어디 있었던 거냐고?"

그는 몸을 들썩여 뒤집고 두 뺨을 구명대에 올린 채로 바위 틈 속에서 얼굴을 아래로 하고 누웠다.

"잘 수가 없네."

그러나 잠은 필수다. 수면 부족이야말로 사람을 미치게 만드는 요소였다. 그는 소리 높여 내뱉었고 구명대가 아래턱 밑에서 뒤뚱거렸다.

"아까는 잠이 들었었잖아. 앨프리드와 시빌 꿈을 꾸고 있었잖아. 다시 잠들자고."

그는 가만히 누워서 잠을 고찰해 보았다. 그러나 잠은 감질나리만치 손아귀에 잡히지 않는 주제였다.

그러면 여자들이라든지 먹는 것을 생각해 봐라. 여자들을 먹는 것, 남자들을 먹는 것, 앨프리드, 그 다른 아가씨, 그 남자애, 그놈과 시험 삼아 막되고 만족스럽지 못하게끔 해 본 짓을, 아작아작 씹어 먹는 것을 생각해 보고 통나무처럼 편안하게 누워서 이런 쉽지 않은 막간으로까지 바로 맞붙은 인생이라는 갉아먹힌 굴길을 고찰해 봐라.

이 암석으로까지 말이다.

"아무래도 저기 바깥에 있는 그 바위들 셋의 이름은 '이빨'이라고 할까 보다."

일시에 그는 양손으로 구명대를 부여잡고서 그를 헤집고 가던 뼛속 깊은 몸서리를 물리치고자 근육을 긴장시키고 있었다.

"아니야! '이빨'은 아니야!"

이빨은 여기, 그의 입안에 있었다. 그는 혀로 이빨들을, 그 뼈로 된 이중의 장벽을, 치간들을 제외하고서는 익숙하며 개별적인 그 하나하나를 더듬어 보았고 — 그러니 굳이 생각해 내고자 했다면 그곳에서 이빨들은 기억으로서 존속했다. 그러나 망망대해 한복판에서 일련의 이빨들 위에 눕는다는 것은…….

그는 절박하게 잠에 관해 생각하기 시작했다.

잠은 의식이라는 보초, 분류기의 휴식이다. 잠은 강풍 속에서 뒤집힌 쓰레기통에서 뛰쳐나오듯이 온갖 미분류된 것이 뛰쳐나오는 시간이다. 잠 속에서는 시간이 직선상으로부터 분리되었던지라 앨프리드와 시빌이 그와 그 훌쩍거리느라 통통 부은 얼굴을 한 남자애와 더불어 이 암석 위에 있었던 것이다. 아니면 잠은 죽겠다고, 인격 같은 건 꺾인 채로 완전한 무의식으로 들어가겠다고 동의하는 행위이자, 우리는 땜질된 가(假)구조들이며 우리가 지극히 우리의 소유물이라고 생각하는 것으로부터 매일매일 한숨을 돌리지 않으면 보조를 맞추지도 못한다는, 필멸성에 내포된 바를 너무도 솔직하게 인정하는 행위였다…….

"그러면 난 왜 잠에 못 드는 건데?"

잠은 우리가 굳이 뜯어보지 않고 놔두는 편이 좋은 것을 건드리는 곳이다. 그곳에서는 인생 일체가 잡아매이고 줄어든다. 그곳에서는 정성으로 간직해 두고 향유했던 인격, 우리의 유일한 보물이자 동시에 우리의 유일한 방어벽은 만물의 궁

극적인 진실, 모든 것을 쪼개고 파괴하는 검은 번개, 분명하고 의심할 여지 없는 무(無)의 상태로 죽어서 들어가야만 한다.

그리고 나는 여기에 누워 있는 거다, 방수복으로 철갑을 두르고 바위틈에 쑤셔 넣어진 한 생명체, 세상이 한세월 살아가는 동안 뭉툭해진 이빨들에 올라간 한 입 거리 음식으로서.

하느님 맙소사! 난 왜 잠들지 못하는 거냐고?

두 손아귀 속에는 구명대를 부여잡고, 얼굴은 들어 올리고, 눈으로는 앞쪽으로 똑바로 음침한 굴길을 내립떠보는 채로 그는 경악감과 두려움이 혼재된 가운데 자기 자신의 질문에 대한 답을 속삭였다.

"잠들기가 무서운 거야."

7장

부릅뜬 눈앞에서 빛은 변화했지만 너무나도 천천히 변화했던지라 눈은 하등 차이점을 알아차리지 못했다. 눈은 차라리 무작위적으로 모습을 드러내던 뒤죽박죽된 미분류된 심상들을 쳐다보았다. 그곳에는 여전히 조용하니 부인할 수 없는 생명체가 만물의 중심부에 앉아 있었지만, 그것은 보아하니 심상들과 실제를 분간하는 감을 잃은 듯싶었다. 간간이 구체 하부의 입구가 푹신한 구명대에 대고 열려 말들이 나오기도 했지만, 발언 하나하나는 그 생명체가 가담했던 반드르르하니 조명된 장면들로써 너무도 유리되어 있었던지라 그 생명체는 어느 발언이 어느 발언과 관련이 있던 것인지를 알지 못했다.

"내가 병이 날 거라고 했지."

"식수. 식량. 제정신. 구조."

"아무래도 저것들의 이름은……."

그러나 반드르르한 영상들은 존속하여 변화했는데, 하나의 뭉실뭉실한 형상이 다른 뭉실뭉실한 형상으로 접어드는 식이 아니라 시공간이 급작스레 완전히 달라지면서였다.

"앉게나, 마틴."

"예."

"우리가 자네를 임관에 추천해야 할지 고려하고 있다네. 담배 피우겠나?"

"감사합니다."

찰칵 켜진 라이터 위로 불현듯 보이는 미소.

"하갑판[68]에서 이제 별명을 얻었다지?"

매력적이면서도 삼가는 자세로 화답하는 미소.

"유감스럽게도 그렇습니다. 피할 수 없는 일인 모양입니다."

"더스티 밀러나 노비 클라크처럼 말이지."[69]

"예, 그렇습니다."

---

68) 영국 해군 수병들이 거주하는 곳으로 수병들을 총칭하는 말.

69) 영국 해군에서는 성씨에 자동적으로 붙는 별명이 있다. '제분소 일꾼'이라는 뜻의 '밀러(Miller)'라는 성씨에는 '먼지투성이'라는 뜻의 '더스티(Dusty)'라는 별명이 붙거나, '점원'이라는 뜻의 단어 '클러크(clerk)'와 발음이 유사한 '클라크(Clark)'라는 성씨에는 점원들이 노동자들 중에 잘 차려입고 다녔다는 뜻에서 '말쑥한'이라는 뜻의 '노비(Nobby)'라는 별명이 붙는 식이다. 마찬가지로 '마틴'이라는 성씨에는 마틴 제독이 수병들의 실수를 잘 꼬집고 다녔다는 데서 유래하여 '꼬집는 사람'이라는 뜻의 '핀처(Pincher)'라는 별명이 붙는다. '핀처'에는 남의 것을 빼앗는 사람이라는 뜻도 있다.

"저쪽 함수[70]에서 지내 보니 어떤가?"

"그…… 견딜 만합니다."

"우리가 원하는 건 교육과 지성을 갖춘 군인이면서도, 무엇보다 기개 있는 군인이야. 해군에는 왜 입대했나?"

"사람이 돼서 아무래도…… 그, 일조를 해야겠다는 마음이었습니다, 무슨 말뜻인지 아실지 모르겠습니다만?"

침묵.

"민간인으로서는 배우라고 아는데."

신중히.

"예, 그렇습니다. 대단히 잘나가는 건 아닙니다, 유감스럽게도."

"작가라고?"

"그렇다고는 해도 아직 변변히 내놓은 게 없어서 말입니다."

"그러면 뭐가 되고 싶었나?"

"개인적으로 느끼기에 그런 일은…… 현실적이지 못했다고나 할까요. 이런 것과는 딴판이죠. 아시잖습니까! 여기 이 함정에 타고 있는 것과는요. 여기서 우리는 실제로 삶의 근간이 되는 일…… 할 가치가 있는 무언가에 착수하고 있잖습니까. 저는 옛날에도 해군 군인을 했으면 좋겠다 싶습니다."

침묵.

"왜 임관을 희망하는 건가, 마틴?"

"보통의 해군 수병으로서는 사람이 기계의 극미한 톱니바퀴

---

70) 영국 해군 수병들의 숙소가 위치한 뱃머리 부분.

에 지나지 않잖습니까. 장교로서는 아닌 게 아니라 훈족[71] 놈들을 때려눕힐 기회가 더 주어지지 않겠습니까."

침묵.

"자원입대했나, 마틴?"

그가 찾아보려고 마음만 먹는다면 저기 저 서류들에 다 올라가 있는 사항이다.

솔직하게.

"사실은, 아닙니다."

그는 본인의 그 표준적인 다트머스식 가면 아래에서 얼굴을 붉히고 있다.

"그쯤 하면 되겠네, 마틴, 고맙네."

"예, 알겠습니다, 감사합니다."

그는 열여섯 숫처녀처럼 얼굴을 붉히고 있다.

"저 여자분은 연출가님 사모님이야, 이 사람아, 야 너 어디 가?"

유난히 커다란 빨간 지우개처럼 생긴 유난히 작은 프랑스어 사전.

금박이 위에 입혀진 검은 옻칠이 된 금고.

그 중국식 상자는 파악하기가 어려웠다. 가끔은 한 상자 안

---

71) 훈족은 원래 중앙 아시아의 스텝 지대에서 활약하던 유목 민족을 칭하는 말이지만, 1, 2차 세계 대전 당시에는 독일인들을 지칭하는 속어로도 사용되었다.

쪽에 다른 상자가 들어간 무늬가 새겨진 상아 세공품들이었고, 가끔은 금고와 같은 단일의 상자였다. 그러나 아무리 파악하기가 어렵더라도 그것은 중요하고도 거슬렸다.

저 여자분은 연출가님 사모님이야, 이 사람아. 뚱뚱한. 허연. 쪼끄만 검은 눈이 구더기 같은. 당신을 먹고 싶어. 대니[72]를 정말 연기하고 싶어. 당신을 정말 먹고 싶어. 당신을 연극에 정말 올리고 싶어. 내가 당신을 먹지 않고서야 어떻게 당신을 어디에 올릴 수 있겠어? 그는 퀴어야. 그는 당신을 정말 먹고 싶어 할 거야. 그리고 나도 당신을 정말 먹고 싶어. 당신은 사람이 아니라, 자기야, 쾌락의 도구인 거야.

중국식 상자인 거야.

칼은 남근이다. 이 무슨 강산도 뒤흔들 어마어마한 농담인가! 남근은 칼이라니. 내려가라, 개야, 내려가라. 네 자리로 네 발로 내려가라.

그러고 그는 반면(半面)을 쳐다보며 비명을 지르고 있었다. 그 반면은 깃털 달린 파충류 중 하나의 소유였다. 그 생물체는 석판 위에 걸터앉은 채 옆으로 그를 내려다보고 있었다. 그가 소리를 지르는 사이 넓게 펼친 양 날개가 퍼덕이고 펄럭대더니 즉시 반드르르한 심상 하나가 파란 하늘과 돌덩이를 시야에서 쓸어냈다. 이것은 하나의 밝은 조각으로, 가끔은 모로

---

72) 영국 작가 엠린 윌리엄스(Emlynn Williams, 1905~1987)가 1935년 초연을 선보인 연극 「기필코 밤은 내린다」에서 사이코패스 역할을 하는 등장인물.

누운 8자 같았고 가끔은 원형 같았다. 그 원형은 갈매기들이 선회하며 자리 잡다가 먹고 싸우기를 즐기던 장소인 푸른 바다로 채워져 있었다. 그가 몸 아래로 함정의 진폭을 느끼고, 함교에 내려앉은 황량한 정적과 적막을 감지하는 사이 구축함은 물속에서 떠다니는 그것 — 보잘것없고 학대당했으면서도 여전히, 아웅다웅하는 부리들 가운데에서도 쾌락의 도구인 것을 미끄러지듯 스쳐 갔다.

그는 몸부림쳐서 양지로 나온 다음 일어서서 위대한 대기 속에서 납작하게 외쳤다.

"나는 깨어 있다!"

짙은 파랑에 하얀 부스러기들과 다이아몬드의 섬광들이 담기고. 포말이 세 바위 둘레로 풍성하게 만개하는데.

그는 밤으로부터 돌아섰다.

"오늘은 생각의 날이다."

그는 재빨리 옷을 벗고 바지와 스웨터 차림이 되어 양지에 의복을 펼쳐 두고 '레드 라이언'으로 내려갔다. 조수가 매우 낮았던지라 홍합이 배 한 척은 채울 만큼 시야에 잡혔다.

홍합은 식량이긴 했으나 사람은 금방 홍합에 싫증이 났다. 그는 사탕을 좀 채집해야 하나 순간 고민했지만 위장은 그 발상을 달가워하지 않았다. 그는 대신에 초콜릿을 떠올렸고 이에 은박지가 그의 마음에 들어왔다. 그는 그곳에 앉아서 기계적으로 씹던 한편으로 마음의 눈으로 밝게 번쩍이는 은박을 지켜보았다.

"하여간 나는 오늘 구조될 수도 있어."

그는 그 생각을 살펴보았고 그 발상 일체가 홍합이 변해 버린 만큼이나 이도 저도 아니게 되었음을, 담수만큼이나 씁쓸하고도 거부적이게 되었음을 깨달았다. 그는 물구멍으로 올라가서 기어 들어갔다. 붉은 침전물은 한층 가까운 끄트머리에서 폭이 거의 5센티미터는 되는 띠로 쌓여 있었다.

그는 메아리가 울리는 구멍 속에서 외쳤다.

"비가 또 올 거야!"

정체성의 증명을.

"내가 이 웅덩이를 측정해야겠어. 스스로 배급량을 정해야겠어. 필요하다면 물을 억지로라도 나한테 끌어와야만 해. 물은 있어야 하니까."

우물로. 암반에 구멍을 뚫음으로써. 이슬 못[73]으로. 점토와 지푸라기로 안을 대서. 강수로. 교육으로. 지성으로.

그는 한 손을 내뻗어서 손가락 하나로 아래를 쿡 찔러 보았다. 손이 마디까지 잠기고 나자 손끝은 점액을 만나 미끄러졌다. 그러고는 암석이었다. 그는 깊은숨을 들이쉬었다. 창문 아래로 더 멀리에는 한층 어둑한 물이 있었다.

"멍청이라면 앞으로 기어가서 그저 저쪽에 물이 얼마나 남아 있는지 볼 요량으로 이쪽 끄트머리를 휩쓸고 다니면서 물을 낭비하겠지. 하지만 난 그러지 않을 거야. 기다렸다가 물이 줄어들수록 앞으로 기어갈 거라고. 그리고 그렇게 되기 전에 비가 생길 거야."

---

73) 빗물이나 이슬 등을 모아 형성한 인공 못.

그는 재빨리 옷가지들로 가서 은박지와 노끈을 꺼내어 '난쟁이'에게로 다시 올라갔다.

그는 '난쟁이'를 노려보고 흡묵지에 대고 말하기 시작했다.

"동쪽이든 서쪽이든 소용이 없어. 그쪽 방위 중 어느 한쪽에서든 호송 선단이 나타난다면 어쨌든 이 암석 쪽으로 움직이고 있을 테니까. 그런데 호송 선단이 나타나는 건 남쪽에서도, 아니면 그보다 가능성이 희박하긴 해도 북쪽에서도 가능하잖아. 그런데 태양은 북쪽에서부터 빛을 비추지는 않지. 남쪽이 최선책이네, 그러면."

그는 '난쟁이'의 머리를 떼어 내어서 '전망대'에다 그 돌덩이를 조심조심 놓았다. 꿇어앉아 은박지를 반반히 편 끝에 그 종잇장이 손 아래에서 번득이게 했다. 은박을 떼밀어 머리에 반반하게 대여 있도록 했고 노끈으로 그것을 제자리에 묶었다. 은빛 머리를 다시 '난쟁이' 위에 올려 두었고, '전망대'의 남쪽 끄트머리로 가서 그 공백의 얼굴을 응시했다. 태양이 종잇장으로부터 그에게로 튀겼다. 그 종잇장을 눈높이에서 들여다보고 있게 될 때까지 무릎을 구부렸더니 그래도 왜곡된 태양이 보였다. '전망대'의 남쪽 끄트머리가 허락할 정도까지 원호를 그리며 발을 질질 끌고서 빙 둘러 갔는데 그래도 태양이 보였다. 다시 '난쟁이'에게서 은빛 머리를 떼어 내어, 은박을 방수 장화용 스타킹으로 윤을 내어 다시 제자리에 두었다. 태양이 그에게 윙크했다. '전망대' 위에는 참된 사람 하나와 제 어깨에다 번쩍이는 신호를 달고 있는 사람 하나가 섰다.

"나는 오늘 구조될 거야."

그는 춤사위를 세 발짝 옮기며 이 의미 없는 발언을 강화하고 심화시키더니 우거지상을 하고 멈춰 섰다.

"내 발!"

그는 앉아서 '난쟁이'의 남쪽에 기댔다.

오늘은 생각의 날이다.

"썩 형편없이 보내진 않았어."

그는 창문 위쪽의 아치를 찡그린 눈살로 바꾸었다.

"이상적으로는 물론, 돌덩이가 구체여야 해. 그러면 함정이 180도라는 아치 중 어디에서 나타나든 간에 태양이 '난쟁이'로부터 그 함정에 직통으로 튀겨 갈 거야. 함정이 수평선 아래 있다면 그러면 그 번득임으로 돛대 꼭대기의 견시대까지 닿아서 체포하려고 어깨에 짚은 손처럼 따라다니면서 집요하게 들볶을지도 모르니 해군 군인 중에서 제일 아둔한 놈도 결국 눈치를 채고 감이 잡히겠지."

수평선은 텅 빈 채였다.

"구체를 얻어야겠어. 어쩌면 구체에 가장 가까운 돌을 다른 돌로 때려서 둥글어질 때까지 해 볼 수 있을지도 몰라. 석공도 겸하는 거지. 바위 포탄을 깎았던 그게 누구였더라? 미켈란젤로?[74] 근데 나는 매우 둥근 돌을 구해야만 해. 지루할 틈이 없다니까. 꼭 이트마[75] 같아."

---

[74] 미켈란젤로가 살았던 15~16세기에는 포탄이 돌로 제작되었다고 전해진다.

[75] 1939년부터 1949년까지 방송되어 2차 세계 대전 중에 인기를 끌었던

그는 일어나서 바다로 내려갔다. 홍합 곁의 자그마한 절벽 끄트머리 너머로 들여다보았지만 품을 가치가 있는 건 무엇도 보이지 않았다. 그와 세 바위 사이에는 초록색 해초와 돌덩어리 하나가 있었지만 그는 그쪽으로부터 돌아섰다. 대신에 '전망 절벽'으로 가서 암봉들을 기어 내려가 간조(干潮)로 향했다. 그러나 이곳에도 악취를 풍기는 해초 뭉텅이들 말고는 아무것도 없었다. 기어 내려가느라 지쳤던지라 그는 잠시 바닷물 위편에 매달려서 뭐라도 가치 있는 걸 찾아 눈으로 암석 표면을 살펴보았다. 그의 얼굴 가까이에는 웬 산호질의 물질이 있어, 아이싱처럼 얄팍하고 분홍색이더니만 또 분홍색이 아닌 것이 마치 쉴 새 없이 자주색으로 제 마음을 바꾸고 있는 듯했다. 그는 손가락 하나로 그 매끄러운 것을 쓰다듬었다. 그들끼리는 그런 페인트를 '바메이즈 블러시'[76]라고 부르며 전시 해군 군인의 서투르고 건성건성한 손길로 몇 갤런씩 끼얹었었다. 그 색깔은 위험한 여명의 시간에 배를 바다와 대기에 어우러져 들게 하자는 목적이었다. 그 분홍색이 단단하니 가없는 에이커에 달하도록 승강구들 주위는 물론 대포 방판(防板)[77] 위, 현측들과 상부 선구(船具)의 온 벌판들 위를 덮

영국 BBC 라디오 코미디 프로그램 'ITMA(It's That Man Again)'를 발음대로 일컫는 말.
76) Barmaid's Blush. '여자 바텐더의 홍조'라는 뜻으로, 레모네이드와 레드 와인을 섞어 불그스름한 분홍빛 색조를 띤 칵테일을 말한다.
77) 포병을 탄환 파편으로부터 보호하기 위해 대포 주위에 설치하는 판.

으면서 날카로운 모서리들, 실용적인 곡선들, 북방초계[78] 함정들이 마지못해 내어 준 거주 구역들을 둘러 걸린 모습이 마치 분홍색 아이싱이나 물에 씻긴 암석 위 산호 성장물들만 같았다. 그는 위벽으로부터 얼굴을 떼어 내어 돌아서서 함교로 가는 사다리들을 기어올랐다. 필시 트리셸린[79]에는 어릴 적에 놀던 암석들 위에 그것이 몇 에이커씩 펼쳐져 있을 터였다. 그게 냇이 그녀를 데려갔던 — 그녀를 두 가지 의미에서 데려갔던 곳이었다, 조언에 고마워하며.

함정은 육중하게 옆질을 해 댔고 여기 있던 냇은 마치 각다귀처럼 위쪽 사다리를 내려가면서 사지의 멀찍한 끄트머리들을 안전을 위해 신중하게 배치하고 있다가 이제 얼굴과 모자가 시야에 들어오자 위기에 직면했다. 여기 있는 냇은 언제나처럼 균형을 잃고 경례하고 있는데, 그래도 이번에는 한쪽 팔과 두 다리로 제자리에 붙들려 있다.

"안녕한가, 냇. 일은 할 만한가?"

약간 불쾌한데도 본분을 지키는 냇-미소. 밝은 면을 보는 놈이란 말이지.

"예, 그렇습니다."

함미 방향으로 슬슬 걸어가란 말이야, 이 질질 끄는 새끼야.

올라간다, 올라간다. 함교, 약간의 바람과 오후.

"안녕하십니까. 중앙 침로 090도. 현재 110도로 재그 중입

---

78) Northern Patrol. 2차 세계 대전 당시 영국군이 독일군의 보급로를 끊고 독일군의 침입을 막기 위한 목적으로 수행한 군사 작전의 명칭이다.
79) 영국 콘월에 위치한 지역 이름.

니다. 그리고 감히 말하자면 딱 정위치에 있습니다, 대위님께서 배를 풀어놓으시듯 온 망망대해를 떠도는 게 아니라. 배는 대위님 손에 맡기겠고 함장님은 또 심기가 언짢은 상태이시니 불똥 안 튀게 조심하십시오."

"십 초 있다가 지그로 갈 차례 오는 거죠? 제가 맡겠습니다."

"한밤중에 또 뵙겠습니다."

"좌현 15도. 키 바로. 현 침로 유지."

그는 호송 선단을 짧게 둘러본 다음 함미 방향을 쳐다보았다. 냇은 저기서, 따분하게도 맨날 있는 자리에서 양다리를 넓게 벌리고 양손에 얼굴을 묻은 채 있었다. 코르티신이 발린 갑판이 그의 아래에서 요동치더니 스스로 다시 가다듬었고 그는 난간에서 기우뚱거렸다. 그를 내려다보던 발광하는 창문이 양옆에서 휘어지면서 씩 웃는 표정으로, 가장된 으르렁대는 표정으로 접어들었다.

젠장할, 네가 어쩜 이리 싫냐. 널 먹어 버릴 수도 있겠어. 그녀의 수수께끼를 간파했기 때문에 너는 그녀의 전용(轉用)된 싸구려 트위드[80]를 만질 권리가 있지. 너희 둘은 내가 닿을 수 없는 장소에 다다랐기 때문에, 나는 꼭 가지지 않으면 돌아 버리겠던 걸 너는 멍청한 무지함 속에서 가져 버리고야 말았기 때문에.

그러던 그는 너새니얼에게 추가로 분노가 치미는 자신을

---

80) 트위드는 원래 남성복에만 사용되던 옷감이었으나 1920년대를 기점으로 여성복에도 사용되기 시작했다. 아울러, 영국에서 전시 중에는 옷감이 배급제로 운영되었기에 옷감이 전반적으로 얇고 값싼 경향이 있었다.

발견했는데, 메리 때문이 아니라, 그가 무슨 링 볼트에 발이 걸려 넘어졌을 법하듯 그녀를 우연히 발견했기 때문이 아니라 그가 감히 저렇게 앉아서, 바다와 함께 기우뚱하면서 끈 하나로 붙들려 마치 종기가 터지는 것처럼 너무도 괴로우면서도 동시에 평화로워질 마지막에 너무도 가까운 상태였기 때문이다.

"젠장할!"

월드비스트호는 몇 초 전에 방향을 튼 터였다.

"우현 30도! 양현 앞으로 30![81]"

벌써 구축함 경계진의 선봉으로부터 불빛 하나[82]가 산만하게 삿대질을 하고 있었다.

"키 바로! 현 침로 유지. 양현 앞으로 20.[83]"

사다리로부터 달가닥거리는 소리가 났다. 함장이 그에게 폭발했다.

"너 이 새끼, 무슨 염병할 헛짓거리를 하고 자빠졌어?"

다급하면서도 매끄럽게.

"함수 우현에 난파선의 잔해가 있다는 생각이 들었는데, 확신할 수가 없어서 본 함이 벗어날 때까지 침로와 속도를 유지했습니다, 함장님."

---

81) 선박의 양측 엔진을 최고 속력의 3분의 2만큼 앞쪽으로 작동시키라는 명령이다.

82) 선박 간에 점멸하는 불빛으로 신호를 보내던 것을 뜻한다.

83) 선박의 양측 엔진을 최고 속력의 2분의 1만큼 앞쪽으로 작동시키라는 명령이다.

함장은 멈춰서 함교의 가림막에 한 손을 올려 둔 채 그에게 찌푸렸다.

"무슨 잔해?"

"목재 장애물들입니다, 함장님, 수면 바로 아래에 떠다니고 있었던지라."

"우현 견시병!"

"예?"

"뭔가 잔해를 보았나?"

"보지 못했습니다."

"······제가 실수한 걸 수도 있겠습니다만 확실히 하는 편이 좋겠다고 판단했습니다."

함장이 면 대 면으로 뚫어져라 쳐다보는 바람에 그가 기억해 낼수록 암석을 움켜쥔 손아귀가 조여들었다. 함장의 얼굴은 크고 창백하고 주름져 있었으며, 눈은 불면과 진(gin)으로 언저리가 벌겠다. 그 얼굴은 창문이 품어 드러내는 것을 잠시간 살펴보았다. 창문 양쪽에서 그늘진 두 개의 코들이 희미하게 달큰한 향내를 포착했다. 그러더니 그 얼굴은 변화했는데, 극적으로가 아니라, 감정을 나타내면서가 아니라, 분명하게 만들면서가 아니라, 냇-얼굴처럼 안쪽에서부터 바뀌면서였다. 파리한 안색과 촉촉한 주름들 아래로, 양 입꼬리와 눈초리 속에서 복잡다단한 긴장들로 경미한 근육 변화가 찾아오더니 끝내 그 얼굴은 재배열되었고 노골적인 욕설처럼, 경멸과 불신의 패턴을 띠었다.

입이 열렸다.

"하던 일 봐."

대답하기에도 경례하기에도 너무도 완전했던 혼란 속에서 그는 그 얼굴이 돌아서더니 제 나름의 이해와 경멸을 사다리 아래로 가져가는 모습을 지켜보았다.

그곳에는 열과 피가 끓었다.

"D 함장님[84])으로부터의 신호입니다. '어딜 가시나 우리 이쁜 아가씨?'"

나무처럼 경직된 얼굴을 한 통신대원. 열과 피.

"함장님께 전달해 드려."

"예, 알겠습니다."

그는 나침함으로 다시 돌아섰다.

"좌현 15도. 키 바로. 현 침로 유지."

본인 팔 아래로 쳐다보던 그는 너새니얼이 함교 전령을 상갑판 중앙부에서 스치는 모습을 보았다. 이렇게 보니 그는 동굴 지붕에 거꾸로 매달린 박쥐였다. 냇은 스쳐 지나가면서 걸어가고 휘청거리다가는 선수루 끝에 모습이 숨겨졌다.

그는 자신이 보이지 않는 냇을 저주하고 있던 걸, 메리 때문에 아까 '진-주정뱅이'의 얼굴에 서린 경멸 때문에 냇을 저주하고 있던 걸 발견했다. 나침함 너머로 이 거꾸로 뒤집힌 세상을 들여다보는 중심부는 신랄하고 먹장과 같고 잔혹한 감정들의 폭풍에 포위된 스스로를 발견했다. 냇처럼 이렇게나 좋은

---

84) Captain D는 Captain Destroyers의 약자로, 구축함 함대를 통솔하는 사령관을 일컫는다.

사람이, 언제나 안쪽에서부터 재배열되던 그 얼굴로, 그 진중한 관심으로, 생각 없이 건네는 사랑으로 이렇게나 본의 아니게 사랑받는 사람이 동시에 유일한 적이라도 된 것처럼 이렇게나 부들부들 떨릴 정도로 증오를 받기도 하다니 놀라 까무러칠 노릇이었다. 사랑하는 것과 증오하는 것이 이제는 하나의 것이자 하나의 감정이었다니 놀랄 노릇이었다. 아니면 어쩌면 그 둘은 분리될 수 있을지도 몰랐다. 증오는 언제나 증오란 게 그래 왔던 대로 산(酸)이었고, 그 부식성의 독액은 증오하는 사람이 강인했기 때문에만 감당될 수 있던 것이었다.

"나는 증오에 능한 사람이다."

그는 갑판 시계를 재빨리 쳐다보았고, 월드비스트호를 건너다본 다음 새로운 침로를 위한 명령들을 내렸다.

그리고 사랑? 냇을 향한 사랑이라? 그것은 증오 도처에 용해된 이 설움이었으므로 이렇게 새로이 생성된 용액은 가슴과 장 속에 치명적인 것이었다.

그는 나침함 너머로 중얼거렸다.

"내가 가지고 놀던 그 유리 장난감이 나였다면 산이 든 병 속에 떠다닐 수 있을 텐데. 그러면 무엇도 날 건드릴 수 없겠지."

재그.

"그게 그런 거야. 내가 그녀를 만나고 그녀가 마구잡이로 찾아오면서, 삶의 법칙 같은 건 하나도 따르지 않고, 그녀라는 존재의 풀리지도 않으며 견딜 수도 없는 문제를 내게 직면하게 하면서 패턴을 가로막은 이래로 쭉 그 산이 내 내장을 씹어 먹고 있었던 거지. 그녀를 죽여 버리면 그녀가 최종적으로 나한테서 승기를 가져가게 만드는 꼴만 될 테니까 그럴 수조차 없네. 그러나 그녀가 살아 있는 한 그 산은 좀먹을 거야. 그녀가 거기 있으니까. 그 육신 속에. 사랑스럽지도 않은 그 육신 속에. 싸구려 정신 속에. 집착이지. 사랑이 아니라. 아니 사랑이라 한들 그녀라는 존재 자체에 관한 이 질시로써 비상식적으로 구성된 거지. 오디 엣 아모.[85] 마치 내가 집필하려고 시도했던 그것처럼."

　먼지가 앉은 양치식물이 올라간 오크로 된 보조 탁자 양옆에서는 레이스 커튼들이 품위 있는 곡선으로 자리했다. 거의 사용되지 않은 응접실 중앙의 그 원형 탁자는 광택제 냄새가 났으며, 언젠가는 정장하여 관을 떠받치게 될지도 몰랐으나 그때까지는 아무것도 떠받치고 있지 않았다. 그는 장식품들과 플러시 천을 둘러보았고, 창문의 이쪽에서 갇혀 있던, 극도로 저급한 요리용 셰리주처럼 지난해와 광택제 냄새가 나던 공기를 한숨 들이켰다. 이 방은 그녀에게 어울릴 터였다. 그녀는 이 방에 딱 들어맞을 터였고, 그 조증(躁症)만 아니면 모든 점에서 그녀가 방이었다.

　그는 무릎에 올라간 공책을 내려다보았다.

　지그.

　"그리고 그게 다가 아니었거든. 거기다 산은 아직도 좀먹잖아. 그가 두 발을 디딘 현관 응접실에 사랑에 빠지리라고, 아

<hr />

85) Odi et amo. 라틴어로 '증오하며 사랑한다'라는 뜻으로, 로마 시인 가이우스 발레리우스 카툴루스(Gaius Valerius Catulus, 기원전 84?~기원전 54?)의 시 「카툴루스 85」에 등장하는 구절이다.

니면 갇히리라고, 누가 상상이나 했겠어?"

그는 함교 위에서 앞뒤로 서성대기 시작했다.

"그녀가 살아 있는 한 그 산은 좀먹을 거야. 그걸 견뎌 낼 수 있는 건 아무것도 없어. 그리고 그녀를 죽이면 악화되기만 할 거야."

그는 우뚝 멈췄다. 갑판을 따라 함미 갑판과 텅 빈 우현 난간을 돌아보았다.

"젠장할! 우현 20도……."

그녀가 혹시나…… 아니 말하자면 산의 흐름이 혹시나 저지될 수도 있겠다는 직감이 있었다. 로버츠 부사관의 전갈을 전달하지 않는 것도 한 가지 방법이었지만…… 그렇게 되면 그저 패턴에 묵인하는 것일 뿐이었다. 그러나 상황을 슬쩍 찔러서 움직였다고 한다면…… 양손으로 목을 졸라 댔다든가 발포라도 했다는 게 아니라…… 상황이 갈 법한 방향으로 지그시 양치기 노릇을 했다는 의미에서 그랬다고 한다면? 왜냐하면 그러면 상황에 제안을 할 따름일 터였으니까, 다만 제안이라는 말이 엄격한 윤리학자가 그런 일을 부를 법한 명칭으로 고려되지는 못했겠다만 말이다…….

"그리고 어차피 누가 신경이나 쓴다고?"

이것은 성공하겠다는 희망 이상 가는 것을 품지 않은 채 휘장에다 검을 찔러 넣는 것이었다.[86]

---

86) 「햄릿」 3막 4장에 등장하는 장면을 암시한다. 햄릿은 왕비와 대화 중에 휘장 뒤에서 인기척을 느끼고 휘장을 뚫고 검을 찔러 넣는다. 덮어 놓고 찔렀지만 휘장을 들친 뒤에 숨어 있던 폴로니우스가 죽은 것을 안다. 번역은

"그가 다시는 저기 앉지 않을 수도 있겠지."

그러면 임무 수행 중인 당직 장교가 떠다니는 난파선의 잔해라든지 표류하는 지뢰를 피하기 위하여 조타 명령을 내린대도 그 누구도 전혀 해를 입지 않는다.

"그러나 그가 저기 다시 앉는다면……."

그 부식제가 그에게 쇄도했다. 그의 배 속에서 어떤 목소리가 외쳤다, 나는 그가 죽기를 바라지 않아! 설움과 증오가 깊숙이 물어뜯고는 계속해서 물어뜯었다. 그는 본연의 자기 목소리로 외쳤다.

"내 심정은 아무도 이해해 주지 않는 건가?"

견시병들이 제 망루들에서 몸을 돌린 터였다. 그는 그들을 도끼눈으로 쏘아보았고 그의 얼굴 속에서 다시금 온기를 느꼈다. 그의 목소리가 야만스럽게 나왔다.

"각자들 구역으로 복귀해."

그는 나침함 위로 수그렸고 자기 몸이 얼마나 떨리는지를 느꼈다.

"내가 추구하는 건…… 일종의 평화야."

여자 바텐더치고도 거칠었던 머리칼이 달린 '바메이즈 블러시.' 그는 암봉들을 쳐다보았다.

"일종의 평화."

산호 성장물을.

다음에서 참조했다. 윌리엄 셰익스피어, 최종철 옮김, 『셰익스피어 전집 4』, 「햄릿」(민음사, 2014).

그는 마치 머리칼에서 물을 흔들어 털어 내고 있었던 것처럼 고개를 흔들었다.

"나는 여기 뭔가를 찾으러 내려왔지."

그러나 그곳에는 아무것도 없었고, 오로지 해초와 바위와 물뿐이었다.

그는 '레드 라이언'으로 다시 기어가 아침에 안 먹고 남겨 두었던 홍합들을 좀 그러모아서 '하이 스트리트'를 올라가 '전망대'로 향했다. 윙크하는 '난쟁이'의 남측 아래편에 앉아서 홍합들을 칼로 땄다. 한 입을 물 때마다 사이사이에 기나긴 휴지를 두며 먹었다. 마지막 하나까지 다 먹고 나자 그는 드러누웠다.

"우라질."

그것들은 어제의 홍합들과 다를 바가 없었지만 부패한 맛이 났다.

"아무래도 내가 양지에다 너무 오래 놔뒀나 보다."

그러나 그것들은 밀물과 썰물 사이에 몇 시간이고 양지에 매달려 있지 않은가!

"내가 여기에 며칠 동안 있었더라?"

그는 맹렬히 머리를 굴려 본 다음 칼로 암석에 세 개의 금을 그었다.

"인격을 강화시켜 줄 것이라면 무엇도 흘려보내서는 안 돼. 결정들을 내리고 수행해야만 해. 나는 '난쟁이'에다 은빛 머리를 올려 줬지. 물구멍도 괜히 함정에 빠져서 만지작대고 다니지 말자고 결정하기도 했고. 수평선은 얼마나 멀리 떨어져 있지? 5해리? 나는 10해리 거리에서도 돛대 꼭대기의 견시대를 볼 수 있는데. 지름이 20해리는 되는 원으로 나 자신을 광고해 볼 수도 있겠어. 그거 나쁘지 않겠다. 대서양이 여기 위쪽에서는 폭이 대략 2000해리 정도 되니까. 2000 나누기 20은 100이 되지."

그는 꿇어앉아서 그가 짐작할 수 있는 한 얼추 길이상으로 10인치가 되는 선을 재어서 끊어 보았다.

"그러면 이게 1인치의 10분의 1이 되는 거지."

그는 선상에서 끄트머리로부터 2인치가량 되는 지점에 칼날을 댄 뒤에 칼끝이 회색 암석에 하얀 자국을 만들어 낼 때까지 손잡이를 천천히 돌렸다. 뒤꿈치에 다시 쭈그려 앉아서 도식을 쳐다보았다.

"정말 큰 배라면 15해리 거리에서도 내가 보일 텐데."

그는 칼끝을 다시 자국에 대어 자국을 확대했다. 잠시 멈췄다가는 계속해서 긁어 대려니까 그 자국이 3펜스짜리 은제 동전[87] 크기만 해졌다. 한쪽 발을 내놓은 다음 방수 장화용 스타킹을 자국 위에다 직직 문지르다 보니 자국이 회색이 되었고 암석이 형성되었을 때부터 쭉 거기 있었던 것처럼 되었다.

"난 오늘 구조될 거야."

그는 일어나서 은빛 얼굴을 들여다보았다. 태양이 여전히

---

87) 과거 영국에서 사용되던 3펜스짜리 은제 동전의 직경은 16밀리미터 정도였다.

그에게 빛을 되쏘고 있었다. 그는 머릿속으로 태양으로부터 돌덩이까지의 선들을 따라가서, 그 선들을 수평선의 이쪽과 저쪽에서 튀겨 내 보았다. '난쟁이'에게 가까이 가서 거기에 반사된 자기 얼굴을 발견할 수 있을지 본답시고 머리를 내려다보았다. 햇살이 그의 눈으로 튀겨 올랐다. 그는 홱 똑바로 섰다.

"공중! 이런 바보! 이런 꼴통! 군대에서는 군 비행기 수송도 하니까 이 장소를 항로를 시찰한다고 사용할 게 틀림없어……거기다 연안 방위대[88]도 U보트를 찾아다닌다고……."

그는 눈에다 양손을 동그랗게 모아 쥐고 천천히 돌아서면서 하늘을 바라보았다. 공중은 짙은 파란색이었고 남쪽 바다 위에 뜬 태양 말고는 아무것에도 가로막히지 않았다. 그는 양손을 내팽개쳐 버리고는 '전망대' 옆을 급하게 위아래로 걸어다니기 시작했다.

"생각의 날이야."

'난쟁이'는 선박용으로는 괜찮았다, 선박들은 어떤 윤곽이라도 가로로 쳐다보고 있었으니까. 선박들은 '난쟁이'나 어쩌면 머리통의 번득임을 볼 것이다. 그러나 비행기에게는 '난쟁이'는 암석이라는 배경에 어우러져 보이지 않을 터였고, 은박에서 나오는 반짝임도 외떨어진 석영 결정 하나가 되어 버릴 수 있었다. 암석 부근으로 눈길을 사로잡을 만한 건

---

88) 영국 공군에서 1936년에 조직하여 2차 세계 대전 중에 해군을 지원하기 위하여 파견한 편대.

아무것도 없었다. 비행기 쪽에서는 몇천 피트 상공에서 뱅뱅 — 1마일, 2마일을 — 돌다가 특이한 점을 전혀 목격하지 못할지도 몰랐다. 위에서 보면 이 돌덩이는 바닷속에서 빙 둘러 퍼지던 파도로써만 눈길을 사로잡는 자그마한 회색 반점일 터였다.

그는 시선을 재빨리 또 절박하게 올렸다가는 물로 돌렸다.

패턴.

사람들은 패턴들을 만들어 대자연에 덮어씌운다. 3000킬로미터 상공에서 이 암석은 한낱 조약돌일 테지만, 가령 그 조약돌에 줄무늬가 있었다면? 그는 도랑들을 바라보았다. 이 조약돌에는 이미 줄무늬가 있었다. 물구나무를 선 지층들은 그 사이사이에 낀 도랑이라는 한층 어두운 선들로 회색일 터였다.

그는 양손에 고개를 받쳤다.

체크무늬. 줄무늬. 낱말들. SOS.

"옷을 포기할 수는 없어. 옷이 없으면 얼어 죽을 테니까. 거기다 옷을 펼쳐 놓는다고 해도 그런들 이 조분석보다도 눈에 띄지 않을 거야."

그는 양손 사이로 '하이 스트리트'를 내려다보았다.

"여기랑 여기랑 저기를 깎아 내. 다 매끈하게 만드는 거야. 거대하고 음영이 진 SOS로 조각하는 거지."

그는 양손을 떨구고 씩 웃었다.

"나잇값 좀 해라."

그는 다시 쭈그려 앉아서 소지하고 있는 재료를 차례로 검토해 보았다. 옷감. 작은 종잇장들. 고무 구명대.

해초.

그는 멈칫하더니 양손을 들어 올리고 승리감에 차서 외쳤다.

"해초!"

8장

　암석 둘레로 매달린 그것은 몇 톤이고 있어서 '전망 절벽' 곁에서 물속을 떠다니거나 휘감겨 내려가 있거나 했다.

　"사람들은 패턴들을 만든다."

　해초로, 대자연에 부자연스러운 패턴, 그 어떤 이성적인 구경꾼에게라도 외쳐 줄 만한 패턴을 덮어씌우나니……. 보아라! 여기 생각이 있다. 여기 사람이 있다!

　"최상의 형태는 도랑들에 수직으로 그어지고, 색 변화를 보여 줄 뿐만 아니라 제 나름의 그림자마저 던져 줄 만큼 매우 높이 쌓인, 단일의 부인할 수 없는 선일 거야. 그걸 최소한 폭이 1미터는 되게 만들어야만 하고 그 선은 기하학적으로 똑발라야만 해. 이후에 도랑 중 하나를 메워서 그 똑바른 기둥을 십자로 바꿀 거야. 그러면 이 암석이 핫 크로스 번[89]이 되겠지."

세 개의 '바위들' 쪽을 내려다보며 그는 도랑들을 가로질러 내려갈 선이, '하이 스트리트'와 대략 평행이 되도록 계획했다. 그 선은 '레드 라이언'에서 시작해 '난쟁이'에까지 달할 것이었다. 작전이 될 것이었다.

그는 '하이 스트리트'를 재빨리 내려갔다. 그리고 이제 목적 있는 작업을 찾아낸 이상 이유도 모르면서 중얼거리고 있었다.

"빨리! 빨리!"

그러자 그의 귀는 망상 속 비행기들의 붕붕 소리로 채워지기 시작했다. 그는 계속해서 올려다보았고 한번은 넘어져서 다치기도 했다. 그가 이미 '식량 절벽' 곁에서 엽상체의 해초를 잡아당기고 있었을 때에야 그는 잠시 멈추었다.

"멍청이같이 굴지 마. 진정하라고. 무슨 짓을 해도 주의를 끌 순 없으니까 올려다봐도 소용없어. 무슨 꼴통이나 돼야 약 5마일 상공에 비행기가 있다고 생각해서 춤을 춰 대고 셔츠를 흔들어 댔겠지."

그는 고개를 뒤로 길게 빼고 창공을 탐색했지만 푸르름과 태양 말고는 무엇도 찾지 못했다. 숨을 죽이고 귀를 기울였더니만 본인이라는 생명체의 내부로 섞여 든 윙윙 소리 말고는

---

89) 영미권에서 부활절을 기념하며 먹는 빵으로, 둥근 빵 가운데에 십자가가 새겨진 모양이다.

전혀, 바깥에서도 바닷물의 찰싹임과 꾸르륵거림밖에는 전혀 들리지 않았다. 그는 목을 바로 하고 그곳에 선 채 생각했다. 바위틈으로 돌아갔다. 알몸으로 벗은 다음 양지에 의복을 펼쳐 두었다. 해초의 선이 놓일 지점의 한편에다 옷가지 하나하나를 신중하게 배열했다. '레드 라이언'으로 되돌아가 '레드 라이언'과 세 바위 사이의 공간을 내려다보았다. 돌아서서 끄트머리 너머로 몸을 낮추었다. 바닷물은 기억하던 것보다 차가웠고, 그가 마신 담수보다 차가웠다. 그가 이를 갈며 억지로 몸을 내렸더니 양 무릎에 맞닿는 암석이 너무도 날카로워 나머지 첫날 입은 상처들을 들이쑤시는 꼴이 됐다. 허리는 양손 사이 암석 위에 있었고 그는 신음을 하고 있었다. 밑바닥이 느껴지지 않았고 종아리 주위의 해초는 바닷물보다도 차가웠다. 바닷물이 외해에서 그러했듯이 추위가 조여 오는 바람에 그는 그 기억에 공황에 휩싸였다. 그는 고음의 절망적인 소리를 내고서 몸을 떠밀어 암석에서 떨어뜨려 빠져 내렸다. 바닷물은 얼어붙는 듯한 손으로 그를 받아 주었다. 그가 눈을 뜨니 해초가 눈앞에서 휘갈기고 있었다. 고개가 수면을 찢었고 그는 광적으로 암석을 향해 달려들었다. 그는 거기 매달린 채로 덜덜 떨었다.

"정신 차려."

해초 아래에는 백색 물질이 있었다. 그는 밀뜨려서 양발이 가라앉도록 했다. 해초 아래에 그가 붙잡고 있던 암석과 세 개의 다른 암석들 사이에 끼어 있던 것은 반드러운 바위들, 어쩌면 석영으로 쌓여서 추정이 불가한 것들이었다. 그는 물속에 쭈그리고서 양팔의 헤엄치는 움직임들로 체중을 반쯤 버티는 채로 서서 양발로 주변을 더듬어 보았다. 신중하게 발 디딜 곳을 찾아서 일어섰다. 바닷물이 가슴까지 이르렀고 해초가 그를 잡아끌었다. 그는 숨을 들이쉬고서 고개를 푹 집어넣었다. 해초를 붙잡고 엽상체들을 뜯어내려고 해 보았지만 그것들은 너무도 질겼기에 그가 다시 수면으로 올라와야 했을 때까지 한 움큼밖에는 얻어 내지 못했다. 그는 고개를 집어넣지 않고 해초를 채집하기 시작하면서 작물의 끄트머리 30센티미터씩만을 거둬들였다. 가끔 그가 잡아당기면 돌처럼 굳게 돌아가는 바람에 살짝 충격이 일거나, 자세를 가다듬으면서 물에 느릿해진 움직임들이 일기도 했다. 그는 해초를 암석 위에 던져 올렸고 그 엽상체들은 끄트머리 너머로 펄썩 주저앉아서 물을 뚝뚝 흘렸다.

갑자기 양발 사이의 해초가 끌어당겼고 무언가가 발가락 위를 스쳐 갔다. 재빠르면서도 변덕스러운 일련의 움직임이 해초 속에 나타났다가 멎었다. 그는 절벽을 집게발처럼 움켜잡고 양다리를 끌어 올린 채 거기 매달렸다.

물이 찰싹댔다.

"게. 바닷가재다."

그는 '레드 라이언'까지 무릎을 대고 고통스럽게 길을 나아갔고 심장이 진정될 때까지 해초 곁에 드러누웠다.

"가재는 질색이야."

그는 절벽 끄트머리까지 기어가서 내려다보았다. 단번에, 마치 그의 눈이 지어낸 양 해초 사이에서, 용상(龍狀)으로 별나고 색깔로도 별난 바닷가재가 보였다. 그는 무릎을 꿇고 내려다보면서 그 질색하는 버러지들이 피부 위를 기어가는 동안 넋을 놓고 있었다.

"짐승. 추잡한 바다짐승."

그는 홍합 조가비를 하나 집어 들어서 안간힘을 다해 물속에 던졌다. 철썩 강타하는 소리에 바닷가재는 주먹처럼 꽉 악물리더니 사라졌다.

"저놈의 해초 선을 세우려면 한참 동안 진땀 좀 빼야겠군."

그는 몸을 흔들어 피부 위의 버러지들을 떼쳤다. '전망 절벽' 너머로 몸을 수그렸다. 아래쪽의 130~140센티미터는 매달린 끈말 뭉텅이가 뒤덮고 있었다. 수면에서는 해초가 둥둥 떠서 나왔던 터라 바다가 고체로 보였다.

"간물때군."

그는 암석을 타고 올라가서 해초를 잡아당기기 시작했지만 해초는 떨어져 나와 주지 않았다. 해초 뿌리들은 삿갓조개들이나 홍합들보다도 떼어 내기가 한층 까다로운 빨판들로 암석에 달라붙어 있었다. 해초 몇몇 개는 젤리로 가득 찬 우묵우묵한 주머니들이 끄트머리에 달린 거대한 덤불들이었다. 다른 해초들은 장검들이었으나 세로로 홈이 파이고 물결 모양으로 된 표면과 날이 달렸다. 나머지는 매끄러운 갈색 가죽이었던 것이 세상의 모든 장교들을 위한 검대를 다 모아 놓은 것만 같았다. 해초 아래에서 암석은 알록달록한 성장물들로 복슬복슬하거나 익지 않은 반죽처럼 보이는 물질로 단단하고 장식적이었다. 그곳에는 '바메이즈 블러시'도 있었다. 자잘하게 부글대고 뻑뻑대고 철벅대는 소리들이 있었다.

그는 해초 다발을 한 손으로 잡아당기는 한편 다른 손으로 암석을 꽉 붙들었다. 욕설을 내뱉으며 암석에 다시 기어 올라갔고, '하이 스트리트'를 걸어 올라가 '전망대'로 향하여 바다와 하늘을 바라보며 섰다.

그는 퍼뜩 정신을 차렸다.

"시간 낭비하지 마. 빠릿빠릿하게 움직여."

그는 바위틈에 가서 칼을 노끈으로 목에 둘러매 둔 다음 구명대를 집어 들었다. 꼭지의 입구를 돌려 열어 공기를 빠져나가게 하고서 암석을 기어 내려왔다. 한쪽 팔 위에 구명대를 걸쳐 둔 다음 칼을 들고 해초 뿌리로 달려들었다. 해초 뿌리들은 단단한 고무만큼이나 단단할 뿐더러 미끈거리기까지 했다. 그가 특정 각도와 신중한 냉철함이 담긴 특정 접근법을 찾아내야만 그 뿌리들 속에 칼날을 넣을 수가 있었다. 그는 마치 땔나무처럼 해초를 어깨 위에 이었다. 잇새에다 구명대를 물고 해초의 엽상체들을 구명대와 띠 사이의 틈새로 끌어당겼다. 자세를 반전시켜서 왼팔로 매달리며 오른팔로 채집했다. 해초는 그의 어깨 위에서 거대한 묶음이 되어서 늘어뜨려지며 무릎을 지나 내려와 기다란 갈색의 얼룩이 되었다.

그는 '레드 라이언'으로 타고 올라가서 해초를 패대기쳤다. 그에게서 몇 미터 거리에 있으니 그것은 작은 반점처럼 보였다. 그는 각개의 칼날들을 펼쳐 놓으면서 도랑들을 가로막을 직선의 윤곽을 잡았다. 막상 도랑들 속에 있으니 해초는 버팀

대랄 게 없었다.

"해초가 도랑들을 건너는 지점에 벽과 같은 높이로 도랑들을 채워야겠다."

그가 해초를 전부 소진하고 나니 한번 이고 온 짐은 '레드 라이언'에서 '전망대'까지로 뻗어 나갔다. 평균적으로 그 선의 폭은 2인치였다.

그는 '전망 절벽'으로 돌아가서 해초를 더 구했다. '레드 라이언' 안쪽에 이맛살을 구긴 채로 쭈그려 앉았다. 한쪽 눈을 감고서 본인의 손작업을 검토해 보았다. 그 선은 거의 보이지도 않았다. 그는 다시 절벽으로 빙 둘러 기어 올라갔다.

세 바위 중에서 가장 먼 바위 곁의 물속에서 갑자기 퐁당 소리가 났기에 그는 휙 돌아보았다. 아무것도 없었다. 포말도 없이 다만 작은 파도들의 패턴 속에 우묵하게 끊긴 자국뿐이었지.

"물고기를 잡아야겠어."

그는 해초를 또 한 짐 스스로 채집해 왔다. 젤리가 든 주머니들을 누르자 터졌고, 이에 그가 그 주머니 중 하나를 입술에 갖다 대어 보았으나 맛은 밍밍했다. 그는 또 한 짐 그리고 또 한 짐을 '레드 라이언'까지 실어 날랐다. 첫 번째 도랑에 해초를 쌓아 올리자 그것은 꼭대기에서 30센티미터 안쪽으로도 들어오지 않았다.

그는 적색과 갈색의 해초를 내려다보면서 도랑 속에 섰고 갑자기 맥 풀린 기분이 되었다.

"열두 번 이고 오면 되려나? 스무 번? 그리고 그러고 나면

선을 두껍게 만들어야겠고……."

지성은 무엇이 행해져야 하는지 너무도 명확히 간파하며 사전에 대가를 셈해 볼 수가 있다.

"잠시 쉬어야겠다."

그는 '난쟁이'에게로 가서 텅 빈 하늘 아래에 주저앉았다. 해초는 마치 오솔길처럼 암석을 가로질러 뻗어 나갔다.

"살면서 과거 어느 때보다 힘드네. 오늘은 녹초가 돼 버렸어."

그는 무릎에 고개를 두고 도식의 — 회색 방울 하나가 달려 있는 선 하나의 자취에 대고 중얼거렸다.

"우리 배가 어뢰에 격침당하고부터 나 똥을 한 번도 안 쌌네."

그는 미동 없이 앉아서 장에 관해 숙고했다. 이내 그는 올려다보았다. 태양이 내리받이에 있었으며 수평선의 한편을 특히나 또렷하고 가깝게 만든 게 보였다. 그걸 실눈으로 쳐다보던 그는 이 지구의 완벽한 곡선에 파도들이 자아낸 극미한 일그러짐들마저도 보인다는 생각이 들었다.

태양과 '안전 바위' 사이에는 웬 하얀 점이 앉아 있었다. 그가 면밀히 지켜보더니 그 점은 물속에 앉아 있으면서 제 몸이 표류하도록 놔두고 있는 갈매기라는 게 보였다. 일시에 그는 갈매기가 승천하여 바다의 어깨 너머 동쪽으로 날아가는 백일몽을 꾸었다. 내일 아침이면 저것은 헤브리디스 제도의 낟가리와 목초지 가운데를 떠돌거나 어느 아일랜드의 산비탈에서 쟁기를 따라가고 있을 수도 있었다. 그의 앞에 펼쳐진 밝은 오후를 차단하는 강렬한 경험으로 그는 납작모자를 쓴 쟁기꾼이 꽥꽥거리는 그 새에게 주먹을 마구 휘두르는 모습이 보였다.

"당장 나한테서 떨어져 액운이나 가지고 가라!"

그러나 그 새는 온갖 민속 신앙에서처럼 경계석에 걸터앉아 부리를 열어 말을 하지는 않을 터였다. 그것이 날아다니는 기계 이상의 것이었다고 해도 상흔을 입은 남자가 망망대해 한복판의 암석에 주저앉아 있다는 소식을 전해 줄 수는 없었다. 그는 일어나 '전망대' 위에서 앞뒤로 서성대기 시작했다. 그 생각을 끄집어내어 쳐다보았다.

나는 이 암석에서 영영 절대로 벗어나지 못할 수도 있어.

발화란 정체성이다.

"너희들은 다 기계야. 내가 너희를 알지, 축축함에, 딱딱함에, 움직임에. 너희는 자비가 없지만 그렇다고 지성도 없거든. 내가 너희보다 한 수 앞설 수 있어. 내가 해야 할 일은 오로지 견뎌 내는 거야. 이 공기를 나 자신의 용광로에 불어넣는 거지. 죽이고 먹는 거고. 여기서 아무것도……."

그는 한순간 멈칫하고서 그 갈매기가 점차 가까이, 그러나 흰색 아래 파충류가 보일 정도로 너무 가까이는 아니게끔 표류해 오는 모습을 지켜보았다.

"여기서 아무것도 무서워할 것 없어."

갈매기는 조수에 실려 가고 있었다. 당연히 조수는, 지구를 둘러 휩쓸고 다니던 거대한 하나의 물결은 여기에서도, 대서양 한복판에서도 작용했던 거다. 조수는 워낙 거대했던지라 그것이 내민 혀들은 막대한 대양의 해류가 되어, 길이가 1만 해리는 되는 곡선들로 수면을 휩쓸었다. 그리하여 저곳에는 해류가 있어 이 암석을 지나쳐 흘러가며, 언제까지나 또 무의미하게 올라 챘다가 멈췄다가는 뒤집혀 다시 환류했다. 마치 포도알에서 닦이는 과분(果粉)처럼 지구의 표피에서 생명체가 문질러 닦였다고 할지라도 이 해류는 계속해서 그리할 터였다. 이 암석은 요지부동으로 앉아 있었고 조류는 휩쓸고 지나갔다.

그는 그 갈매기가 '전망 절벽' 옆에서 떠돌아 오는 모습을 지켜보았다. 그것은 제 깃털들을 단장하더니 연못의 오리처럼 파닥였다.

그는 돌연 고개를 돌려 '전망 절벽'으로 재빨리 내려갔다. 매달린 해초의 절반은 가려져 있었다.

내일 하자.

"몸의 진을 다 뺐어. 무리하면 안 되지."

암석 위에선 할 일이 넘쳐 나. 지루할 틈이 없다니까.

그는 분명한 역겨움을 담아 홍합들을 고려해 보다가 대신에 해초에 있는 젤리 주머니들로 마음을 바꾸었다. 위장이 자신에게 말을 걸고 있다는 느낌이 어렴풋이 들었다. 위장은 홍합을 싫어했다. 말미잘에 관해서는, 생각만 해도 위 주머니가 졸아들면서 입에 역한 맛을 올려 보냈다.

"과로했지. 저체온증에. 햇볕에 타기도 했고, 아마. 무리하면 안 돼."

그는 당일이 그가 구조될 날이라고 진심을 담아 스스로를 일깨웠지만 확신을 되찾지는 못했다.

"옷을 입자."

그는 옷가지를 챙겨 입고 '난쟁이'를 빙 돌아 걸어간 다음 다시금 주저앉았다.

"누워 쉬고 싶어. 하지만 햇빛이 있는 한은 안 되지. 선박이 가까이 보러 와서 뱃고동을 울렸는데 내가 모습을 드러내지 않으면 다시 가 버릴지도 모르는 일이잖아. 그래도 오늘 나는 꽤나 유익한 생각을 했어. 내일은 해초를 마무리해야 해. 선박이 수평선 바로 아래에 있을지도 모르는 일이니까. 아니면 비행기가 위쪽으로 워낙 드높이 있어서 보이지 않는 걸지도. 기다려야 해."

그는 '난쟁이' 옆에 구부정하게 앉아서 기다렸다. 그러나 시간의 원천은 무한했고 이에 처음에는 목적의식이었던 것이 검뿌예지고 끝없어지며 희망 없이 되었다. 그는 마음속에서 희망을 찾아보기 시작했으나 그 온기는 이미 가셨거나 설사 그가 뭐든 찾아냈다 해도 그것은 지성 속에서만 존재하는, 피도 눈물도 없는 헛것에 불과했다.

그는 중얼거렸다.

"난 구조될 거야. 난 구조될 거야."

*

처음으로부터 너무도 멀찍하여 그가 거기 있는 동안 생각했던 걸 전부 잊어버리고 만 마지막에야 그는 턱을 들어 태양이 지고 있음을 보았다. 그는 무거운 몸을 일으켜 물구멍으로 가서 물을 마셨다. 한층 가까운 끄트머리에 둘린 붉은 얼룩이 넓어져 있었다.

그는 메아리를 울렸다.

"물과 관련해서 뭐라도 해야 해."

그는 잠자리에 들 것처럼 옷을 입은 다음 회색 스웨터를 양발에 둘렀다. 스웨터는 마치 석조 바닥 위에 깔린 대성당의 양탄자들처럼 양발과 암석 사이에서 덮개가 되어 주었다. 그것은 특히나 온통 환상적으로 제작되었으나 실질적으로 밑창이랄 게 없었던 그 미켈란젤로의 웃기지도 않는 중세 시대 신발을 신었을 때는 고사하고, 양발이 다른 어디에서도 전혀 찾아보지 못했던 특정한 감각이었다. 게다가 음향 상태가 너무도 나빴다……. 위쪽 원통형 궁륭(穹隆)[90] 가운데에서 와, 와, 와 소리에다 이윽고 고음의 우는 소리가 누가 단어 하나하나를 뱉을 때마다 더해지는 게 마치 누가 무슨 진자에다 살짝씩 주기적으로 추진력을 주고 있는 것 같았는데…….

"안 들린다고, 이 사람아, 하나도. 좀 크게. 뱉어 보라고. 그래도 안 들린다니까……."

"더요? 더 천천히요?"

"천천히가 아니라니까, 아, 나 진짜. 아니, 소리를 높이라고. 오늘은 거기까지 합시다, 여러분. 잠깐만 기다려, 크리스. 봐요, 조지 감독님, 크리스가 여기서 영 실력 발휘를 못 하고 있는데……."

"크리스한테 시간을 좀 더 주지 그래요, 연출가님. 본인 수

---

90) 연속된 아치로 이루어진 반(半)원통 모양의 천장 구조물.

비 범위가 아니긴 하지, 크리스?"

"저 해낼 수 있습니다, 조지 감독님."

"이 친구가 나머지 다른 배역에서는 더 잘할 거거든요, 감독님. 예행연습 명단 안 봤어, 크리스? 자기 일인이역 하는 거야, 뭐 당연히……."

"헬렌 씨는 한마디도 안 했는데……."

"헬렌이 이거랑 무슨 상관인데?"

"헬렌 씨는 한마디도 안 했는데……."

"내 명단은 내가 짜, 이 사람아."

"그럼요, 피트 연출가님, 아무렴요."

"그러니까 자네가 양치기랑 칠죄종(七罪宗)[91] 중 하나로 일인이역을 한다는 말이야, 이 사람아. 그쵸, 조지 감독님, 괜찮지 않아요? 크리스를 칠죄종 중 하나에 넣는 거?"

"당연하죠, 연출가님, 그럼 당연하고말고."

"그게, 솔직히 생각하기로는 피트 연출가님, 제가 여태껏 해 드린 일이 얼만데 아무래도 그런 요구까지 받는 건……."

"일인이역 요구 말이야, 이 사람아? 다들 일인이역 하고 있잖아. 나도 일인이역 하고 있고. 그래서 크리스 자기도 칠죄종에 들어가 줘야 한다는 거야."

"어떤 죄악 말씀이세요, 피트 연출가님?"

"그건 크리스 자네가 골라. 그쵸, 조지 감독님? 우리 사랑

---

91) 가톨릭에서 그 자체로 죄이면서 다른 죄와 악습을 유발하는 일곱 가지 죄종을 말한다.

하는 크리스한테 아무렴 본인이 제일 좋아하는 죄악은 고르게 해 줘야 한다고, 생각하지, 않아요?"

"당연하죠, 연출가님, 당연하고말고."

"프루가 지하실에서 가면 작업 하고 있으니까 와서 봐 봐, 크리스……."

"하지만 오늘 밤 상연 전까지는 볼일이 끝난 거라면……."

"따라와, 크리스. 칼을 뽑았으면 무라도 잘라야지. 그쵸, 조지 감독님? 크리스가 본인에게 어떤 가면이 어울릴 거라고 생각할지 보고 싶으시죠?"

"그건…… 그렇지. 하늘에 맹세코 그렇긴 하군요, 피트 연출가님. 보러 가야겠군. 앞장서게, 크리스."

"아무리 생각해도 저는……."

"앞장서게, 크리스."

"석조 바닥 위에 이 카펫이 깔리니 발에 닿는 느낌이 신기하네요, 조지 감독님. 뭔가 두툼하고 비싼 게 딱 감각으로 카펫 아래쪽의 근본적인 물질을 느끼게 해 준달까. 저기 가면들이 있네, 크리스, 쫙 일렬로 늘어놓인 게. 어때?"

"뭐든지 말씀하시는 대로 해야죠, 뭐."

"'교만'은 어때요, 조지 감독님? 그거라면 이놈이 가면을 안쓰고도 그냥 정형화된 분장만 받으면 연기해 낼 수 있지 않겠어요?"

"저기, 피트 연출가님, 제가 일인이역을 하는 거면 분장은 차라리 안 하는 게 낫……."

"'악의'[92]는 어때요, 조지 감독님?"

"'시기'는 어떻습니까, 피트 연출가님?"

"'나태'를 연기해도 전 상관없습니다, 피트 연출가님."

"'나태'는 아니지. 우리 헬렌한테 물어볼까, 크리스? 우리 아내의 조언을 중하게 여기거든, 난."

"진정하시죠, 피트 연출가님."

"약간의 '호색'은 어때요?"

"피트 연출가님! 그쯤 하시라고요."

"나 신경 쓰지 마, 크리스, 이, 사람아. 내가 그냥 좀 흥분해서 그게 다야. 자, 여기 훌륭한 작품이 나왔습니다, 신사 숙녀 여러분, 한 번도 안 썼다는 거야 보장됐고요. 호가하실 분 계십니까? 물결치는 머리칼과 옆얼굴의 소유자인 기생오라비처럼 생긴 신사분께 낙찰됩니다. 낙찰됩니다! 낙찰됩니다……."

"뭐 하자고 이러시는 겁니까, 예?"

"자기야, 이건 딱 너라고! 그렇게 생각하지 않아요, 조지 감독님?"

"당연하죠, 연출가님, 당연하고말고."

"크리스-'인색'. '인색'-크리스. 서로 알고 지내는 사이지."

"뭐든지 좋으실 대로 하겠습니다, 피트 연출가님."

"내가 둘을 더 잘 알게 해 줄게. 여기 물감으로 색칠된 이 개새끼는 자기 손으로 붙잡을 수 있는 건 뭐든 가져가 버리거

---

92) 칠죄종에는 교만, 인색, 시기, 분노, 음욕, 탐욕, 나태가 있지만, 피트는 칠죄종에 들어가지 않는 죄를 들어 말하고 있다.

든. 음식은 아니고, 크리스, 그건 단순해도 너무 단순하잖아. 이놈은 최고로 좋은 배역, 최고로 좋은 좌석, 최고로 많은 돈, 최고로 좋은 평론, 최고로 좋은 여자를 가져가는 거야. 이놈은 제 주둥이랑 바지 지퍼가 열린 채로 또 양손은 그러쥐려고 뻗어 나온 채로 태어났거든. 이놈은 본인 페니는 간수하면서 다른 놈 번 빵까지 채 오는[93] 어마어마한 경우의 새끼야. 그 말 맞지 않아요, 조지 감독님?"

"이리 와요, 피트 연출가님. 와서 잠깐 누워 있어."

"마틴 연기해 낼 수 있을 것 같아, '인색'?"

"이리 오라고, 피트 연출가님. 무슨 뜻이 있어서 저러는 게 아니야, 크리스. 그냥 흥분해서 저러는 거지. 살짝 과하게 들떠서 그런 거죠, 피트 연출가님?"

"그게 다죠. 네. 그럼요. 그게 다예요."

"일주일간 똥을 한 번도 안 쌌네."

땅거미가 바다 갈매기들과 더불어 몰려들어 왔다. 한 마리가 '난쟁이' 위에 앉았고 그 은빛 머리가 흔들리는 바람에 그 바다 갈매기는 새똥을 갈기고 퍼덕여 떠났다. 그는 바위 틈들로 내려가서 구명대에 숨을 불어 넣었고, 띠들을 묶어서 그걸 머리 아래에 두었다. 양손도 접어 넣었다. 그러자 발라클라바를 쓰고 있었음에도 머리가 보호되지 않는 느낌이

---

[93] 당시 영국에서 번 빵의 가격은 주로 1페니였다. 번 빵을 얻으려면 응당 1페니가 없어져야겠지만, '인색'은 자신의 1페니는 그대로 간직하면서 다른 사람이 1페니를 내고 사 둔 번 빵을 가져온다는 것을 알 수 있다.

들었기에 그는 꿈틀거리며 나와서 '레드 라이언'에서 방수모를 가져왔다. 몸을 끼워 넣는답시고 다시금 야단법석을 겪어냈다.

"하느님 맙소사!"

그는 몸을 끌고 나왔다.

"내 방수복은 대체 어디 있는 거야?"

그는 허우적대며 가서 바위들 너머 '레드 라이언'으로, 물구멍으로, '전망 절벽'으로 향했다…….

"'난쟁이' 옆에는 있을 리가 없는 게 나는 절대로……."

도랑들 안팎으로, 악취를 풍기는 해초가 질척한데, 해초 아래에 있나?

그는 아까 '난쟁이' 옆에 놔두었던 자리에서 방수복을 찾았다. 그 위로는 하얗게 튄 얼룩들이 있었다. 그는 더플코트 위에 방수복을 입고서 다시금 몸을 끼워 넣었다.

"사람들이 절대 말해 줄 수 없는 게, 절대 티끌만 한 감도 주지 못하는 게 바로 그거야. 위험이나 역경이 아니라 성가시게 자잘한 바보짓들, 지긋지긋한 반복들, 일터에 있었거나 '레드 라이언'에 들르거나 여자 친구라도 보러 갈 수 있었다면 눈치채지도 못할 왼손잡이의 손으로 자아낸 작은 실수들의 얼김 속에서 방울방울 지나가는 하루하루……. 내 칼은 어디 갔어? 이런 젠장할!"

그러나 칼은 존재하였으니, 뱅 돌아간 것이 그의 왼쪽 늑골 아래에서 돌과 같은 돌기였다. 그는 그것을 용써서 풀어낸 다음 욕설을 내뱉었다.

"이제는 나도 생각이란 걸 좀 해야겠다. 작업했을 수 있는 시간에 생각을 하다니 잘못했어. 낮 대신에 간밤에 생각을 했더라면 낮을 체계적으로 다뤄서 모든 것을 해낼 수 있었을 텐데.

자, 문제들이 뭐냐. 첫 번째는 저 해초의 선을 마무리해야 해. 그러고 나서는 다시는 공황에 빠지는 일이 없도록 옷가지를 둘 장소를 갖춰야 해. 절대 잊어버리지 않도록 옷가지를 이곳에 잘 집어넣어 두는 편이 낫겠어. 두 번째. 아니 세 번째. 옷가지가 두 번째였지. 첫 번째가 옷가지를 바위틈에 넣기, 그다음이 해초를 더 가져와서 선 작업을 마무리하기. 세 번째, 물. 물을 구하려고 땅을 팔 수는 없어. 물이 올 때 받아 둬야 해. 조분석층 아래로 그리고 물보라 위쪽으로 도랑을 하나 골라서. 집수 구역을 만들자고."

그는 아래턱을 옆으로 실룩였다. 수염 그루터기들이 발라클라바의 모직 속에서 매우 불편했다. 일광 화상으로 인해 팔다리에서 살짝 얼어붙듯이 따끔거리는 감각이 느껴졌다. 암석의 요철들이 다시금 뚫고 들어오고 있었다.

"금방 비가 올 거야. 그러면 물이 너무나 많아지겠지. 이 바위틈 관련으로는 뭘 해야 하나? 옷가지를 젖게 하면 안 되는데. 천막이라도 대충 쳐 둬야겠다. 어쩌면 내일 구조될지도 모르고."

그는 자신이 아침에는 구조되리라 확신했다는 것을 기억했고 그러자 마치 누군가가 그렇게 맹세한 언약을 깨 버리기라도 한 양 이유 없이 낙심했다. 그는 드러누워 별들을 올려다보면서 나뭇조각 하나라도 찾아서 만져 볼 수 있을지 의문했다. 그러나 암석 위에 나무 같은 건 없었고, 하다못해 연필 꽁다리 조차도 없었다. 왼쪽 어깨 너머로 던질 소금도 없었다.[94] 어쩌면 해수를 한번 튀겨도 효과는 마찬가지일지 몰랐다.

그는 손을 움직여 오른편 허벅지로 내렸다. 오래된 상흔도 햇볕을 쏘인 게 틀림없었는데, 그 융기된 곳이 서서히 타오르는 느낌이 들었던 것이다, 불쾌한 느낌은 아니지만 주의를 끄는 느낌으로. 그가 찡그리자 발라클라바 속의 수염 그루터기들이 긁히는 소리를 냈다.

"네 번째. 면도를 해도 될 만큼 칼을 날카롭게 만들자. 다섯 번째. 내일만큼은 내가 똥을 못 누고 있지 않게끔 확실히 하자."

일광 화상이 따끔거렸다.

"나는 활력 감퇴를 겪고 있는 거야. 바닷속에서, 또 깔때기 속에서 지옥을 거쳐 온 다음 무사하게 된 것이 너무도 기뻐 바로 과도하게 힘을 써 버렸잖아. 그렇게 해 대니 그다음에 몸에 탈이 안 나고 배겨. 나는 자야 하고, 완전히 가만히 있으면서 잔다는 일에 집중해야 해."

일광 화상은 계속해서 따끔거렸고, 수염 그루터기들은 갉작대고 긁어 댔으며 암석의 요철들은 저마다 뭉근히 그으는 불길들을 켰다. 그것들은 바다처럼 그곳에 머물러 있었다. 의

94) 영국의 오랜 미신에 따르면 왼쪽 어깨 너머로 소금을 한 자밤 던지는 것은 불운을 뒤바꾸어 준다고 한다.

식이 한정되었을 때조차 그것들은 자기주장을 했다. 그것들은 발광하는 풍경이 되었고, 은하계가 되었으며 그는 우주에 걸려 있으면서 그것들을 관찰하는 순간들과 극심히 고통스러운 모든 구석으로 늘려지는 순간들 사이를 오갔다.

그는 눈을 뜨고 올려다보았다. 눈을 다시 감았다가 스스로에게 중얼거렸다.

"나는 꿈을 꾸고 있다."

그는 눈을 떴고 햇빛은 거기 머물렀다. 햇빛이 어느 정도까지 불길을 달래 주었던 것은 정신이 드디어 불길들로부터 눈길을 돌릴 수 있게 되었기 때문이다. 그는 누워서 일광의 하늘을 바라보면서 갑자기 절로 단축되어 있던 이 시간의 질을 떠올려 보려고 했다.

"나 한숨도 못 잤잖아!"

그러자 정신은 바위틈에서 홱 웅크리고 빠져나와서 해 두어야 할 일과 직면하기를 매우 내키지 않아 했다. 그는 위편의 상공에 대고 어조 없는 말들을 내뱉었다.

"나는 오늘 구조될 거야."

바위틈에서 몸을 끌고 나왔더니 공기가 따스했던지라 그는 바지와 스웨터 차림이 되도록 옷을 벗었다. 옷가지들을 조심조심 접어 바위틈 속에 두었다. 물구멍 속에서 앞으로 홱 수 그리자 붉은 침전물이 가슴에 가로로 자국을 냈다. 그는 물을 상당량 들이켰고 마시는 걸 멈추자 물과 창문 사이에 암흑의 공간이 한층 넓어져 있는 것이 보였다.

"물을 더 구해야 해."

그는 가만히 누워서 집수를 위해 설비를 마련해 두는 게 더 중요할지 아니면 해초의 선을 마무리하는 게 더 중요할지 결정하고자 했다. 그러자 시간을 시야에서 놓쳐 버리면 시간이 얼마나 빨리 지나갈 수 있는지가 상기되었기에 그는 허우적대며 다시 '전망대'로 향했다. 이날은 색깔의 날이었다. 태양은 타올랐고 바닷물은 진청색으로 흥청망청 반짝였다. 바위들 위에도 색깔이 쏟아져 있었는데, 똑바로 바라보기 전까지는 짙은 자주색이었던 그림자들이었다. '하이 스트리트'를 내립떠보았더니 그것은 한 폭의 그림이었다. 그는 눈을 감았다가 다시 떠 보았지만 암석과 바다는 한 치도 더 현실적으로 보이질 않았다. 그것들은 그의 창문의 세 채광창을 채우던 색깔의 패턴이었다.

"나는 아직도 잠들어 있는 거야. 내 몸속에 갇혀 있는 거다."

그는 '레드 라이언'으로 가서 바닷가에 앉았다.

"내가 뭐 하러 왔더라?"

그는 바닷물을 노려보았다.

"식량을 구하려고 왔지 뭐. 근데 난 배가 안 고프잖아. 해초를 구해 와야지."

그는 바위틈에서 구명대와 칼을 가져와서 '전망 절벽'으로 갔다. 절벽에서 보다 가까운 부분은 벌써 뜯겨 있었던 탓에 그는 해초를 구하려 암붕들을 따라 더 멀리 기어가야만 했다. 묘하게 친숙했던 암붕 하나에 다다라 생각해야 했다.

"나는 '난쟁이'에게 쓸 돌덩이들을 구하러 이곳에 왔지. 저쪽의 저 돌덩이를 옮겨 보려고 했지만 저게 금은 가 있는데도 꼼짝해 주질 않았어."

그는 그 돌덩이를 노려보았다. 그러더니 아래쪽으로 길을 헤쳐 나간 끝에 그 돌덩이 곁의 절벽에 양손으로 매달려 있게 되었고 그 금은 그의 얼굴로부터 고작 30센티미터 떨어져 있을 뿐이었다. 바닷물이 도달할 수 있는 절벽의 모든 여타 부분과 마찬가지로 그곳에는 따개비들과 수수께끼 같은 성장물들이 겹겹이 붙어서 시멘트처럼 굳어 있었다. 그러나 금은 더 벌어져 있었다. 돌덩이 전체가 추측건대 8분의 1인치만큼 움직여서 비스듬하게 틀려 있었던 것이다. 그 금 안쪽은 끔찍한 암흑이었다.

그는 그곳에 머무르면서 그 흔들거리는 바위를 쳐다보다가 끝내는 무슨 생각을 하고 있었는지 잊어버리고 말았다. 그는 암석 총체를 물속에 있는 어떤 것으로서 구상하고 있었고, 이에 좌우로 고개를 젓고 있었다.

"이 암석이 이렇게 친숙한 건 대체 어떻게 된 영문이지? 예전에 여기 와 본 적도 없는데……."

이 말은 한없는 기간의 시간들 동안 하는 수 없이 가까이에서 생활하게 되어 너무도 빠르게 알게 되는 전우처럼 친숙하다는 뜻이 아니라 좀처럼 보는 일은 없어도 해마다 알은체는 하고 다녀야 하는 친척처럼 친숙하다는 뜻이고, 어릴 적의 친구, 유모, 그 배후에 영원히 알아 왔던 듯한 기미가 서린 어떤 지인처럼 친숙하다는 뜻이며, 이제는 또 이 휴가 때마다 조사되고 재차 감정되며 겨울철에 잠자리의 암흑 속에서 기억되며 공중에서 손가락으로 만져지는 형체로서 상상되는 어릴 적의 바위들처럼 친숙하다는 뜻인데…….

세 바위로부터 커다란 퐁당 소리가 났다. 그는 재빨리 '레드 라이언'을 향해 허우적대며 나아갔지만 무엇도 보이지 않았다.

"낚시를 해야겠어."

도랑들 속 해초에서는 악취가 풍겼다. 바다에서 또다시 퐁당 소리가 났고 그는 제때 가서 잔물결들이 퍼지는 걸 보았다. 그는 생각을 하느라 양쪽 뺨에 손을 올렸으나 체모의 감촉이 신경에 거슬렸다.

"틀림없이 수염이 아주 제대로 나 있을 거다. 수염 그루터기들이 말이야, 하여간. 이상하게 수염 그루터기들만큼은 계속해서 자라나는데도 몸의 나머지 부분은 막…….

그는 '전망 절벽'으로 재빨리 가서 해초를 한 짐 구해다가 가장 가까운 도랑에 던져 넣었다. 천천히 '하이 스트리트'를 올라가 '전망대'로 향해 가서 앉았고, 펼친 손은 몸 양쪽에 둔 채였다. 고개는 무릎 사이로 고꾸라졌다. '안전 바위'를 둘러 찰싹대고 찰싹대는 물이 매우 고요하게 만들어 주었고 갈매기 한 마리가 마치 한 폭의 그림처럼 '전망대' 위에 섰다.

신체 내부의 소리들이 퍼져 나갔다. 마치 공장에 기계류의 소리가 가득하듯이 광대한 암흑에 그런 소리들이 가득했다. 그의 고개는 심장이 뛸 때마다 작게 까닥이는 동작을 취했다.

거슬리는 괴성에 그는 이런 상태에서 획 떠밀려 나왔다. 비명을 지른 갈매기가 제 날개는 반쯤 펼치고 고개는 수그린 채로 암석을 가로질러 진격해 온 터였다.

"뭘 원하는데?"

그 깃털 달린 파충류가 옆으로 두 걸음 떼더니 제 날개를 푸드덕 섞어 닫았다. 부리가 날개 아래를 단장했다.

"내가 똥만 쌌어도 기분이 나을 텐데."

그는 몸을 들썩여 돌았고 은빛 눈으로 그에게 윙크하던 '난쟁이'를 쳐다보았다. 수평선은 뚜렷하고도 가까웠다. 또다시 그는 수평선의 곡선에서 파인 자리들이 보인다는 생각이 들었다.

문제는 암석 위에는 완충물이랄 게 없다는, 두두룩한 잔디들이 없다는 점이었다. 그는 더플코트를 가져와서 그 옷자락을 방석으로 접어 볼까 잠시 생각했으나 그런 수고를 들이는 게 너무도 버겁게 느껴졌다.

"내 살이 마치 멍이라도 든 것처럼 안쪽에서 욱신대네. 암석이 딱딱해서 내 살을 헐게 하고 있는 거야. 난 물에 관해 생각하겠어."

물은 간사하며 물컹하고 낭창낭창했다.

"어떤 종류의 쉼터라도 마련해야만 해. 집수를 위해서도 마련을 해 둬야만 해."

그는 약간 정신을 차렸고, 한층 강인해진 느낌에 근심스러운 느낌이 들었다. 그는 너무나 화가 날 정도로 이유를 모르게 친숙했던 굴러떨어진 바위들을 노려보았고 해초의 얇은 선을 한쪽 눈으로 좇았다. 그 선은 곳곳에서 빛났다. 어쩌면 그 해초는 공중에서 보면 빛나는 띠로 나타나 줄지도 몰랐다.

"방수복에다 집수할 수도 있겠고. 한 도랑의 암벽을 집수 구역으로 만들 수도 있겠다."

그는 말하기를 멈추고 뒤로 기댔다가는 의자 등받이 역할을 하던 '난쟁이'의 울퉁불퉁함 때문에 다시금 앞으로 수그리게 되었다. 그는 구부정하니 우거지상을 하고 앉았다.

"내가 의식하기로는……."

그는 올려다보았다.

"내가 의식하기로는 무게감이 있어. 둔중하게 짓누르는 느낌. 광장 공포증인가 뭔가 하여간 폐소 공포증의 정반대 있잖아. 압박감 말이야."

집수하자.

그는 발을 딛고 일어서서 '하이 스트리트'를 다시 기어 내려갔다. 잠자는 용도의 바위틈 바로 옆쪽에 있는 도랑을 살펴보았다.

"우세풍을 생각해서. 서남향 구역에서 집수를 해야겠다."

그는 칼을 가져다가 기울어진 암벽을 가로질러 경사져 내려가는 선을 그었다. 그 선은 암벽이 도랑의 밑바닥을 만나는 지점에서, 그의 주먹 깊이만큼 후퇴된 우묵한 곳에서 끝났다. 그는 '난쟁이'에게로 가서 하얀 감자 하나를 조심조심 뽑아낸 다음 다시 가져왔다. 접이식 주머니칼의 끄트머리에는 스크루드라이버로 쓰라고 의도된 4분의 1인치 길이 정도의 돌출부가 있었다. 그는 이것을 그 경사진 선에서 1인치쯤 위쪽의 암석에 댄 다음에 칼의 반대편 끝을 돌로 톡톡 두드렸다. 암석이 얇은 박편들로 떨어져 나왔다. 그는 스크루드라이버를 그 경사진 선 속에 넣고 그 선이 움푹 팰 때까지 톡톡 두드렸다. 곧 대략 깊이는 8분의 1인치에 길이는 30센티미터는 되는 선 하나를 만든 터였다. 그는 선의 아래쪽 끄트머리로 갔다.

"선에서 가장 중요한 끄트머리에서부터 시작하는 거야. 그러면 비가 얼마나 일찍 오든 간에 빗물의 일부나마 받을 수 있겠지."

톡톡거리는 소음이 도랑 안에서 만족스레 반복되었고 그는 마치 방 안에서 작업하고 있었던 듯이 에워싸인 느낌이 들었다.

"이 도랑 위에다 더플코트나 방수복을 펼쳐도 괜찮겠다, 그러면 지붕이 생길 테니까. 아까의 둔중한 느낌이 여기 오니 그렇게 두드러지지는 않는군. 그건 부분적으로는 내가 방 안에 있기 때문에, 또 부분적으로는 내가 작업 중이기 때문이겠지."

양팔이 결려 왔지만 그 선도 바닥에서부터 떨어져 올라왔기에 그도 한결 수월한 자세로 작업할 수 있었다. 그는 커져 가는 수월감이 과연 피로감을 추월해 줄지 보기 위해 비몽사몽 셈을 해 보았고 그러진 못하리라는 걸 알았다. 그는 얼굴을 암석에서 몇 인치 떨어뜨린 채로 바닥에 앉았다. 이마를 돌에 기댔다. 손이 툭 떨어져 펼쳐졌다.

"바위틈에 가서 잠깐 누워 있어도 되겠다. 아니면 '난쟁이' 옆에서 더플코트로 칭칭 싸매고 있어도 되고."

그는 바위로부터 고개를 홱 틀고서 다시금 작업에 착수했다. 선에서 깎인 부분이 길어졌다. 이 부분이 그가 처음에 깎아 둔 부분과 만났고 그는 뒤로 물러나 앉아서 그것을 살펴보왔다.

"저걸 뒤로 비스듬하게 깎아 뒀어야 하는 건데. 젠장."

그는 바위에 대고 찡그리더니 깎아 둔 곳을 다시 손봐서 홈의 맨 아래쪽이 안쪽으로 쏠리게 했다.

"끄트머리에 가까워질수록 깊어지게 만드는 거야."

왜냐하면 깎아 둔 곳에 들어차는 물의 양은…… 그러나 그는 마음을 바꿔 먹고는 소리 내어 셈을 해 보았다.

"여하의 주어진 길이의 깎아 둔 곳에 들어차는 물의 양은 보다 위쪽에 모인 물의 총량으로 이루어질 것이고, 또한 위쪽 암석의 면적에 비례할 거니까."

그는 바위를 톡톡 두드렸고 박편들이 떨어졌다. 양손은 백기를 들었고 그는 도랑의 밑바닥에 앉아 작업물을 쳐다보았다.

"이걸 한 다음에는 진짜배기 토목 작업을 할 거야. 해 볼 만해 보이는 구덩이 주위에 복잡한 구역을 찾아서 그 구덩이로 물을 인도해 줄 선들로 된 망을 깎아 낼 거야. 상당히 흥미로운 작업이겠는데. 모래성 쌓기처럼."

아니면 로마 황제들이 구릉지에서 도시까지 물을 끌어오는 것처럼.

"이것은 송수로이니라. 짐은 이것을 클라우디아[95]라고 명명하노라."

그는 다시금 박편을 벗겨 내기 시작하면서 이 분별없는 바

---

95) '아쿠아 클라우디아(Aqua Claudia)', 즉 '클라우디우스의 수로'는 고대 로마의 황제 클라우디우스 1세(Claudius I, 기원전 10~기원후 54)가 기원후 52년에 완공한 송수로를 말한다.

위에다 목적의식을 부과했다.

"내가 얼마나 오래도록 그러고 있었는지 모르겠네?"

그는 도랑 속에 드러누웠고 등에 멍이 드는 걸 느꼈다. 클라우디아는 길쭉하니 희끄무레한 하나의 상흔이었다.

"이 암석이 이렇게 딱딱한 데에는 뭔가 독이 서린 느낌이 있단 말이야. 원래 암석이 딱딱한 정도보다도 딱딱해. 거기다…… 친숙하단 말이지."

둔중한 무게감이 아래로 짓눌렀다. 그는 버둥거리며 앉은 자세로 일어났다.

"해초를 말려다가 바위틈에다 안을 대어 놨어야 하는데. 그런데 할 일이 너무도 많단 말이지. 이렇게 생존하고 구조되는 일에 일손이 하나 더 필요해. 어쩌면 잠잘 장소를 하나 더 찾아볼 수도 있겠지. 탁 트인 데서 자 볼까? 충분히 뜨끈한 것 같은데."

너무 뜨끈해서 문제지.

"내 살이 안쪽에서부터 느낌이 온단 말이야…… 마치 뼛속까지 모든 곳에 멍이 든 것처럼. 거기다 커다래진 것처럼. 팽창한 것처럼."

암흑의 구체는 복잡다단한 창문을 하늘 쪽으로 돌렸다. 목소리는 마치 건조한 날에 빠져나가는 수증기처럼 입구에서 증발했다.

"나는 너무 과로하고 있어. 주의하지 않으면 탈진하고 말 거야. 하여간 크리스, 네가 열심히 한 건 인정할게. 내 생각에 대다수의 사람들은 이렇게까지는……."

그는 갑자기 멈추었다가는 다시금 말을 시작했다.

"크리스. 크리스토퍼! 크리스토퍼 해들리 마틴……"

말들은 고갈되었다.

그곳에는 조사 기구가, 제가 존재하는 것을 아는 점 하나가 있었다. 얼굴 하부에서 나오는 소리들이 있었다. 그 소리들에는 결부된 의미가 없었다. 그 소리들은 뚜껑이 뒤로 휘어진 채 내던져지는 깡통들만큼이나 쓸모가 없었다.

"크리스토퍼. 크리스토퍼!"

그는 마치 말들이 고갈되어 버리기 전에 그 말들을 붙잡기라도 하려는 양 양팔을 내뻗었다. 양팔이 창문 앞에 나타났고 완벽한 비이성 속에서 양팔은 그를 두려움으로 채웠다.

"오, 하느님 맙소사."

그는 양팔을 몸에다 두르고 자신을 꼭 껴안고서 좌우로 흔들렸다. 중얼거리기 시작했다.

"진정해. 진정해. 침착하자."

9장

그는 일어나서 도랑의 옆쪽에 조심조심 앉았다. 바지와 팬티를 뚫고 암석의 낱장들과 그 날들이 느껴졌다. 그는 도랑에서 더욱 아래편에 낱장들이 매끈하게 잘려진 자리로 옮겨 갔지만 엉덩이는 그다지 형편이 나아지는 것 같지 않았다.

"나는 예전의 나 그대로다."

그는 본인 창문의 모양과 두 코 사이에서 무성해지던 체모로 된 창가-화단을 살펴보았다. 창문을 아래로 돌려서 본인 몸에서 볼 수 있는 모든 것을 살펴보았다. 스웨터는 당겨져 늘어난 나머지 넝마와 모직 가닥이 되어 있었다. 스웨터는 그의 가슴 아래에 주름살들로 있었고 소매들은 콘서티나[96]처

---

96) 작은 아코디언처럼 생긴 악기.

럼 짜부라져 있었다. 스웨터 아래의 바지는 검은색이라기보다
는 번들번들한 회색이었으며 바지 아래에서 방수 장화용 스타
킹은 화부(火夫)가 손을 닦아 내는 폐물 솜뭉치들처럼 늘어져
있었다. 보여지는 몸이랄 것도 없이 그저 해진 직물들의 결합
뿐이었다. 바지를 가로질러 놓인 기이한 형상들에 한참 동안
무심하게 눈길을 주는데 끝내 바닷가재들이 거기 앉아 있다니
참으로 이상하다는 생각이 퍼뜩 떠올랐다. 그러고는 갑자기
바닷가재들을 향한 끔찍한 혐오감에 사로잡혀서 그것들을 내
팽개쳐 암석에다 꽉 짓찧었다. 강타로 인한 뻑적지근한 통증에
그는 다시금 그것들 속으로 늘려졌고 그것들은 그의 손이 되
어 그가 저들을 던져 놓은 곳에 내버려진 채 놓여 있었다.

그는 마치 뭇사람 앞에서 말하려는 참인 양 목청을 가다듬
었다.

"거울이 없으니 어떻게 내가 온전한 정체성을 가질 수가 있
단 말이야? 바로 그게 나를 바꾼 점이야. 한때 나는 내 모습
이 담긴 사진을 스무 장은 가진 남자였지…… 이런저런 내 모
습이 담기고 확인 도장 및 인장으로 아래쪽 오른편 구석에다
서명을 휘갈겨 둔 그런 사진 말이야. 해군에 입대했을 때조차
내 신분증에는 그 사진이 있어서 이따금씩 내가 누구였는지
들여다보고 확인할 수가 있었어. 아니, 어쩌면 들여다볼 필요
도 없이, 내 심장 옆에 그 신분증을 착용하고 다니는 것만으
로도 흡족하고 그것이, 입체적인 나의 증명이 거기 있다는 걸
알고서 든든했는지도 몰라. 거울도 있었지, 이 창문의 세 채광
창보다도 더 분리된 삼면경 말이야. 옆쪽 거울들을 조정해서

180

반사가 이중으로 이루어지게 하고는 내가 마치 낯선 이를 지켜보고 있는 것처럼 반사된 거울 속에서 내 모습을 옆이나 뒤에서 염탐할 수 있었어. 내 모습을 염탐하고 크리스토퍼 해들리 마틴이 세상에 미치는 영향력을 가늠해 볼 수 있었단 말이야. 다른 사람들의 신체 속에서 온기와 애무와 득의양양한 육신을 통해 내 실질성에 관하여 자신감을 찾을 수가 있었단 말이야. 어떤 신체에 들어찬 성격일 수 있었단 말이지. 그런데 이제 나는 이 안에서 이런 꼴이 되어, 엄청 여러 군데가 욱신대는 멍든 육신, 누더기 다발에다 암석 위의 그놈의 바닷가재들이나 되어 있잖아. 내 창문의 세 채광창은 세상 속에서야 얼마나 충분했는지 몰라도 내 정체성을 확인해 주기에는 충분치 않아. 그러나 옛날엔 나를 나 자신에게 묘사해 줄 다른 사람들이 있었지…… 그들은 나와 사랑에 빠졌고, 내게 박수갈채를 보내 주었고, 이 몸을 애무해 주었고 나를 위해 이 몸을 정의해 줬단 말씀이야. 내가 이겨 먹었던 사람들, 나를 싫어했던 사람들, 나와 말다툼했던 사람들도 있었지. 여기에는 말다툼할 상대도 하나 없네. 잘못하면 정의(定義)도 잃어버리겠어. 나는 무작위의 스냅 사진 앨범이자, 옛날 영화의 예고편들을 모조리 틀어 주는 상영회야. 내 얼굴에서 알고 있는 건 기껏해야 수염 그루터기들의 긁힘, 근지럼, 따끔거리는 온기의 감각이지."

그는 분노에 차서 외쳤다.

"그건 사람의 얼굴이랄 게 못 되잖아! 시야는 손전등을 들고 한밤중을 탐험하는 것과 같은 거야. 내 머리통을 사방팔방에서 볼 수가 있어야 하는 건데……."

그는 물구멍으로 기어 내려가 물웅덩이를 들여다보았다. 그러나 그의 상은 난측했다. 그는 뒷걸음질로 물러나서 '레드 라이언'의 어질러진 조가비 사이로 내려갔다. 바다 바위 중 하나 위에서 소금물 웅덩이를 발견했다. 그 웅덩이는 태양 아래 깊이가 1인치로 초록 해초가 낀 삿갓조개 하나와 말미잘 세 개가 딸려 있었다. 그곳에는 길이가 1인치도 안 되는 작은 물고기 한 마리가 밑바닥에서 일광욕하고 있었다. 그는 웅덩이 위로 수그려서 그 물고기가 전시해 둔 작품들을 살펴보고서 저 아래에 있는 푸른 하늘을 보았다. 그러나 고개를 아무리 돌려도 그는 체모의 야생적인 윤곽을 테두리에 두른 암흑의 구역 밖에는 아무것도 볼 수 없었다.

"제일 잘 나온 사진은 앨저넌[97]으로 분한 내 사진이었어. 드미트리우스[98]로 분한 사진도 나쁘지 않았지…… 거기다 파이프를 문 프레디[99]로 분한 사진도. 분장 효과로 내 눈이 진짜 멀리 떨어져 보였지. 「기필코 밤은 내린다」 때의 사진도 있었지. 또 「세상의 이치」[100] 때 찍은 그 사진도. 내가 무슨 역을 맡았었더라? 제인의 상대역으로 연기하는 것도 재미있었을

---

97) 아일랜드의 극작가 오스카 와일드(Oscar Wilde, 1854~1900)가 1895년에 초연을 선보인 「어니스트 놀이」라는 극작품의 앨저넌 역을 말한다.
98) 윌리엄 셰익스피어 작 「한여름 밤의 꿈」의 드미트리우스 역을 말한다.
99) 아일랜드의 극작가 조지 버나드 쇼(George Bernard Shaw, 1856~1950) 작 「피그말리온」이라는 극작품의 프레디 역을 말하는 것으로 보인다.
100) 「세상의 이치」는 1700년에 초연을 선보인 영국 극작가 윌리엄 콩그리브(William Congreve, 1670~1729)의 극작품이다.

거야. 그 잡년도 한번 뒹구는 용으로는 쓸 만했으니까.”

암석이 그의 오른편 허벅지 앞쪽의 상흔을 아프게 했다. 그
는 다리를 옮겨서 다시 웅덩이를 들여다보았다. 고개를 다시
옆으로 돌리면서 본인의 옆얼굴을 알맞은 각도로 포착하려고
해 보았다…… 잘생긴 쪽 옆얼굴, 왼쪽 옆얼굴을, 살짝 치켜든
채 미지근한 미소를 담아. 그러나 먼저는 그늘진 코가 그다음
에는 한쪽 안와의 반원이 걸리적거렸다. 그는 얼굴 전체를 조
사하고자 다시 돌아보았으나 그의 숨결이 수면을 헝클었다.
그가 아래로 숨을 훅 내뿜자 그 컴컴한 머리는 하늘거리다가
터져 버렸다. 홱 쳐들었더니 오른쪽 소매 끄트머리에서 한 바
닷가재가 그의 무게를 지탱하고 있었다.

그는 다시 그 바닷가재를 손으로 만든 다음에 웅덩이를 내
려다보았다. 아까의 작은 물고기는 산소관에서부터 제 옆쪽으
로 올라오는 기포의 꾸준한 점적을 끼고 햇살 속에 떠 있었다.
이 수족관을 통해 보석과 광석이 박힌 절벽들처럼 바 뒤편의
술병들이 닥쳐왔다.

“아니, 괜찮습니다, 전 많이 마셨어요.”

“많이 마셨단다. 방금 들어써요, 조지 감독님? 들어써요?”

“뭘 들어요, 피트 연출가님?”

“울 사랑하는 크리스가 많이 마셨다잖아요.”

“왜 그래, 크리스.”

“울 사랑하는 크리스는 술도 안 마시구 담배도 안 하구.”

“이 사람은 어울리는 걸 좋아하는 거예요, 연출가님.”

“어울리는 걸 좋아하지. 나랑 어울리는 걸. 난 내가 역겨운

데. 여봐, 언니는 '마감 시간입니다, 신사분들,' 뭐 이딴 소리 안 할 거죠, 그쵸, 신사분들? 크리스가 나이 든 어머니한테 약속을 했대요. 크리스가 말했대. 어머니가 말하셨지. 어머니가 말하시기를, 크리스 우리 아들아, 십계명일랑 신경 쓰지 말고 내버려 둬라 이렇게 말하셨대요. 그래도 술도 마시지 말고 담배도 피우지 말렴. 그냥 떡만 쳐, 이거 실례했네요, 언니, 이런 도를 넘는 단어가 내 이빨의 울타리 밖으로 빠져나갈 줄 알았더라면 내가 이걸 폰문 안에 별펴로 펴시해 두는 조치라도 취했든가 태체 단어라도 빌려왔을 텐데."

"그만 좀 해요, 피트 연출가님. 이 사람 반대쪽 팔 좀 잡아 봐, 크리스."

"여보게들, 손을 놔. 맹세코 날 막는 사람은 물고기 밥을 만들겠다.[101] 나는 아내와 아무래도 좋은 성별의 아이를 둔 이 극단의 자유 민주 시민이란 말씀입니다."

"아이는 남자애잖아요, 연출가님."

"확실히 그렇지만요, 조지 감독님, 문제는 성별이 아니라 분별이란 말이죠. 고게 내가 누군지 안답니까? 우리가 누군지? 나 사랑해요, 조지 감독님?"

"형씨는 우리 극단 사상 최고의 연출가님이죠, 이 술에 떡

---

101) 윌리엄 셰익스피어의 「햄릿」 중 1막 4장에 등장하는 대사를 변형한 표현이다. 원문은 "이보게들, 손을 놔. 맹세코, 날 막는 사람은 유령을 만들겠다."이지만 '유령'을 '물고기 밥'으로 변형하여 사용하고 있음을 알 수 있다. 번역은 다음에서 인용했다. 윌리엄 셰익스피어, 최종철 옮김, 『셰익스피어 전집 4』, 「햄릿」(민음사, 2014).

이 된 고주망태 같으니라고."

"아까 술에 떡이 됐다고 말한 거예요, 언니. 조지 감독님, 감독님은 이 빌어먹을 극단 사상 제일로 거룩하게 천사 같은 감독님이고 크리스는 최고로 죽여주는 아역 배우야, 안 그래, 크리스?"

"뭐든지 말씀하시는 대로입니다, 그렇죠, 조지 감독님?"

"당연하지, 이 사람아, 당연하고말고."

"그러니까 우리는 모두 이 세상에서 최고로 죽여주는 그 여자한테 모든 걸 신세 지고 있는 거예요. 사랑해, 크리스. 아버지랑 어머니는 일심동체 아니겠어. 우리 삼촌도 마찬가지고. 예측된 우리 삼촌 말이야.[102] 자기 내가 우리 클럽에다가 회원으로 뽑아 줄까?"

"이제 그만 자택으로 걸음을 옮기시는 게 어때요, 피트 연출가님?"

"거기 이름이 '더러운 구더기 클럽'인데. 너 회원이야? 중국어 할 줄 알아? 여기 터열[103]에도 열어요, 아님 일요일에만 열어요?"

"그쯤 하시죠, 피트 연출가님."

---

102) 윌리엄 셰익스피어의 「햄릿」 중 1막 5장에 등장하는 장면을 암시한다. 해당 장면에서는 햄릿이 유령의 목소리를 통하여 부왕이 삼촌에게 살해당했음을 알게 된다. 이에 햄릿은 "오, 내 영혼이 예측했어! 삼촌이다!"라는 대사로 자신이 본디부터 삼촌의 본성을 미루어 짐작하고 있었음을 말한다. 번역은 다음에서 인용했다. 윌리엄 셰익스피어, 최종철 옮김, 『셰익스피어 전집 4』, 「햄릿」(민음사, 2014).
103) 중국인들의 영어 발음을 따라 하고 있다.

"우리 구더기들은 일주일 내내 거기 있거든. 있지, 중국인들은 진짜배기 진미를 준비하고 싶으면 주석 상자 안에다가 물고기 한 마리를 묻어 둔단 말야. 조금 있으면 쪼끄만 구더기들이 죄다 고개를 디밀고 나와서 먹어 치우기 시작하거든. 조금 있으면 물고기가 없어. 구더기만 있지. 구더기로 사는 게 빌어먹게 장난이 아니라고. 걔네들 중 일부는 배광성[104]이야. 그쵸, 조지 감독님, 배광성이죠!"

"뭐가 어떻다고, 피트 연출가님?"

"배광성이요. 내가 배광성이라고 했잖아 언니야."

"구더기 얘기는 끝내시고, 피트 연출가님, 가자고요."

"아, 구더기. 그래, 구더기. 구더기가 아직 거기서 끝이 아니야. 물고기까지밖에 안 갔잖아. 주석 상자 안에서 이리저리 기어 다니자니 득시글득시글한 형편인데 덴마크가 그 가운데 최악이야.[105] 그래서, 구더기들이 물고기를 끝까지 먹고 나면 있지, 크리스, 서로서로 잡아먹기 시작한다니까."

"생각만 해도 신나네요."

"작은 놈들이 쪼그마한 놈들을 먹어. 중간 크기 놈들이 작은 놈들을 먹고. 커다란 놈들이 중간 크기 놈들을 먹어. 그러

---

104) 음성 굴광성, 즉 빛이 없는 곳으로 향하는 성질.

105) 윌리엄 셰익스피어의 「햄릿」 중 2막 2장에 등장하는 구절을 암시한다. 햄릿은 자신의 나라 덴마크는 감옥이라고 말하며, 이 세상은 "꽤 큰 곳이지. 거기엔 수많은 구치소와 감방과 동굴이 있는데 덴마크가 그 가운데 최악이야."라는 대사를 읊는다. 번역은 다음에서 인용했다. 윌리엄 셰익스피어, 최종철 옮김, 『셰익스피어 전집 4』, 「햄릿」(민음사, 2014).

다 보면 커다란 놈들이 서로서로 먹어 치워. 그러다 보면 두 마리, 또 그러다 보면 한 마리만 남게 돼서 물고기 한 마리가 있던 자리에 이제는 한 마리의 거대한, 최후의 승기를 거머쥔 구더기가 남는 거지. 그게 진미거든."

"피트 연출가님 모자 챙겼어요, 조지 감독님?"

"갑시다, 피트 연출가님! 자 조심해서……."

"사랑해, 크리스, 이 사랑스럽고 커다란 섹시남. 날 먹어 줘."

"이 사람 팔 좀 어깨에다 둘러요."

"나는 거의 반나마 남았구, 나는 배광성이야. 너 이제 조지 먹었어? 글서 구더기가 딱 한 마리만 남게 되면 중국인들이 그걸 파내서……."

"여기 주저앉지 말라니까, 이 멍청한 주정뱅이야!"

"중국인들이 그걸 파내서……."

"제발 부탁이니까 고함 좀 그만 질러요. 이러다 경찰이 우리 쫓아오겠다고."

"중국인들이 그걸 파내서……."

"정신 좀 차리라고요, 피트 연출가님. 중국인들이 그걸 언제 파내면 되는지 대체 어떻게 안다고 그래?"

"중국인들은 알지. 눈에 엑스레이가 달렸거든. 삽이 주석 상자 옆면에 부딪히는 소리 들어 본 적 있어, 크리스? 쿵! 쿵! 꼭 천둥 같다니까. 너 회원이야?"

세 바위 곁에는 한 차례의 잔물결들이 일었다. 그는 골똘히 잔물결들을 지켜보았다. 그러더니 바위들 옆에서 갈색 머리통

이 나타나더니 또 하나, 또 하나 나타났다. 머리통 중 하나는
제 입에 가로로 은빛 칼을 물고 있었다. 그 칼은 구부러지고
퍼덕였는데, 그는 그 칼날이 물고기임을 알아보았다. 그 바다
표범은 암석 위로 몸을 끌어 올린 반면 다른 바다표범들은 잠
수해 들어가면서 움푹 팬 물과 동그라미들을 남겨 놓았다. 그
바다표범은 양지에서 침착하게 먹었고, 머리통과 꼬리를 물리
쳐 둔 다음 조용히 누웠다.

"저것들이 사람을 알까 모르겠네?"

그가 천천히 일어서자 바다표범이 그를 향해 고개를 돌리
는 바람에 그는 준엄한 응시에 움찔하는 자신을 발견했다. 그
는 갑자기 총을 겨누는 사람의 몸짓으로 양팔을 올렸다. 바다
표범은 암석 위에서 들썩여 돌더니만 잠수해 들어갔다. 사람
을 알았던 것이다.

"가까이만 갈 수 있어도 저걸 죽여서 장화도 만들겠고 고기
도 먹겠고⋯⋯."

인간들은 탁 트인 해변 위에 가죽으로 뒤집어씌워진 채 누
워 있었다. 그들은 기나긴 기다림과 악취를 견뎌 냈다. 황혼
녘에는 바다에서 거대한 짐승들이 나와 그들 주위에서 노닐다
가는 드러누워 잠을 청했다.[106]

---

106) 호메로스의 『오디세이아』 중 4권에서 섬에 갇힌 메넬라오스가 바다 노
인의 조언을 구하고자 그를 포획했던 계획을 요약해서 말해 주고 있다. 바
다 노인은 포획하기만 하면 모든 것을 알려 주나, 그 조언을 얻으려면 그가
모습을 계속해서 바꿀 동안 그를 붙잡고 있어야만 했다. 이에 섬을 빠져나
가는 방법을 알고 싶었던 메넬라오스는 바다표범 가죽을 뒤집어쓰고 바다

"방수복 하나를 칭칭 싸매 두면 충분히 바다표범처럼 보일 거야. 저것들이 방수복에 익숙해지고 나면 내가 방수복 안으로 들어가 있어야지."

그는 나날들에 관한 생각을 살펴보았다. 나날들은 면 대 면으로 걸린 거울들 속에서 자기 복제된 방들처럼 후퇴하는 것이었다. 졸지에 그는 너무도 극심해서 고통일 지경이었던 권태감을 경험했다. 그는 하늘의 압박감과 이 모든 광대한 고요를 뚫고 '전망대'로 고투하며 올라갔다. 스스로 각 방위에 있는 텅 빈 바다를 살펴보게 했다. 수면은 마치 죽은 듯한 공기에 납작하게 짓눌리고 있었던 것처럼 오늘은 한층 매끄러웠다. 그곳에는 여러 폭의 풍뎅이 빛깔 비단이랄지, 기름져 보이는 구석구석이 있어 마치 도랑 속의 더껑이처럼 그가 지켜보는 동안 무지갯빛이 되었다. 그러나 이 바닷물의 하늘거림은 길이가 몇 해리는 되었기에 용융된 태양 빛이 길어지고 잡아 늘여져서는 이곳에서는 무엇도 되지 않았다가 저곳에서는 갑작스레 눈이 부신 황홀함이 서린 다른 유의 하늘거림으로 나타났다.

"내가 조지 감독님이랑 피트 연출가님과 함께 '레드 라이언'에 있는 동안 날씨가 바뀌었군."

그는 바다표범의 머리통 하나가 세 바위 너머로 한순간 나타나는 것을 보았고 그러자 바다표범 한 마리를 타고 바닷물을 건너 헤브리디스 제도까지 가는 허무맹랑한 자신의 모습

표범들 사이에서 바다표범의 악취를 견디며 잠복했다가 바다 노인이 바다 표범의 수를 센 뒤 잠들자 바다 노인을 포획했다.

이 불현듯 그려졌다.

"오, 하느님 맙소사!"

납작하면서도 높고 고뇌에 찬 본인의 목소리에 그는 겁을 먹었다. 그는 양팔을 떨구고 '난쟁이' 옆 그의 몸속에 옹송그리고 앉았다. 중얼거려진 말들의 줄기가 그의 창문 아래 구멍을 통해 굴러떨어지기 시작했다.

"지금이 마치 그때 꼬마였을 무렵의 밤들에 이 암흑이 영원히 이어질 거라고 생각하면서 깬 채로 누워 있었을 때 같아. 그때는 지하실 안의 구석에서 나오는 그 뭔지 모를 것에 관한 꿈 때문에 다시 잠들 수가 없었지. 뜨겁고 구겨진 침대에서 뜨겁게 타는 듯이 뜨겁게 누워서 스스로를 차단시켜 두려고, 또 동이 트기 전까지 세 번의 영겁이 있었다는 걸 깨달으려고 애쓰곤 했어. 모든 것이 밤의 세계, 좋은 일 빼고는 모든 게 벌어질 수 있었던 저승 세계, 귀신과 강도와 공포의, 주간에는 무해하게 있다가는 되살아나는 것들, 그 옷장, 그 책 속의 그림, 그 이야기, 관, 송장, 흡혈귀에다 언제나 짓누르고 고통을 주는 암흑, 빽빽한 연기의 세계였어. 그래서 나는 아무거나 생각해 내곤 했는데, 왜냐하면 생각을 이어 가지 않으면 저 아래 지하실 안의 그 뭔지 모를 것이 떠오르기 마련이었고, 그러면 내 정신이 몸에서 걸어 나가서는 무방비 상태로 삼 층을 내려가 어둑한 계단을 내려가 훌쩍하고 귀신 들린 시계를 지나서 끼끼대는 문을 통과하여 끔찍한 디딤판들을 내려가 관의 끄트머리들이 지하실의 벽들에 받혀서 뭉개져 있던 곳으로 가기 마련이었으니까…… 그러면 나는 돌바닥에 꼼짝없이 붙들려서 다시 달려오려고, 달아나려고, 기어오르려고 애를 쓰기 마련이었으니까⋯⋯."

그는 쭈그리고 서 있었다. 수평선이 되돌아왔다.

"오, 하느님 맙소사!"

처마나 우듬지에서 첫 새가 짹짹거리는 사이 동이 트기를 기다리는 것. 박살이 난 자동차 옆에서 경찰을 기다리는 것. 대포가 번쩍이고 나서 포탄을 기다리는 것.

둔중한 하늘이 그의 어깨 위에 살짝 더 불가항력적으로 내려앉았다.

"내가 왜 이러지? 난 성인이잖아. 뭐가 뭔지 알잖아. 나랑 지하실의 그 꼬마는 연관이 없어, 하나도. 난 자랐으니까. 인생을 다져 놨으니까. 수중에 장악했으니까. 게다가 하여간 저 아래에는 겁을 낼 게 아무것도 없어. 성적표를 기다리는 것. 그 대사를 기다리는 것⋯⋯ 이거 바로 다음 대사가 아니라, 나도 그건 아는데, 내가 건너가서 그 담뱃갑을 집어 드는 거기서. 그 대사가 있어야 할 자리에는 검은 구멍이 있고 그는 말했지, 간밤에 대사 너무 많이 까먹었더라, 이 사람아. 상처가 처치되기를 기다리는 것. 조금 아프실 거예요. 치과 진료 의자를 기다리는 것.

내 목소리가 마치 총에 맞은 새처럼 입에서 팍 죽어서 떨어지는 걸 듣기가 싫어."

그는 창문의 양쪽에다 한 손씩 올려 두고 검은 선 두 개가 창문을 축소하는 것을 지켜보았다. 양쪽 손바닥 아래에서 수염 그루터기의 거칠거칠함과 양쪽 뺨의 열기가 느껴졌다.

"날 으스러뜨리고 있는 게 뭐지?"

그는 시야를 돌려 수평선을 둘러보았고 한 바퀴를 다 돌았을 때 그에게 나타나던 유일한 것이라고는 태양 아래의 한층 밝은 하늘거림뿐이었다.

"나는 며칠 사이에 금방 구조될 거야. 걱정해선 안 돼. 과거에서 튀어나오는 예고편들은 괜찮지만, 일어난 적도 없는 것들을 보게 될 경우는 주의해야 해, 예를 들면……. 내게는 물과 식량과 지성과 쉼터가 있잖아."

그는 잠시 멈추고 그의 창문을 두른 살덩이 속의 감각에 집중했다. 양손과 피부는 혹투성이로 느껴졌다. 그는 눈을 옆으로 홱 돌렸고 눈구멍들의 반원에 확실히 살짝 찌그러진 구석이 있을지도 모르겠다는 점을 발견했다.

"열혹인가? 비가 오면 옷을 벗고 먹을 감아야겠다. 그때까지 구조되지 않은 상태라면 말이야."

그는 오른손 손가락들로 눈 주위 피부를 눌렀다. 얼굴 옆쪽에는 열혹들이 있어 수염 그루터기 아래까지도 뻗쳐 내려갔다. 천공이 열혹들을 짓눌렀지만 그것들은 다른 감각을 인식하지 못했다.

"누워 쉬어야겠어. 잠자리에 들어야지. 그리고 깨어 있어야지."

한낮은 회색으로 뜨거워졌다. 음침해졌다.

"내가 병이 날 거라고 했지. 증상을 예의주시해야 한다고 했지."

그는 물구멍으로 내려가서 속으로 기어 들어갔다. 배 속에서 물이 출렁출렁 돌아다니는 소리가 들려올 때까지 들이켰다. 그가 뒤쪽으로 기어 나오자 차원들이 뒤죽박죽으로 섞였다. 암석 표면은 아무리 그래도 너무 딱딱했고, 아무리 그래도 너무 밝았으며, 아무리 그래도 너무 가까웠다. 그는 크기를 전혀 가늠할 수가 없었다.

한마디라도 해 줄 사람이 달리 아무도 없었다.

상태가 썩 좋아 보이지가 않아, 이 사람아.

"내 상태가 어때 보이는지 내가 대체 어떻게 알겠냐고?"

그는 웬 거인이 닥쳐드는 걸 발견하고 움찔하고 나서야 본인의 초콜릿 포장지를 단 은빛 머리를 연상할 수 있었다. 그는 스스로도 성문화할 수가 없는 어떤 이유로 일어서는 것은 위험하리라고 직감했다. 그는 바위틈으로 기어가서 의복을 정리했다. 모든 것을 입어야겠다고 결정했다. 이내 고개를 바위틈에서 빼내 부풀어 오른 구멍대 위에 댄 채로 누웠다. 다시금 하늘은 새파랬지만 매우 묵직했다. 그의 수염 그루터기 아래편의 개구(開口)가 계속해서 주절댔다.

"걱정의 일소자인 수면이여.[107] 크리스마스 크래커의 좌우명들. 오래된 명찰들. 잡동사니 같은 뇌리. 하지만 지하실 때문에 잠을 자지는 않고. 용사는 고이 잠드나니.[108] 냇은 잠들어 있다. 그리고 우리 진-주정뱅이도. 밑바닥을 따라 굴려지거

---

107) 영국 시인 새뮤얼 대니얼(Samuel Daniel, 1562~1619)의 「걱정의 일소자인 수면이여, 검은 밤의 아들이여」라는 시의 한 구절이다.
108) 영국 시인 윌리엄 콜린스(William Collins, 1721~1759)의 「용사는 고이 잠드나니」라는 시의 도입부이다. 영국군의 희생과 죽음을 애도하는 내용으로 구성되어 있다.

나 오래된 꾸러미처럼 표류하는 채로. 이런 과격한 모험일랑 아무나 가져가라지. 엎드려라, 쥐야. 너의 우리를 받아들여라. 이번 달에 비가 얼마나 올까? 호송 선단이 얼마나 올까? 비행기가 얼마나 올까? 내 양손이 더 커졌구나. 온몸이 더 커지고 더 물러졌어. 응급 상황 발생. 전투 배치. 내가 아플 거라고 했지. 다리의 오래된 상흔이 나머지 상흔보다도 따끔거리는 게 느껴지네. 바지 속에선 소금기로. 팬티 속에선 개미들로."

그는 바위틈 속에서 모로 몸을 추어올렸고 오른손을 거둬들였다. 오른손으로 뺨을 만져 보았지만 그 뺨은 메말라 있었다.

"따끔거리는 게 땀 때문일 리는 없네, 그러면."

그는 손을 다시 가져다 사타구니 속을 긁었다. 더플코트의 가장자리가 얼굴을 자극하고 있었다. 그는 발라클라바를 쓰고 있어야 한다는 것을 떠올렸지만 그걸 찾아다니기에는 너무도 탈진해 있었다. 그는 가만히 누워 있었고 그의 몸은 불타올랐다.

그가 눈을 뜨니 하늘은 그의 위쪽에서 보라색이었다. 안와들 안쪽으로는 고르지 못한 구석이 있었다. 그는 눈에 초점을 잃은 채 거기 누워서 얼굴 위 열혹들을 떠올렸다. 부어오르다 보면 아예 안와들을 메워 버리기도 할지 의문이 들었다.

열혹들.

몸의 작열들과 오한들은 마치 파도로서 그를 넘어가고 있는 듯이 서로서로 뒤를 이었다. 별안간 그것들은 너무도 걸쭉해서 기름처럼 움직이는 용융된 물질, 땜납, 녹은 납, 가열된 산의 파도들이었다. 그러자 그는 바위틈에서 나가려고 분투하고 울부짖고 있었다.

그는 덜덜 떨며 암석 위에 무릎을 꿇었다. 양손을 내려놓았고 거기다 체중을 기대어 실으니 양손이 아파 왔다. 처음에는 이쪽 눈, 그다음에는 저쪽 눈으로 양손을 내립떠보았다. 양손은 찬찬한 맥동과 더불어 부풀어 올랐다가 쪼그라들었다.

"저건 실제가 아니다. '명줄.'[109] 붙잡아. 저건 실제가 아니다."

그러나 실제였던 것은 양손의 평균 크기였다. 양손은 평균을 잡아도 너무도 커다랬던 것이, 너무도 피로 가득 차서 살이 물크러지고 부풀어 오른 정육점 주인의 양손이었다. 팔꿈치가 항복하더니 그가 양손 사이로 넘어졌다. 뺨은 독특하리만치 딱딱한 암석에 맞대어지고 입은 벌어진 채로 그는 바위틈을 다시 게슴츠레 들여다보고 있었다. 파도들은 여전히 그의 몸 속에 있었고 그는 그 파도들을 인지했다. 그는 이를 바드득 갈며 그의 구체 중심부에 있는 자기 자신에게 매달렸다.

"그렇다는 건 필시 내가 100도[110]는 훌쩍 웃도는 열이 나고 있다는 소리야. 나는 병원에 있어야 해."

냄새. 포르말린.[111] 에테르.[112] 메스암페타민.[113] 요오드포

---

109) 그리스 신화에서 인간의 운명을 관장하는 세 여신인 '모이라이'가 뽑아내는 인간의 명줄을 말한다.

110) 화씨 100도는 섭씨로 37.8도 정도.

111) 소독제, 살균제, 방부제 등으로 사용되는 약품.

112) 마취제 등으로 사용되는 약품.

113) 각성제의 일종.

름.[114] 다디단 클로로포름.[115] 아이오딘.[116]

광경. 크롬.[117] 흰 침대보들. 흰 붕대들. 높은 창문들.

감촉. 고통, 고통, 고통.

소리. 체온표 아래에다 끌어 올려진 헤드폰에서부터 귓속으로 백치처럼 주절거리는 '국방 프로그램.'[118]

입맛. 메마른 입술.

그는 격앙된 엄숙성과 유의성을 품고 다시금 말했다.

"내가 필시 병이 들어 가는구나."

그는 본인 몸에서 옷가지를 힘겹게 잡아당겨 벗었다. 러닝 셔츠와 팬티 차림에 이르기도 전에 작열감은 참을 수 없을 지경이 되었기에 그는 옷가지를 찢어발겨서 아무 데나 던져 버렸다. 발가벗은 채 일어났고 몸에 닿는 공기가 뜨거웠지만, 그래도 발가벗는 행위가 뭔가를 해 주는 듯싶었던 것이 그의 몸이 덜덜 떨리기 시작했기 때문이다. 그는 클라우디아라는 하얀 상흔 곁의 암벽 위에 고통스럽게 앉았고 치아는 딱딱거렸다.

"어떻게 해서든 견뎌 내야 해."

그러나 수평선은 가만히 있어 주지를 않았다. 그의 양손처

---

114) 방부제로 사용되는 의약품.
115) 과거에 마취제로 사용되던 의약품. 약간의 단맛이 난다.
116) 아이오딘 결핍증 등의 치료를 위해 의약품의 원료로 쓰이는 물질.
117) 크롬 결핍증 등의 치료를 위해 의약품의 원료로 쓰이는 물질.
118) BBC 국방 프로그램(BBC Forces Programme). 2차 세계 대전 당시 영국에서 1940년부터 1944년까지 방송된 라디오 프로그램을 일컫는다.

럼 바다가 맥동했다. 어느 순간 저 자주색 선은 너무도 멀찍이 떨어졌던지라 의미가 없을 지경이 되었고 다음 순간에는 너무 가까워졌던지라 그가 팔을 뻗어서 붙잡을 수 있을 지경이 되었다.

"생각해. 지성을 발휘해."

그는 양손으로 머리를 부여잡은 다음 눈을 감았다.

"물을 충분히 마시는 거야."

그는 눈을 떴고 '하이 스트리트'가 그의 아래쪽에서 맥동했다. 암석에 줄무늬를 쳐 둔 것은 해초의 선들로서 그가 현재 보기로는 태양이 드리운 검은 그림자들이었지 전혀 해초가 아니었다. '하이 스트리트' 너머의 바다는 죽은 듯이 납작했고 특색이 없었기에 양발이 붓고 아프지만 않았더라면 그가 아래쪽으로 걸음을 내디뎌 그 위로 걸어갈 수도 있었을 수준이었다. 그는 매우 신중을 기해 몸을 물구멍으로 데려가서 몸을 끌어넣었다. 단번에 그는 냉각되었다. 물속에다 얼굴을 집어넣고 치아가 딱딱거리는 채로 물을 반쯤은 벌컥 삼키고 반쯤은 먹어 댔다. 바위틈으로 기어 나갔다.

"짓누르는 것 때문에 그런 거야, 그 끔찍한 압박감 때문에. 하늘과 대기의 무게감 때문이었어. 한 인간의 몸이 어떻게 짓무르다 못해 곤죽이 되지 않고서야 그 무게감을 다 떠받칠 수 있겠어?"

그는 도랑 안에서 약간 소변을 보았다. 파충류들이 암석 주위에서 다시 바다로 떠돌아 가고 있었다. 그것들은 아무 말도 하지 않고서 다리를 숨긴 채 납작한 바다 위에 앉아 있었다.

"똥을 쌀 필요가 있어. 그쪽으로 조치를 해야만 해. 이제는 모든 걸 입고 이 열을 내 몸에서 땀으로 내보내야만 해."

그가 의복을 전부 당겨 입고 났을 무렵에 땅거미가 내려 있었기에 그는 다리로 길을 더듬어 바위틈으로 들어갔다. 바위틈은 확장되었고 붐비게 되었다. 이따금 바위틈이 암석보다 커졌던 때도, 이 지구보다 커졌던 때도, 이따금 바위틈이 너무도 거대한 주석 상자였던 나머지 삽이 옆면에 부딪히는 게 아득한 천둥 소리처럼 들리던 때도 있었다. 그리고 그런 다음에 한번은 그가 암석에 돌아와 있었고 마치 방대한 주석 상자에 삽이 부딪히는 듯 아득한 천둥 소리가 들리던 때도 있었다. 그러는 내내 그의 창문 아래 있는 개구(開口)는 마치 '국방 프로그램'처럼 계속 주절대면서 그가 보진 못해도 거기 있다는 걸 아는 사람들에게 재담을 하고 노래를 하고 있었다. 잠시 잠깐 그는 집에 있었고 그의 아버지는 산(山)과 같았다. 천둥 번개는 산머리 주위에서 노닐고 있었고 그의 어머니는 산(酸)과 같은 눈물을 흘리면서 시작도 끝도 없는 양말 한 짝을 뜨개질하고 있었다. 그 눈물이 일종의 주술이었던 것은 그가 그 눈물에 데는 걸 느끼고 난 다음에는 그것들이 그 바위틈을 어떤 패턴으로 바꾸었기 때문이다.

개구는 말했다.

"그녀가 이 암석에 있는 나를 안쓰러워하고 있네."

시빌은 흐느끼고 있었고 앨프리드도 그랬다. 헬렌은 울고 있었다. 어느 밝은 남자애의 얼굴도 울고 있었다. 그는 반쯤은 잊어버리고 있었으나 이제는 또렷이 기억나는 얼굴들을 보았고 그들은 모두 흐느끼고 있었다.

"그건 주석 상자 한복판의 암석 위에 내가 외로이 있다는 걸 저들도 알기 때문이야."

그들이 흘린 눈물들은 그들을 벽 속의 석조 얼굴들, 시작도 끝도 없는 복도에 줄줄이 걸린 가면들로 변형했다. '흡연 금지', '신사용', '숙녀용', '출구'라고 쓰인 안내문들이 있었고 제복 입은 종업원들이 많이 있었다. 저 아래에 있던 건 다른 방으로, 피해 가야 할 곳이었던 것은 거기서는 신들이 검은 돌로 된 저들의 끔찍한 무릎과 발 뒤쪽으로 앉아 있었기 때문이지만, 여기서는 석조 얼굴들이 흐느꼈고 흐느낀 터였다. 얼굴들의 석조 뺨들에는 주름살이 지고, 얼굴들은 흐렸기에 정체성의 어떤 불명확한 양상을 통해서만 인식이 가능했다. 얼굴들의 눈물이 석조 바닥에 웅덩이를 만드는 바람에 그의 양발이 발목까지 데어 버렸다. 그는 허우적대며 벽을 기어올랐고 그 펄펄 끓는 물질은 발목을 넘어 종아리, 무릎까지 괴어올랐다. 그는 몸부림치며 반쯤은 헤엄치고 반쯤은 기어오르고 있었다. 벽은 위로 휘어지면서 지하 터널 벽처럼 만곡되고 있었다. 눈물은 더는 석조를 흘러내려 작열하는 바다와 합류하고 있지 않았다. 눈물은 자유롭게 낙하하면서 그에게 떨어지고 있었다. 하나가 찾아와, 점 하나, 진주 하나, 공 하나, 구체 하나가 그의 위에서 움직이다가 퍼져 나갔다. 그는 소리를 지르기 시작했다. 그는 자신을 뼛속 그 이상까지도 불태우고 있던 물의 공 안에 있었다. 그것은 그를 완전히 전소시켜 버렸다. 그는 용해되고 눈물 도처로 퍼진 것이 그야말로 쭉 늘려진 비체

화(非體化)된 통증이 되었다.

그는 수면을 찢어 석벽을 붙잡았다. 그곳에는 딱히 빛이랄
게 거의 없었지만 그는 시시각각 닥쳐오던 것 때문에라도 시
간을 낭비할 정도로 어리석지는 않았다. 터널의 벽에는 돌출
부들이 있었기에 터널이라기보다는 거의 우물에 가까웠으나
그래도 그는 기어오를 수가 있었다. 그는 이 돌출부 다음 저
돌출부를 붙잡고 몸을 끌어 올렸다. 불빛은 그에게 돌출부들
을 보여 줄 만큼은 밝았다. 돌출부들은 얼굴들이었다, 아까의
끝없는 복도에 있던 것들과 마찬가지로. 그것들은 흐느끼고
있지는 않았으나 짓밟혀 있었다. 그것들은 웬 백악질의 재료
로 만들어진 모양이었으니, 그가 그것들에 체중을 실으니 떨
어져 나가기 마련이었던지라 부단히 위쪽으로 움직여야만 적
어도 떨어지지 않을 수가 있었다. 그는 우물 안쪽에서 고함치
는 자신의 목소리가 들렸다.

"나는 외로워! 나는 외로워! 나는 외롭다고!"

그리고 그러는 내내 존재하던 또 다른 목소리가 마치 '국방
프로그램'의 주절거림처럼 그의 귓속을 맴돌았다. 아무도 이
목소리에 어떤 관심도 두지 않았으나 백치의 천성이란 제가
똑같은 소리를 하고 또 하더라도 계속해서 말한다는 것이었
다. 이 목소리는 그 자신의 얼굴 하부와 얼마간 연관성이 있
었고 그가 백악질의 편리한 얼굴들을 기어오르며 부수는 동
안 계속해서 새어 나왔다.

"터널과 우물과 물방울들 이 전부가 흔해 빠진 거야. 너희
는 나한테 알려 줄 게 없단 말이지. 나도 척하면 착이거든, 그

저 성적인 심상들로서 무의식, 리비도[119]에서, 아니 이드[120]에서 나오는 건가? 전부 설명되고 알려진 거라 이 말이야. 그저 성적인 거지 뭘 기대하겠어? 감각에, 온갖 터널과 우물과 물방울 들. 전부 흔해 빠진 거라, 너희는 나한테 알려 줄 게 없단 말이지. 나는 알거든."

---

119) 프로이트 정신 분석학에서 말하는 '이드'에서 나오는 성 본능, 성 충동을 지칭한다.
120) 프로이트 정신 분석학에서 말하는 인간 정신의 밑바닥에 있는 원시적, 본능적 요소.

10장

여름 번개의 혀가 내면의 틈 바로 안쪽을 핥는 바람에 그는 그곳에서 형체들을 보았다. 어떤 것들은 복도 모퉁이들처럼 각지고 거대했으며 그것들 사이사이에서는 꿰뚫어 보는 게 불가한 공간들 속으로 빛이 떨어지고 있었다. 형체 하나는 그 순간 해동되어 살아난 한 여성이었다. 번개가 막 숨을 들이마시는 참의 그녀를 지어냈달지 발견했으니, 아주 가까스로 그 들숨도 마무리되는 참이었던지라 그녀는 그저 숨을 참았다가 다시 내쉬려는 모양새였다. 그는 생각할 것도 없이 그녀가 누구이며 그녀가 어디에 또 언제 있는 건지를 알았고, 왜 그녀가 저렇게 가쁘게 호흡하면서 사과들, 그 금단의 열매로 실크 블라우스를 들추고 있는지를 알았으며, 왜 양쪽 광대뼈에 혈색이 오른 구획들이 있고 왜 저 홍조가 너무도 제 특유의 방식으로 흘러들던 대로 코까지 흘러들어 있었는지를 알았다. 그리하여 그녀는 넓은 이마, 선홍색의 세 구획이 가운데를 가로질러 배열된 멀쩡하고도 정복되지 않은 얼굴을 그에게 내놓았다. 눈으로 말할 것 같으면 그것은 경멸과 격노의 탄약을 발사했다. 그것은 그의 신체와 열에 달뜬 머리에 관해 그 모든 무언의 견해들을 확정해 주는 눈이었다. 옷을 입은 몸으로 보이거나 들릴 경우, 그녀는 평범하고 특별할 것 없었다. 그러나 그 눈만큼은 어느 다른 사람에게 속했는데 그것은 그 얼굴의 가지런하지 못한 모양이라든지 내숭을 떨면서도 상류 사회를 향한 그 목소리의 열망들과는 전혀 관련이 없었기 때문이다. 그곳에는 요람에서부터 쭉 받은 영향들의 교차점일 뿐이었던 한 개인으로서의 메리, 교회에 간다고 장갑을 끼고 모자를 쓴 그 메리, 사람 미치도록 너무도 교양 있게 밥을 먹던 그녀 메리, 그 작은 두 발로 자세를 잡고 서서는 본인이 품은 걸 거의 의식하지 못하고 있었기에 가일층 끔찍했던 마력적인 사향 향의 매력이라는 보물을 품고 다니던 그 메리가 있었다. 이 교차점은 너무도 필연적으로 구성되었던지라 그것의 말과 행동 하나하나는 예측이 가능했다. 이 교차점은 이례적인 것보다는 평범한 것을 고를 터였고, 마치 자석에 이끌려 가듯이 점잖은 것에 휙 이끌려 갈 터였다. 그것은 그 오므린 입, 그 지나치게 넓은 이마, 그 칙칙한 갈색 머리칼에 딱 알맞은 벗이었다. 그러나 눈만큼은, 그것만큼은 분명히 실제적인 무형의 얼굴임에 틀림없었을 것에 조물주가 갖다 붙여 두었던 그 살결의 가면과는 공통점이 전혀 없었다. 눈은 그 믿을 수 없으리만치 얇은 허리와 그 사과 같은 가슴, 그 투명한 살결과 궤를 같이했다. 눈은 결코 표면에 다다라 말로 표현되는 일이 없었던 지혜를 담아 큼지막하고 지혜로웠다. 눈은 그녀의 많은 침묵들 — 교차점이라는 면에서 너무도 설명이 가능한 — 에다 그곳에 없었던 수수께끼를 부여했다. 그러나 그 맹렬한 사향, 거의 보호되지 못한 그 가슴, 단연코 철옹성과 같은 그 정조와 결합되자 그 눈은 악타이온[121]의 사형 선고였다. 그것은 그녀에게 마치 권리에 의해서인 듯이, 여름 번개의 명멸로 밝혀졌던 눈 뒤편 세상의 걷힌 공간을 점령하도록 만들었다. 그것들은 그녀를 음부라는 측면에서라기보다는 긍지라는 측면에서의 광기, 행사하고 부숴야 한다는 욕구, 인생의 생장점 속 마름병으로 만들었다. 그 눈은 그 어릴 적의 밤들, 솔기 있는 침대보가 덮인 뜨겁고 영원한 그 침대, 그 절박감을 상기시켰다. 그녀가 했던 일들은 사소했음에도 중요해졌고, 그녀가 달고 다니던 바로 그 오닉스[122]는 부적이 되었다. 그녀의 트위드 치마에서 나온 실 한 올 — 그녀야 똑같은 치마들이 비어 있는 채 변동 없이 걸려 있던 가게의 옷걸이에서 빼내어 사 오기야 했어도 — 바로 그 실 한 올은 연상 작용을 통하여 마법처럼 힘을 부여받게 되었다. 그녀의 성씨 — 이에 그는 들어 올린 양쪽 무릎으로 암석을 쿵 박았다 — 죽은 너새니얼에게 현재 위임된 그녀의 성씨에 그

---

121) 그리스 신화에 나오는 사냥꾼으로, 여신 아르테미스가 목욕하는 모습을 엿보았기에 저주를 받아 사슴으로 변하여 본인이 기르던 사냥개에 물려 죽는다.
122) 검은 색깔을 띠는 광물로 보석으로도 사용된다.

는 참고 문헌[123]으로 몰렸는데 혹시나 그 성씨가 어떤 특질
로 되돌아가서 그녀를 본디보다도 더더욱 확고히 중심부에 자
리 잡게 할까 봐서였다. 무슨 우연, 아니 더 심하게는 무슨 우
주의 법칙으로 그녀는 거기 권력과 성공을 향한 길에 자리 잡
게 돼서, 부서지지도 않는 주제에 정복하고 부숴야 한다는 욕
구로 고뇌를 안겨 주는 것이었나? 그녀는 진보하는 한쪽 발
을 올려 둬야만 하는 또 다른 일보(一步)밖에는 아니었던 주제
에 어떻게 눈 뒤편의 이 공간을 마치 권리에 의해서인 듯이 차
지할 수가 있었나? 사랑도 감각도 위안도 승리감도 아니라 차
라리 고문을 떠올리게 되었던 그런 성교가 상상되던 밤들에,
육체의 바로 그 리듬은 씩씩대며 나온 사정들로써 강화되었으
니 ─ 맛 좀 보고 또 봐라! 그 오므린 입도 맛 좀 보고 그 선
홍색 구획들, 그 오므린 무릎, 그 굽 높은 여성화 위의 철옹성
과 같은 균형감도 맛 좀 봐라 ─ 또 그 마법과 그 섬나라에 격
리된 정조 탓에 이걸로 네가 죽든지 간에 맛 좀 봐라!

　내가 그녀에게 품고 있는 유일하게 실재하는 감정이 증오인
데 어떻게 그녀는 내 암흑의 중심부를 이토록 장악할 수가 있
단 말인가?

　창백한 얼굴, 선홍색 구획들. 마지막 기회인 상황에 나는 저

---

123) 본문에 등장하는 '참고 문헌' 또는 '참고 문고'라는 표현은 등장인물
들이 하늘을 쳐다보는 행동을 묘사할 때 반복해서 사용되고 있다. 마치 하
늘에 참고 자료가 있다는 듯이 하늘을 뚫어져라 쳐다보는 행위를 묘사하는
동시에, 하늘의 뜻을 참고하는 것을 암시함으로써 종교적 의미를 담은 표현
으로도 해석될 수 있다.

교차점에서 필연적으로 튀어나올, 그녀가 할 말이 무엇인지를 알고 있다. 그리고 여기 재빨리 찾아오는 그 말에는, 즉각 상류층으로 승격되는 억양이 담겼다.

"노."[123]

그 하나의 음절에는 적어도 모음이 세 개는 있다.

"왜 나랑 여기 오겠다고 동의한 건데, 그럼?"

세 구획.

"너는 신사인 줄 알았더니."

필연적으로.

"사람 피곤하게 한다."

"부탁인데 집에 데려다줄래."

"20세기에 정말로 그런 말을 한다고? 정말로 모욕당했다고 느낀다고? 그냥 '노, 미안한데, 안 되겠어.'라는 뜻이 아니라?"

"나 집에 가고 싶어."

"아니 저기……."

나는 해야만 해, 해야만 한다고, 이해가 안 되냐, 이 염병할 년아?

"그럼 나 버스나 탈게."

기회는 한 번. 단 한 번.

"잠깐만 기다려 봐. 우리 언어가 너무 다르잖아. 그저 내가 말하려고 하는 건…… 참, 이게 어렵네. 근데 네가 이해를 못 하고 있는 건지 모르겠는데 나는……. 오 메리, 너한테 마음을

---

124) 'No.'라는 대답으로 거절 의사를 밝히고 있다.

증명해 보일 수만 있다면 뭐든지 할게!"

"미안해. 그냥 내가 너한테 그런 쪽으로 호감이 없어."

그러자 그는, 차오르는 격노에 북받쳐 이미 거쳐 온 길을 밟게 되는데.

"그러면 여전히…… 노라는 거야?"

승리감과 이해심, 동정심이라는 궁극적인 모욕까지.

"미안해, 크리스. 진심으로 미안해."

"보나 마나 넌 나한테 형제자매처럼 지내자고나 하겠지."

그러나 그때, 담담하게도 그 비꼬는 투를 털어 내는 이 놀라운 대답.

"그러고 싶다면야."

그는 난폭하게 발을 딛고 일어섰다.

"따라와. 제발 부탁이니까 여기서 나가자고."

기다린다, 운전석의 형체처럼. 그녀는 나에 관해서 전혀 아무것도 모르는가? 그녀는 마치 사진들에서처럼 한쪽 발이 다른 쪽 발 앞에서 방향을 튼 채로 가로변 식당에서 나와서, 자갈길을 가로질러 보이지 않는 외줄을 타며 처녀성이라는 천하무적의 현수막을 위풍당당하게 지난다.

"그쪽 문 제대로 안 닫혔다. 내가 해 줄게."

미묘한 향기, 싸구려의 전용된 트위드의 촉감, 손은 기어 위에서 덜덜 떨리고, 도로는 뒤로 끌려가고, 가리개가 둘린 전시 전조등들,[125] 통제 불가한 여름 번개는 규제 따위 무시

_____

125) 2차 세계 대전 당시 영국에서는 공습을 피하기 위해 야간에는 건물

하며 7리그 부츠[126]를 신고 저 언덕 너머에서부터 저 남쪽으로 향하고, 발은 세게 내리누르고, 이파리 가두리들은 색칠된 배경막처럼 들쭉날쭉하고, 나무들은 건드려지고 차폭등에 의하여 실재하게끔 이끌려 왔다가는 잃어버린 기회들의 연옥으로 꾸려져서 보내져 버리고.

"운전 속도가 좀 빠르지 않아?"

기울어진 뺨, 오므린 입에, 눈은 저 멍청한 모자 아래서 멀찍하니 등화관제가 되어 있고. 발은 세게 내리누르고.

"제발 좀 천천히 달려, 크리스!"

타이어-비명, 기어-신음, 추력과 포효……

"제발……!"

진동, 요동, 비단처럼 쉭쉭대는 활주, 장면은 영화처럼 휙휙 넘어가고.

권능.

"제발! 제발 좀!"

"하게 해 줘, 그럼. 지금. 오늘 밤, 차 안에서."

"제발!"

모자는 비뚤어지고, 도로는 올처럼 풀리고, 나무-터널은 들이마셔지고……

"동반 자살해 버릴 거야."

창문에 커튼을 쳐야 하며 자동차 전조등이나 가로등에는 위쪽에 가리개를 씌워 빛을 아래로 향하게 해야 한다는 규정이 있었다.

126) 유럽의 옛이야기에 등장하는, 신으면 한 걸음당 7리그(1리그는 약 4000미터에 해당하는 거리)를 가게 해 준다는 부츠를 말한다.

"돌았구나…… 오, 제발!"

"저 백색 도료가 발린 나무로부터 도로가 갈라지는 지점에서 네가 탄 쪽으로 나무에다 들이받을 거야. 너는 박살이 나고 묵사발이 되겠지."

"오 하느님, 오 하느님."

도로변을 넘어가, 도로 포장재 더미에다 들이박고, 쾅 추돌하고, 뒤로 방향을 틀고는, 머캐덤[127]을 삼키면서, 빨아들이면서, 놓쳐 버린 기회들 사이에다 도로 밀어붙이면서, 지하실로 돌아가는 시간일랑 타도하며 밀어붙이는데…….

"나 실신하겠어."

"내가 너랑 섹스하게 해 줄 거야? 너랑 섹스하게 해 줄 거냐고?"

"제발 멈춰 봐."

도로변 위에서, 두 발로 짓밟혀 멈춘 채, 꺼진 엔진과 전조등들을 두고서, 속이 채워진 인형을 잡아채며, 여름 번개 아래에서 소생한 인형을 겁탈하는데, 무릎은 간직해 둔 처녀성 위로 딱 다붙이고는, 한 손으로는 예의 트위드 치마를 밀어 내리고, 한 손으로는 물리치려고 하면서, 그녀의 목소리로 반쯤 헐벗은 가슴에 대한 보호물을 찾아보는데…….

"소리 지를 거야!"

"맘껏 질러 보든가."

"이 추잡한, 짐승 같은……."

---

127) 도로를 포장할 때 까는 밤자갈.

그러자 여름 번개가 내려앉는 하얀 얼굴에는 고작 몇 인치 거리에서 응시하는 두 눈, 그 가식과 회피 속에서 당혹스러워진 채, 본인의 노골적인, 인간적인 몸을 인정하라고 강요받는 거짓된 여자의 눈, 이제는 깊숙하고도 달랠 길 없는 증오에 빠져 응시하는 눈이 있고.

이제는 상류층 출신의 것은 없어지고. 모음들에는 지방의 진동음[128])이 얹히고.

"이해가 안 되냐, 이 돼지 새끼야? 안 된다니까⋯⋯."

마지막 기회. 나는 해야만 한다.

"그럼 너랑 결혼하지 뭐."

더해지는 여름 번개.

"크리스. 그만 웃어. 듣고 있냐? 그만하라고! 그만하라고 했잖아!"

"널 증오해. 내 일평생 절대로 널 보고 싶지도 않고 네 소식도 듣고 싶지도 않아."

피터는 그의 뒤쪽에서 타고 달려가고 있었고 그들은 전속력으로 가속 중이었다. 그가 깔고 앉은 건 그가 새로 장만한 오토바이였지만 피터의 새 오토바이만큼 좋은 건 아니었다. 피터가 본인의 그 새 장비로 추월해 갔더라면 그를 따라잡을 수 없었을 테다. 피터의 앞바퀴는 그의 뒷바퀴와 완벽한 위치에서 포개지고 있었다. 그가 죽을 만큼 들뜬 상태가 아니었더

---

128) 영어 방언에서 r음을 진동시키는 특징적인 발음.

라면 절대로 그런 짓은 하지 않았을 테다. 도로는 여기서 오른쪽으로, 여기 도로 포장재 더미 옆에서 구부러진다. 그것들은 암석처럼 쌓여 올라가 있다, '호드슨 농장'까지 내려가는 도로를 수리할 목적으로 어마어마한 무더기를 이룬 돌들은. 꺾지 말고, 쭉 똑바로 가서, 그가 예상하는 것보다 딱 몇 분의 일 초만큼 더 계속 가는 거다. 그가 본인의 포개지는 바퀴와 함께 꺾어 버리도록 놔두는 거다. 오, 영리해라, 영리해라, 영리해라. 내 다리, 크리스, 내 다리……. 나 내 다리 도저히 못 보겠어. 오 맙소사.

금고. 옻칠된 주석 상자, 금박으로 된 선. 열린 채 텅 빈. 그래서 네가 뭘 어쩔 건데, 기록상으로는 아무것도 안 적혀 있었잖아. 언제 나랑 한잔 하자.

저 여자분은 연출가님 사모님이야, 이 친구야.

오 영리하디 영리하디 영리한 권능이여, 그럼 넌 빌어먹게 집으로 걸어가시든가, 오 영리해라, 진정한 눈물들이 개가(凱歌)를 무너뜨리네, 영리해라, 영리해라, 영리해라.

무대 안쪽[129]으로. 무대 안쪽으로. 무대 안쪽으로. 나는 너

---

129) 과거 영국에서는 무대가 흔히 관객석이 있는 바깥쪽에서 안쪽으로 갈수록 높아지도록 설계되었기에 무대 안쪽에 배우가 있으면 바깥쪽에 있는 배우보다 시선을 더 많이 받았다.

보다 큰 구더기야. 너는 탁자 때문에 조금이라도 더 무대 안쪽으로 도달할 수 없겠지만, 나는 프랑스 창까지 쭉 올라갈 수가 있단 말씀이지.

"아니, 이 사람아. 미안하지만 자네는 필수 인력이 아니야."[130]
"근데 조지 감독님…… 우리 그간 쭉 같이 일해 왔잖아요! 저 아시잖아요……."
"알지, 이 사람아. 당연히 알고말고."
"제가 군대에 들어가면 재능만 썩힐 거라고요. 제 연기 보셨잖아요."
"봤지, 이 사람아."
"아니, 보셨으면……."
눈썹 아래에서 올려다보는 눈길. 억제된 미소. 그 미소가 퍼지도록 내버려진 끝에 하얀 치아가 탁상 상판에 반사되기까지 했는데.
"내가 내내 이런 걸 기다리고 있었지. 그래서 자네를 진작에 쫓아내지 않았던 거야. 군대에서 우리 친구 옆얼굴이나 망가뜨려 주면 좋겠군. 그 잘생긴 쪽 옆얼굴 말이야."
사람을 죽이는 데에는 1만 가지 방법이 있었다. 사람을 독살하여 그 미소가 우거지상으로 바뀌어 가는 걸 지켜볼 수도 있었다. 그 숨통이 딱딱한 막대기처럼 될 때까지 옥죄고 있을

---

130) 2차 세계 대전 당시 영국에서 필수 산업 인력으로 꼽힌 남성들은 군 복무가 면제되었다.

수도 있었다.

그녀는 코트를 입고 있었다.

"헬렌 씨……."

"우리 자기."

올라가는 움직임은, 여우 같고도 열정적인데.

"너무 오랜만이에요."

깊고도 몸서리가 쳐지는 숨결.

"진부한 말은 집어치워, 자기야."

섬뜩함.

"나 좀 도와줘요, 헬렌 씨, 헬렌 씨 도움이 있어야만 해."

하얀 얼굴의 검은 구더기 같은 눈. 거리. 타산. 죽음.

"자기 말인데 뭐든지 들어줘야지, 그럼."

"어찌 됐든 자기는 피트 연출가님 아내잖아요."

"상스럽게 그런다, 크리스."

"자기가 피트 연출가님 좀 설득해 줄 수 있잖아요."

긴 안락의자 위로 바짝 내려와서, 가까이.

"헬렌 씨……."

"마고한테 부탁해 보지 그래, 자기야, 아니 자기가 드라이브 하러 데리고 나간 그 쪼끄만 것이라고 해야 알아들으려나?"

공황. 하얀 얼굴의 검은 눈은 딱딱하고 검은 돌들보다 표정을 담고 있지 않고.

먹히고.

너새니얼은 조용한 태도로 흥분을 주체하질 못하는데……

주체하지 못하는 건 아니고, 뭉근히 끓는달까, 거의 화색이 돈 달까.

"너한테 말해 줄 근사한 소식이 있어, 크리스."

"드디어 영체를 만났구나."

냇은 참고 문고를 올려다보며 이 말을 고찰해 보았다. 그는 그 발언을 농담으로 식별했고 본인이 유머용으로 비축해 두었던 지나치게 심오한 어조로 그 말에 답했다.

"그 대리 격인 것을 소개받기는 했지."

"소식을 말해 달라니까 그래. 전쟁이 끝났대? 사람 애태우지 말고."

너새니얼은 반대편 안락의자에 앉았지만 의자가 너무 낮다고 생각되었다. 그는 팔걸이에 걸터앉았다가는 일어나서 탁자에 있는 책들을 다시 정리했다. 그는 칙칙한 등화관제용 커튼 사이로 길거리를 들여다보았다.

"나 결국에는, 해군에 입대할까 해."

"네가!"

끄덕이면서, 여전히 창문을 내다보면서.

"해군에서 나를 받아 준다면 말이지. 나는 비행도 못 하거니와 육군에서는 아무 쓸모도 없을 테니까."

"아니 이 멍청이야! 너 군대 안 가도 되지 않아?"

"안 가도 되긴 하지…… 법적으로는."

"너는 전쟁에 반대하는 줄 알았는데."

"반대하기야 하지."

"양심적 병역 거부자잖아."

"모르겠어. 정말 모르겠어. 사람이 이런저런 생각을 하다 보니까…… 막 끝에는, 뭔가, 결정한다는 책임감이 한 인간으로서는 너무 버거운 거야. 나는 입대해야만 해."

"결심이 선 거야?"

"메리도 나와 같은 의견이야."

"메리 러벌? 그 여자가 이거랑 무슨 상관인데?"

"그게 내 소식이야."

너새니얼은 양손에 잊힌 책 한 권을 들고 돌아섰다. 그는 불가로 가서 안락의자를 쳐다보고는 그 책을 들고 있던 걸 기억하고 탁자에 올렸다. 그는 의자를 잡아서 앞으로 끌어당기더니 그 끄트머리에 걸터앉았다.

"내가 간밤에 공연 후 너한테 말하고 있었잖아. 기억나? 우리네 생애란 시간의 뿌리로 곧장 다시 도달하는 게 틀림없고, 역사를 돌파하는 자취인 게 틀림없다는 말?"

"너는 어쩌면 클레오파트라였을지도 모른다고 내가 말했지."

냇은 이 말을 엄숙하게 고찰해 보았다.

"아니, 그럴 것 같지는 않아. 그렇게 유명인은 아닐걸."

"헨리 8세[131]겠네, 그럼. 그게 네 소식이야?"

"사람은 거듭해서 실마리들을 마주치게 되지. 사람은 — 언뜻언뜻 번쩍이는 통찰 — 주어진 것들을 수중에 넣게 되고. 사람은……" 양손이 어깨 옆에서 모로 퍼지기 시작하는 것이

---

131) Henry VIII(1491~1547). 1509년부터 1547년까지 영국의 왕으로 군림했다. 첫 번째 왕비와 이혼하기 위해 종교 개혁을 통하여 영국 국교회를 수립한 것으로 알려져 있다.

마치 그것들이 머리의 팽창을 느끼고 있는 듯했다……."사람은 사람들을 만날 때 그 사람들이 자신의 비사(祕事)와 엮여든다는 걸 자각해. 그렇게 생각하지 않아? 너랑 나만 해도, 그 예시로. 기억나?"

"네가 잡소리를 진절머리 나게 많이 늘어놓곤 했지."

너새니얼은 끄덕였다.

"나야 여전히 늘어놓지. 하지만 우리는 여전히 얼기설기 엮여 있고 똑같은 이치들은 변함없이 옳은걸. 그러니까 네가 나를 메리한테 소개해 줄 때…… 기억나지? 우리 셋이서 어떻게 행동하고 반응하는지 너도 알잖아. 거기서 그런 급작스러운 번쩍임이, 그런…… 찌르듯 하는 인식과 확신이 찾아와서 이렇게 말했던 거지, '내가 옛날부터 당신을 알고 있었구나.'"

"대체 무슨 소리를 하는 거야?"

"그녀도 그걸 느꼈던 거야. 그녀도 그렇게 말했거든. 그녀는 정말 현명하다니까! 그리고 이제 우리 둘 다 상당히 확신이 섰어. 이런 것들은 물론 별들에 쓰여 있는 거지만, 별들 아래에서는 크리스, 우리를 만나게 해 준 것에 대하여 우리가 너한테 감사 인사를 해야겠어."

"너랑 메리 러벌이?"

"물론 이런 문제는 결코 간단한 게 아니니까 우리도 서로 떨어져서, 또 함께 있으면서 숙고를 해 봤거든……."

어떤 황홀감이 방을 채워 가고 있었다. 냇의 머리는 그 황홀감과 더불어 커지고 작아지는 듯싶었다.

"그리고 크리스, 네가 내 신랑 들러리를 서 준다면 난 몹시도 기쁠 것 같다."

"네가 결혼한다고! 너랑……."

"그게 경사스러운 소식이었어."

"안 돼!"

그는 자신의 목소리가 얼마나 비통했는지를 들었고, 본인이 일어서고 있다는 것을 발견했다.

냇의 시선은 그를 지나쳐 불길 속으로 향했다.

"갑작스러운 건 나도 알지만 우리도 곰곰이 생각했어. 그리고 알다시피, 내가 해군에 입대할 거잖아. 메리는 너무도 착하고 용감해. 게다가 크리스, 너라면…… 너라면 이런 결정에 전심전력을 쏟아부을 거라고 확신했어."

그는 가만히 서서 검은 봉두난발, 길쭉한 사지를 내려다보았다. 그는 이 상황과 이 결정의 형언할 수 없는 힘에 대한 암울한 인지가 본인 속에서 차오르는 것을 느꼈다. 그가 먹는 곳이 아니라, 먹히는 곳에서.[132] 그런 인지와 더불어 피가, 부수는 힘이 차오르며 얼굴 속에서 타올랐다. 마치 떨궈진 스냅 사진 다발처럼 그녀의 심상들이 그의 마음을 뚫고 떨어졌다……. 보트에 타서 조심스레 치맛자락을 매만지는 메리, 그 양발을 두는 모습과 그 작은 엉덩이를 들고 다니는 모습 자체만으로도 오만불손하게 처녀티를 물씬 풍기며 교회로 걸어가

---

132) 윌리엄 셰익스피어의 「햄릿」 4막 3장에 등장하는 대사이다. 폴로니우스를 찾는 왕의 질문에 햄릿은 폴로니우스의 시체가 구더기에 먹히고 있다고 말하며 이런 대사를 읊는다. 번역은 다음에서 인용했다. 윌리엄 셰익스피어, 최종철 옮김, 『셰익스피어 전집 4』, 「햄릿」(민음사, 2014).

는 메리, 무릎은 간직해 둔 처녀성 위로 딱 다붙이고는 몸부림치면서 한 손으로는 치마를 당겨 내리려고, 다른 손으로는 물리치려고 애쓰는 한편 그 목소리로 반쯤 헐벗은 가슴에 대한 유일한 보호물을 찾아보는 메리…….

"소리 지를 거야!"

냇은 입을 헤벌린 채 올려다보았다.

"이번만큼은 내가 바보짓을 하는 게 아니야, 알다시피. 걱정 안 해 줘도 돼."

스냅 사진들이 사라졌다.

"나는…… 내가 무슨 말을 하고 있었는지 모르겠다, 냇…… 무슨 연극인가 뭔가 중에서 인용하고 있었던 거야."

냇은 양손을 펼치고 머무적머무적 미소 지었다.

"별들을 거스를 순 없잖아."

"더더군다나 별들이 공교롭게도 네가 원하는 것과 뜻을 같이해 준다면 말이야."

냇은 이 말을 고려해 보았다. 그는 약간 얼굴을 붉히고는 엄숙하게 끄덕였다.

"그런 위험성도 있긴 하네."

"조심하란 말야, 냇, 아무쪼록."

그러나 알려지지 못한, 이해되지 못한 바는……그가 무엇을 조심해야 한단 말인가? 나와 가까이 지내는 것을? 내 암흑의 밝혀진 중심부에서 그녀와 함께 서 있는 것을?

"내가 입대하고 나서도 크리스, 네가 여기서 그녀를 돌봐 줄 테니까."

별들 속에는 무언가가 있다. 그렇지 않고서야 내 심장과 말을 따로 놀게 하는 이러한 모호한 충동은 뭐란 말인가?

"다만 조심하라고. 나를."

"크리스!"

왜냐하면 난 널 좋아하니까, 이 바보야, 그리고 널 증오하니까. 그리고 지금 나는 널 증오하니까.

"알았어, 냇, 이 말은 잊어버려."

"뭔가 문제가 있는 모양인데."

충동은 가시고, 짓밟히고, 걷어차여 내팽개쳐지고.

"나도 해군에 입대할 거거든."

"아니, 극단은!"

타산과 증오 아래로 내려가 버리고.

"사람이 돼서 양심이 있지."

"이런 깜찍한 친구 같으니라고!" 냇은 일어서며 함박웃음을 짓고 있었다. "어쩌면 우리 같은 배에 탈 수도 있겠다."

음울하게 또 선택된 길에 관한 선견지명을 품고.

"분명 우린 같은 배에 타게 될 거야. 우리 별점에 그렇게 나오거든."

냇은 끄덕였다.

"우리는 원소적으로 연결되어 있어. 우리는 물 성향의 남자들이야."

"물. 물."

옷가지는 질척한 보따리처럼 되어 그를 결박했다. 그는 몸을 양지로 끌어냈다. 자신이 해초처럼 퍼졌다고 느끼며 그곳에 누워 있었다. 스냅 사진들이 카드 한 벌처럼 소용돌이치고 날아가는 사이 그는 양손을 올려서 입고 있던 더플코트의 막대 모양 단추들을 잡아 뜯었다. 이윽고 막대 모양 단추들을 풀어내고 나머지 의복을 잡아 뜯었다. 몸에 러닝셔츠와 팬티만 걸친 상태가 되자 그는 암석 위로 몇 미터를 기어가서 물구멍으로 향했다. '하이 스트리트'를 기어 올라가서 '난쟁이' 옆에 드러누웠다.

"내가 정신 착란 상태가 아니라면 이건 내 옷가지에서 피어오르는 증기구나. 땀이구나."

그는 '난쟁이'에다 등을 받쳤다.

"지성을 발휘해."

그의 앞쪽에 있는 양다리는 하얀 반점들이 뒤덮고 있었다. 그가 러닝셔츠를 들어 올리자 배에도, 팔다리에도 그런 반점들이 있었다. 그것들은 안와의 가장자리에 있는 변형들이기도 했다.

"살아 있자!"

맹렬한 무언가가 그의 마음에서 떼밀고 나왔다.

"이놈의 염병할 상자 위의 다른 모든 걸 먹어 치워야 한대도 난 살아남을 거야!"

그는 다리를 내려다보았다.

"내가 너희 염병할 반점들에 붙는 이름을 알지. 두드러기. 식중독이란 거야."

그는 잠시 말없이 누워 있었다. 증기는 피어오르고 하늘거렸다. 반점들은 윤곽이 뚜렷했으며 죽은 백색의 것이었다. 그것들은 부어올라 있어서 부푼 손가락들로도 그것들의 윤곽이 느껴질 지경이었다.

"내가 아플 거라고 했더니 진짜 아프네."

그는 수평선을 흐릿하게 휘둘러 응시했지만 수평선이 내보여 줄 것은 없었다. 그는 다리를 다시 쳐다보았고 이렇게 반점들이 뒤덮고 있는데도 다리가 매우 가늘다고 판단했다. 러닝셔츠 아래에서 그는 이 반점에서 저 반점으로 제 갈 길을 찾아 내려가는 물의 점적을 느낄 수 있었다.

하늘과 대기의 압박감은 바로 그의 머릿속에 있었다.

11장

하나의 생각이 눈 뒤편이기는 하나 조사되지 못한 중심부 앞쪽에서 한 점의 조각상처럼 형성되고 있었다. 그가 끝없는 과도기에 걸쳐 그 생각을 지켜보는 동안 땀방울들이 이 반점에서 저 반점으로 흘러내렸다. 그러나 그는 그 생각이 적임을 알았고 그런고로 그 생각은 보았을지언정 그 생각이 깨달음 속에서 자신에게 부착되도록 승낙하지도 허락하지도 않았다. 만일 찬찬한 중심부에 현재 여하의 활동이 있었다면 제 정체에 관해 곰곰이 생각한 것으로 그러는 사이 그 생각은 공원에서 무시된 기념상(紀念像)처럼 그곳에 머물렀다. 크리스토퍼와 해들리와 마틴은 별개의 파편들이었고 중심부는 그것들이 부서져 떨어졌어야지 중심부 위에 씌워지지 말아야 한다는 무지근한 분개로 들끓고 있었다. 창문은 색깔의 패턴으로 채워져 있었지만 이러한 특이한 상태 속에서 중심부는 그 패턴을 외부로 여기지 않았다. 그것은 어두운 방 안에서 유일하게 눈에 보이는 것으로, 벽면에 붙은 밝혀진 그림만 같았다. 그 아래로는 물이 졸졸 흘러가는 감각과 딱딱한 표면의 불편감이 있었다. 중심부는 잠시 흡족했다. 크리스토퍼와 해들리와 마틴이 아득히 떨어진 파편들이었음에도 중심부는 자신이 존재했다는 걸 알았다.

체모와 살결의 장막이 벽면에 붙은 그림 위로 드리워졌고 그곳에서 조사될 것이라고는 그 생각밖에는 없었다. 그 생각은 알려졌다. 그 생각과 더불어 휩쓸고 들어온 두려움은 그에게 충격을 주어 신체를 사용하게 했다. 번쩍이는 신경, 쥐어드는 근육, 들썩임, 타격, 진동이 있었으며, 그 생각은 말이 되어 그의 입에서 굴러떨어져 나왔다.

"나는 이 암석에서 절대로 벗어나지 못할 거야."

두려움은 작용을 더해 갔다. 그것이 경첩이 달린 뼈들을 바로 하고 그를 일으켜 세워 하늘의 압박감 속에서 '전망대'를 비틀거리며 둘러 가도록 보내어 이윽고 그는 '난쟁이'에 매달려 있었으며 돌로 된 고개는 서서히 흔들리고, 서서히 흔들리고 있었고, 태양도 은빛 얼굴 속에서 앞뒤로, 위아래로 흔들리고 있게 되었다.

"이 암석에서 날 꺼내 줘!"

'난쟁이'는 제 은빛 머리를 서서히, 상냥하게 끄덕였다.

그는 어느 희끄무레한 도랑 곁에 쭈그리고 앉았고 색깔의 패턴은 다시금 시야가 되었다.

크리스토퍼와 해들리와 마틴은 어느 정도 돌아왔다. 그는 그 패턴이 암석과 바다와 하늘 위 어디나 끼워 맞춰지도록 강제했다.

"적을 알라."[133]

신체 질환, 저체온증의 영향이 있었다. 이 세상을 미친 곳으로 만들었던 식중독이 있었다. 고독과 유예된 희망이 있었다. 그 생각이 있었으며, 말로 내뱉어지지 않고 인정되지 않은 다른 생각들이 있었다.

"생각들을 내놓자. 바라보자."

머리카락 한 올에 걸려서 점액질의 충전재에 의해 가로막혀 있던 유일한 보급품인 물, 하루하루 적어지던 식량, 심신에 가해지던 압박감, 형언 불가한 압박감, 잠을 얻어 내기 위해 영화 예고편들과 벌이던 각축전. 그곳에 있었던 것은⋯⋯.

"그곳에 있었던 것과 있는 것은⋯⋯."

그는 암석에 쭈그렸다.

"그것을 꺼내 놓고 바라보자."

"그곳에 있는 것은 드러나는 패턴이야. 무슨 패턴인지는 모르겠지만 어렴풋이 짐작해 보는 것만으로도 내 이성이 불안정해져."

그의 얼굴 아래편 반쪽이 입 둘레로 움직인 끝에 치아가 드러나게 되었다.

───────────────

133) 『손자병법』 중 '적을 알고 나를 알면 백 번 싸워도 위태롭지 않다'는 뜻의 "지피지기 백전불태(知彼知己 百戰不殆)"를 풀이한 말의 시작 부분이다.

"무기들. 나는 가용할 수 있는 것들을 소지하고 있어."

지성. 최후의 보루와 같은 의지. 고대 거석과 같은 의지. 생존. 교육, 모든 패턴에 적용되는 열쇠, 그 자체로 패턴을 부과하고 창조할 수 있는 것. 잠든 세상 속에서의 의식. 제 자족성을 확신하고 있던 컴컴하고 철옹성과 같은 중심부.

그는 납작한 공기, 흡묵지에 대고 말하기 시작했다.

"제정신이란 현실을 알아보는 능력이야. 내가 처한 현실은 무엇이지? 나는 대서양 한복판의 암석 위에 외로이 있어. 내 주위로는 광대한 넓이에 빙빙 도는 물이 있고. 하지만 이 암석은 고체야. 이 암석은 내려가서 해저와 합류하고, 또 그 해저는 내가 알아 왔던 바다들과, 해안 및 도시들과 합쳐지게 되지. 이 암석은 고체고 움직일 리 없다는 점을 기억해야 해. 이 암석이 움직인다고 하면 그럼 내가 미친 거야."

날아다니는 도마뱀이 머리 위에서 퍼덕이다가 시야 바깥으로 떨어졌다.

"붙잡고 있어야만 해. 먼저는 내 목숨 줄을, 그다음에는 내 정신 줄을. 조치를 취해야만 해."

그는 다시금 창문에다 장막들을 드리웠다.

"나는 식중독에 걸렸어. 크리켓 구장 길이[134]만 하니 똬리를 튼 관에다 종 노릇하는 신세가 된 거야. 지옥의 모든 두려운 것들도 한낱 막힘에 지나지 않는 것으로 요약될 수 있어.

---

134) 크리켓 구장의 길이는 20미터 정도이다.

바로 내 몸 안에 이놈의 뱀[135]이 똬리를 틀고 있는데 뭐 하러 선과 악을 운운하냔 말야?"

그리고 그는 찬찬히 자신의 장들을, 그 천천히 막힌 채 연동하는 움직임을, 아까의 부드러운 음식이 틀어막힌 독극물로 변해 가는 모양을 그려 보았다.

"나는 아틀라스[136]다. 나는 프로메테우스[137]다."

그는 암석 위에서 거대하게 닥쳐오는 자신을 느꼈다. 아래턱은 악물렸고 턱 끝은 내려앉았다. 그는 불가능이란 하나의 업적일 뿐인 영웅이 되었다. 그는 무릎을 꿇고 가차 없이 암석을 기어 내려갔다. 바위틈에서 구멍대를 찾아서 칼을 가져다 튜브에서 금속 꼭지를 톱질로 떼어 냈다. 계속 기어서 '레드 라이언' 쪽으로 내려갔고 이제 그곳에는 배경 음악이, 차이콥스키,[138] 바그너,[139] 홀스트[140]가 한두 마디씩 있었다. 실제로 기어갈 필요는 없었으나 그 배경 음악은 역경에 맞서서 느리

---

135) 구약 성서 중 「창세기」 3장 1~5절에서 유래되어, 영미권에서 '뱀 (serpent)'은 '악마'를 뜻하기도 한다.

136) 그리스 신화 속 거인 신으로 하늘을 두 어깨로 짊어지는 벌을 받았다.

137) 그리스 신화 속 티탄족의 영웅으로 인간에게 불을 훔쳐다 준 죄로 코카서스의 바위에 묶여 독수리에게 간을 쪼이는 고통을 받았다. 이후 제우스에게 언젠가 제우스의 왕위를 찬탈할 인간의 이름을 말해 주기를 거부한 죄로 천둥과 벼락 가운데 지진에 삼켜진다.

138) 표트르 일리치 차이콥스키(Pyotr Ilyich Chaikovsky, 1840~1893). 러시아의 작곡가.

139) 빌헬름 리하르트 바그너(Wilhelm Richard Wagner, 1813~1883). 독일의 작곡가.

140) 구스타브 홀스트(Gustav Holst, 1874~1934). 영국의 작곡가.

지만 굴하지 않고 나아간다는 영웅성을 부각해 주었다. 텅 빈 홍합 조가비들이 그의 뼈 아래에서 질그릇 조각들처럼 아작였다. 음악은 부풀어 올랐다가 금관 악기에 의해 갈가리 찢겼다.

그는 해초가 낀 삿갓조개 하나와 새침 떠는 말미잘 세 개가 있는 바위 위의 물웅덩이로 갔다. 그 자그마한 물고기는 여전히 물속에, 그러나 바위의 다른 부분에 있었다. 그가 구명대를 수면 아래로 밀어 넣는 바람에 그 물고기가 좌우로 절박하게 휙휙 튀기게 되었다. 일련의 포말들이 튜브에서 나왔다. 그는 그 기다란 부대를 짜부라뜨리고는 그걸 다시 잡아당겨 열기 시작했다. 조금씩 튀기듯 하는 물이 꼭지로 들어갔고 기포가 더 나는 가운데 꿀렁여 내려갔다. 이제는 현악기만이, 저음으로. 그는 구명대 전체를 꺼내 들어 그 주머니의 무게를 대중해 보았다. 부대로부터 출렁이는 소리가 났다. 그는 그것을 다시 물웅덩이 속으로 가라앉히고서 일을 계속했다. 현악기도 일하고 있었고, 목관 악기와 더불어 금관 악기의 한두 음도 더해졌다. 머지않아, 바야흐로 그곳에는 카덴차[141]를 위하여 오케스트라 전체를 옆에 빠져 있게 할 걸림음이 찾아올 터였다. 해초가 낀 삿갓조개의 윗부분은 수면 위에 있었다. 자그마한 물고기가, 이런 부자연스러운 썰물에 속아서 양지의 젖은 바위 위에 누워 표면 장력에 맞대어 꿈틀거리려 애쓰고 있었다. 말미잘들은 제 아가리들을 더더욱 꽉 닫은 터였다. 구명대의 부대는 3분의 2가 차 있었다.

---

141) 악곡이 끝나기 직전에 독주자가 연주하는 기교적이며 화려한 부분.

그는 다리를 아무렇게나 쫙 벌린 채 바위 하나에 기대어 다시 몸을 쪼그리고 앉았다. 음악이 고조되면서 바다와 더불어 태양이 연주를 했다. 은하계가 숨을 죽였다. 꿍얼대고 끙끙대면서 그는 고무 튜브를 그의 엉덩이에다 꼼지락거리며 집어넣기 시작했다. 기다란 부대의 둘로 나뉜 반쪽들을 맞접고 그 위에 앉았다. 양손으로 그 부대를 꼼지락거리기 시작하면서 쥐어짜고 주물러 댔다. 장 속에서 해수가 차갑게 졸졸 흘러드는 느낌이 들었다. 그는 부대가 난질난질 납작해질 때까지 펌프질하고 쥐어짰다. 그가 튜브를 뽑아내어 암석의 끄트머리로 주의하여 살금살금 기어가는 사이 오케스트라는 우레와 같이 늘임표로 질주했다.

　그리하여 카덴차가 찾아오고 있었다……. 드디어 찾아왔다. 그것은 바다에 대고 폭발적이고 의기양양하리만치 완벽한 기교로 공연을 했다. 마치 댐이 터지는 듯, 모든 걸림돌이 박살나는 듯했다. 중후한 화음과 이채를 뿜는 아르페지오가 동반된 가운데 경련할 때마다 카덴차가 그의 기력을 빼앗아 이윽고 그는 암석 위에서 안간힘을 쓰며 속이 빈 채 있었고 오케스트라는 가신 터였다.

　그는 암석에 대고 얼굴을 틀고서 적대자에게 꿍얼댔다.

　"이제 나가떨어졌냐? 난 아닌데."

　하늘의 손이 그에게로 떨어졌다. 그는 일어나 홍합 조가비 가운데 무릎을 꿇었다.

　"이제 나는 제정신으로 있을 거고 더는 그런 식으로 내 몸의 노예가 되지 않을 거야."

그는 죽은 물고기를 내려다보았다. 손가락으로 그 몸체를 한 말미잘의 아가리로 밀었다. 꽃잎들이 나타나 그러쥐려고 했다.

"따가운 느낌. 독이다. 말미잘들이 날 식중독에 걸리게 한 거야. 어쩌면 홍합들은 이러니저러니 해도 괜찮은지도 몰라."

그는 약간 강인해진 느낌이 들었고 더는 기어가야 할 만큼 그리 영웅적인 느낌도 들지 않았다. 그는 '전망대'로 천천히 돌아갔다.

"모든 것이 예상 가능해. 나는 익사하지 않을 줄 알았고 익사하지 않았지. 암석이 하나 있었으니까. 암석 위에서 살아남을 수 있을 줄 알았고 살아남았어. 내 몸속의 뱀도 무찔렀지. 앓아누울 줄 알았고 앓아눕기도 했어. 그러나 나는 이겨 내고 있어. 이제 삶이 새로이 시작된다는 확실한 직감이 있단 말이야, 이런 흠뻑지와 압박감에도 불구하고."

그는 '난쟁이' 곁에 앉아서 무릎을 끌어 올렸다. 그의 시야는 바로 바깥에 가 있었고 그는 세상 속에 거주하고 있었다.

"아무래도 배고픈 것 같아."

그래, 왜 배가 안 고프겠는가, 삶이 다시 시작되는 마당에?

"접시에 담긴 음식이여. 안락한 상태에서 먹는 기름진 음식이여. 가게, 정육점에 있는 음식, 헤엄치고 주먹처럼 닫히고는 바위틈 속으로 사라지는 게 아니라 가판대 위에 죽은 채 수북이 쌓여서 온갖 해산물이 된 음식이여……."

그는 바다를 살펴보았다. 조수가 흐르고 있었고 세 바위로부터 반드르르한 줄무늬들이 꼬리를 빼고 있었다.

"착시 현상이야."

왜냐하면 당연히 이 암석은 고정되어 있었으니까. 만일 암석이 조수 속에서 천천히 앞쪽으로 움직이는 것 같았다면 그것은 눈이 달리 기준점으로 삼을 것이 없었기 때문이었다. 그러나 수평선 너머에는 해안 하나가 있었고 그것이 물이 흘러가는 사이 변함없는 지점에 남아 주었다. 그는 음산하게 미소 지었다.

"썩 형편없는 속임수는 아니었어. 대부분은 걸려들었겠네."

다른 열차가 옆에서 칙칙폭폭 나아가면 뒤쪽으로 움직이는 듯 보이는 열차 같은 거지. 선 하나에 가로질린 빗금들 같은 거고.

"왜냐하면 당연히 이 암석은 가만히 있고 물이 움직이는 것이기 때문이지. 내가 풀이해 줄게. 조류는 이 지구를 휩쓸고 도는 거대한 하나의 파도거든…… 아니, 그렇다기보다는 이 지구가 조류 안쪽에서 돌고 있거든, 그러므로 나와 이 암석은……."

성급히 그는 발 사이의 암석을 내려다보았다.

"그러므로 이 암석은 가만히 있는 거지."

음식이여. 가판대 위에 쌓인, 제멋대로 헤엄치고 다니는 것이 아니라 산더미로 얹힌, 온갖 바다의 노획물들, 바닷가재로, 주먹처럼 닫히고는 바위틈 속으로 쏜살같이 되돌아가는 게 아니라…….

그는 발을 딛고 있었다. 세 바위 곁에서 해초가 수중에서 자라나던 자리를 내립떠보고 있었다. 그는 외쳤다.

"어느 누가 저렇게 바다에서 헤엄치는 바닷가재를 봤느냔 말이야? 시뻘건 바닷가재를?"

무언가가 앗아 가졌다. 한순간 그는 자신이 추락하고 있다고 느꼈다. 그러더니 암흑의 구렁텅이가 찾아왔고 그 속에는 아무도 없었다.

무언가가 표면으로 올라오고 있었다. 그것은 제 이름을 잊어버린 터였기에 제 정체를 확신하지 못했다. 그것은 조각들로 와해되어 있었다. 그것이 이런 조각들을 모으려고 고군분투한 것은 그래야만 저도 제가 무엇이었는지 알 터였기 때문이다. 그곳에는 리드미컬한 소음과 단절이 있었다. 조각들은 비칠비칠 한데 모였고 그는 암석 위에 옆으로 누워 있었으며 코 고는 소음이 그의 입에서 나오고 있었다. 굴길 저 아래에는 깊은 병환의 감각이 있었다. 과연 현재가 언제가 되었든지 간에, 현재와 두려움의 순간 사이에는 간격이 있었다. 이런 간격은 그에게 그 두려움을 초래한 게 무엇이었는지를 잊게 해 주었다. 간격의 암흑은 수면의 암흑보다도 깊었다. 그것이 그 어떤 살아 있는 암흑보다 깊었던 것은 시간이 멈추었거나 막바지에 다다랐기 때문이다. 그것은 비-존재의 구렁텅이, 세상에서 빠져나가도록 열린 우물이었으며 이제는 그저 존재한다는 수고만으로도 너무도 진이 빠진 나머지 그가 할 수 있는 거라고는 겨우 옆으로 누워서 살아남는 게 다였다.

이내 그는 생각했다.

"그때 나는 죽었다. 그것이 죽음이었어. 나는 겁먹어서 죽을 지경이었으니까. 이제야 나의 조각들이 한데 모였고 나는 막 되살아난 거지."

경관도 달라져 있었다. 세 바위는 더 가까워져 있었고 날카로운 것들 — 홍합 조가비일 것이라고, 그는 총명하게도 생각했다 — 이 그의 뺨을 베고 있었다.

"누가 나를 이 아래로 실어 날랐지?"

말들과 더불어 약간의 통증이 찾아와 그는 그 자취를 혀까지 좇아갔다. 혀끝은 붓고 아렸으며 입안에는 소금이 있었다. 본인 근처에 놓여 있는 텅 빈 바지 한 짝과 암석 위의 별난 자국들이 보였다. 이 자국들은 하얀색으로 나란히 나 있었다. 자국들 안쪽에는 혈흔과 물거품의 자취가 있었다.

그는 신체의 나머지 부분에 주의를 기울였다. 단단하고 막대기 같은 물체를 뒤로 비틀린 자신의 오른팔이라고 식별했다. 그러자 그는 관절의 통증으로 이끌려 갔다. 그는 천천히 한쪽으로 움직여 팔이 자유로워지게 한 다음에 끄트머리에 있는 손을 응시했다.

이제야 그는 자신이 팬티를 입고 있지 않은 걸 보았는데 팬티는 저기 오른손에 나와 있었기 때문이다. 팬티는 찢어진 데다 피가 묻어 있었다.

"내가 싸움을 하고 있었구나."

그는 누워서 상황을 우둔하게 고찰해 보았다.

"이 암석 위에 나 말고 다른 사람이 있는 거야. 그놈이 살금살금 나와서 날 후려친 거지."

얼굴이 뒤틀렸다.

"멍청이같이 굴지 마. 너는 완전히 외로이 있어. 넌 발작을 일으켰던 거라고."

그는 왼손을 찾아 더듬다가 고통에 끙 신음을 뱉으며 손을 찾아냈다. 손가락들이 물어뜯겨 있었다.

"내가 얼마나 오래 있었던 거지? 지금은 오늘인가, 어제인가?"

그는 양손과 무릎을 대고 몸을 끌어 올렸다.

"내가 자신을 되찾고 승리를 거두게 된 바로 그때 모종의 뭔가가 찾아온 거야. 어떤 두려움이. 상황에 의해 드러나는 어떤 패턴이 있었던 거지."

그런 다음에는 비-존재의 구렁텅이가.

"구렁텅이 이쪽은 저쪽과 달라. 조명 리허설을 마쳐서 저쪽에서 조명을 껐을 때와 똑같은 거야. 그러면 밝고 견고한 배경이 있던 자리에 이제는 그냥 색칠된 잡동사니만 표시등 아래에서 회색으로 있는 거지. 체스랑 똑같은 거야. 득의만만하게 공세를 밀어붙이고 있는데 아까 체크[142] 하나를 못 보고 지나갔던지라 이제 시합이 난장판이 된 거지. 그래서 옴짝달싹 못하게 된 거고."

선명한 암석과 바다, 유예된 것일지언정 희망, 용단. 그러더니만 업적을 이룩하는 그 순간에, 이해, 두려움이 마치 떨어지는 손처럼.

"그건 뭔가 내가 기억하고 있던 거였어. 다시 기억해 내지 않는 편이 낫겠다. 잊어버리는 걸 기억하자. 광기일까?"

---

142) 체스에서 킹을 공격하는 수.

광기보다도 나쁜 것. 제정신이다.

그는 양손과 무릎을 대고 몸을 끌어 올렸고, 그가 발병했던 곳까지 흩어진 의복과 암석 위의 자국들을 통하여 발작의 자취를 되짚어 좇아가려고 용을 썼다. '난쟁이' 옆에서 멈춰서 내려다본 암석에는 그 위에다 긁힌 패턴이, 이제는 악문 잇자국에 엇걸린 패턴이 있었다.

"그건 예상대로였어. 모든 것이 예상대로지. 세상은 통상적으로 굴러가기 마련이야. 그걸 기억해야지."

그는 암석이 바닷속에서 뒤쪽으로 남겨 두고 있었던 줄무늬들을 생각에 잠겨 내려다보았다.

"바다를 쳐다보면 안 되겠다. 아니 쳐다봐야만 하나? 제정신인 게 낫나, 아니면 미친 게 낫나? 제정신인 게 낫지. 내가 보았다고 생각한 것을 나는 보지 않은 거야. 내가 잘못 기억한 거야."

그러던 그는 중요한 발상을 품게 되었다. 그 발상으로써 그는 단번에 대강 하는 식으로가 아니라 한 땀 한 땀 암석을 탐색하게 되었다. 틈새와 융기와 거친 곳들을 영겁에 걸쳐 뒤져보고 나서야 그는 나뭇조각이라도 만져 보겠다고 뒤지는 건 바보짓이었음을 기억해 냈는데 그곳에는 나무의 씨알도 없었기 때문이다.

팬티는 여전히 손에서 끌리고 있었고 그는 그걸 입으면 되겠다는 급작스러운 생각이 들었다. 이렇게 하고 나자 머릿속에서 고통을 제외하고는 모든 안개가 걷혔다. 그는 한 손을 고통을 향해 올렸고 이에 머리카락 아래에 혹 하나가 있으며 그

머리카락도 피로 떡이 져 있는 걸 발견했다. 그는 다리를 살펴보았다. 하얀 반점들은 작아져 이제 중요치 않았다. 그는 하나의 습관을 기억해 내고서 물구멍 속으로 용케 기어 들어갔다. 그 안에 있으면서 저쪽 끄트머리 너머의 구멍에서 불현듯 한 밝은 빛을 눈치챘고 이에 어떤 깊숙한 합리성의 중추가 그를 '전망대'로 다시 몰아갔다. 그리하여 그는 그 빛과 그다음으로 찾아왔던 그 소음이 무엇의 전조였는지를 알았다.

태양은 여전히 빛나고 있었지만 수평선 한쪽 너머에는 변화가 있었다. 그가 이 변화를 쳐다보고자 무릎을 꿇으니 이는 다시금 수직으로 찔러 내리는 빛으로 갈라졌다. 이 빛이 각 눈에 징표를 하나씩 남기는 바람에 본다는 것이 갈가리 나뉜 상태가 되고야 말았다. 그는 빛이 남긴 초록색 줄무늬를 우회하여 들여다보고서 암흑이 해수면에 뚜렷한 선 하나를 만든 걸 보았다. 그것은 점점 가까이 오고 있었다. 즉각 그는 자신의 몸속에 있었고 자신이 어디 있었는지를 알았다.

"비다!"

당연하지.

"내가 비가 생길 거라고 했잖아!"

비가 생겨라 하자 비가 생겨났다.[143]

그는 '하이 스트리트'로 허우적대며 내려가서 방수모를 갖다가 클라우디아의 끄트머리 아래쪽의 드러누워도 될 만한

---

143) 구약 성서 중 「창세기」 1장 3절에 등장하는 "'빛이 생겨라!' 하시자 빛이 생겨났다."를 변형한 표현이다.

곳 안쪽에다 마련해 두었다. 입고 있던 모종의 옷가지들을 잡아 빼서 그것들을 바위틈 안쪽에 쑤셔 넣었다. 그는 밝은 빛들과 소음을 인식하고 있었다. 어느 도랑 안쪽에다 방수복을 넣은 다음 몸체를 쑥 꺼뜨려 대야로 만들었다. 그가 거의 곧 추선 자세로 '전망대'로 가서 쏴 하는 빗소리를 들을 동안 비의 장막의 날은 '안전 바위' 위로 떨어졌다. 비의 장막은 그의 얼굴에 부딪혔고 '난쟁이'에서, 또 전망대의 지면에서 30센티미터 높이는 되게끔 펄쩍펄쩍 뛰어올랐다. 삽시간에 그의 머리부터 발끝까지 물이 번들거리며 줄줄 흘렀다.

비의 장막으로부터 무자비한 섬광탄이 있었고 그러자 그는 바위틈으로 비틀거리며 내려가서 고개 먼저 파고들고 있는 동안 천둥은 머리 위를 밟아 뭉갰다. 바위틈의 깊숙한 구석에서조차 그는 귀까지 얼얼하게 했던 서슬 푸른 빛을 보았으며, 그런 다음에는 높은 이명음을 제외한 모든 소음의 휴지가 있었다. 이 이명은 머리와 너무도 밀접했던지라 천둥을 대신하기까지 했다. 그의 양발은 태형을 당하고 있었다. 입은 이런저런 말을 했지만 그에게는 들리지 않았으므로 그것들이 무슨 말이었는지 알지 못했다. 그곳에는 바위틈 속에서 그의 얼굴 아래로 흐르며, 바위에서 뚝뚝 떨어지는 물, 그의 둔부를 돌아 흐르는 물, 물이 있었다. 그는 몸을 다시 바위틈에서 빼냈고 폭포수 아래에 있게 되었다. 어느 도랑에 비틀거리며 들어갔고 방수모가 가득 차서 넘쳐흐르는 것을 발견했다. 클라우디아의 끄트머리에서 흐르는 수돗물이 한군데 있었고 그는 묵직한 방수모를 집어 들어서 자기 입에 물을 부었다. 방수모를 다시 놔두고 방수복 쪽으로 갔다. 그를 위해 욕탕이 마련되어 있었지만 비가 그의 위로 샤워기처럼 씻어 내리고 있었다. 그는 방수모로 돌아가서 그것이 차오르는 모습을 지켜보다가 물구멍으로 가져갔다. 이제는 암석 아래에서 흘러내리는 찰박거림과 꼴꼴거림이 들렸다, 물이 흘러내리면서 짐작도 하지 못했던 틈들 속으로 스며들면서 구멍 속으로 무수히 꼴깍대며 떨어지던 게. 벌써부터 붉은 점토의 구간이 좁아져 있었다.

"내가 비가 올 거라고 했더니 비가 왔어."

그는 스산한 동굴 속에서 덜덜 떨며 기다렸고, 예측이 실현됨과 더불어 찾아와야 마땅했던 만족감을 기다렸다. 그러나 만족감은 찾아와 주지 않았다.

그는 그곳에 쭈그리고 앉아서 더는 물소리를 듣지 않은 채 자신의 그림자를 내립떠보았다.

"이번 시합에서 내가 무슨 말을 잃었지? 내가 발작을 일으켰고, 잘하고 있었는데 그러다가는……." 그러다가는 어둠의 구렁텅이가, 한층 밝았던 그때를 이때로부터 갈라놓았는데. 구렁텅이의 건너편에는 발생했던 무언가가 있었다. 기억되지 말아야 할 무언가였건만, 고의적으로 잊어버리면 무슨 수로 통제했겠는가? 그것은 드러나고 있던 어떤 패턴에 관한 무언가였다.

"해롭다."

그는 자신의 입이 내뱉은 이 단어를 고찰해 보았다. 이 단어는 함의들이 연루되어 있지 않은 한 무해하게 들렸다. 연루되는 상황을 피하기 위하여 그는 고의적으로 사고 과정을 왜

곡해서 자신이 시키는 대로 입이 행하도록 했다.

"어떻게 암석이 해로울 수가 있겠어?"

그는 한층 가볍게 떨어지고 있는 빗속으로 재빨리 기어 나갔다. 폭풍은 세 바위 너머로 종종걸음을 쳐 간 터로 물의 동작을 굼뜨게 해 두었다. 먹구름들이 모든 것을 굼뜨게 해 두었다. 먹구름들이 남겨 둔 회색의 이슬비 내리는 바다 위쪽으로는 공기가 움직여, 감지되는 바람결로 암석을 밀어 댔다.

"저건 사이클론 끄트머리에 있는 부수적인 뇌우였어. 사이클론들은 북반구에서 반시계 방향으로 회전하지. 바람은 남풍이고. 그러므로 우리는 동쪽으로 움직여 가는 사이클론의 동쪽 끄트머리에 있는 거야. 내가 날씨를 예지할 수가 있으니까 그에 대한 대비책을 강구해 둘 수 있지. 이제는 물이 너무 적어서가 아니라 너무 많아서 감당하는 게 문제일 거야."

그는 자기 입에 관심을 반만 주었다. 입은 일장 연설을 늘어놓으면서 저 자신 외에는 무엇도 안심시키지 못했다. 그러나 구체의 중심부는 움직이며 이해라는 고립된 노두(露頭)들로부터 움츠러들고 있었다. 그것이 이쪽 노두에서 관심을 피해 봤자 다른 노두를 발견할 따름이었다. 그것은 따로 떨어진 노두 각각을 말소하려고 시도하던 중 그것들이 무시될 수 없다는 점을 발견했다.

"정신 이상이라는 문제 일체는 워낙 복잡해서 만족스러운 정의 하나, 기준 하나 수립된 적이 없었어."

중심부로부터 동떨어져서 입은 계속해서 꽥꽥댔다.

"예를 들어, 기분파라든지 쉽게 격해지는 성격이라고 우리가 여기는 사람과, 진정 정신병적으로 조울증을 앓는 사람의 경계선은 어디에 그어야 하는 걸까?"

한쪽 눈을 두려움의 폭풍이 되돌아올 것을 대비하여 치켜올려 두고서, 중심부는 사람이 경험하는 것은 기껏해야 일련의 예고편인 판에 자는 것과 깨어 있는 것을 구분 짓기란 얼마나 어려운가를 생각 중이었다.

"되풀이되는 꿈, 노이로제일까? 근데 아무렴 아기 침대에 있는 보통의 아이라도 노이로제 환자의 증상을 전부 겪지 않나?"

사람이 한 걸음 한 걸음씩 — 어둠의 구렁텅이와 입술 위의 두려움을 무시하고서 — 암석에서부터 되돌아 해군, 연극계, 집필 활동, 대학, 학창 시절을 거쳐서 고요한 처마 아래의 침대로 되돌아갔다면, 지하실로 내려가게 되었다. 그리고 그 길은 지하실에서 암석으로까지 다시금 이어졌다.

"해답은 지성에 있어. 바로 지성이 정신적으로든 신체적으로든 제 행동 패턴에 사로잡혀 버린 무력한 동물들로부터 우리를 구분 지어 주는 것이야."

그러나 컴컴한 중심부는 삭막한 공원 속에서 다른 기념상을 대체했던 어떤 기념상과 같은 하나의 생각을 살펴보고 있었다.

조분석은 물에 녹지 않는다.

조분석이 물에 녹지 않는다면, 그러면 저 위쪽 도랑 속의 물은 접촉할 경우 불타오르는 바늘이 한쪽 눈초리를 들볶게 되던 점액질의 물기일 리 없었다.

그의 혀가 더듬어 이빨의 울타리를 따라갔고…… 커다란

치아들과 예의 치간이 있던 옆쪽까지도 돌아갔다. 그는 양손을 갖다 모아 숨을 죽였다. 바다를 응시했지만 아무것도 보이지 않았다. 그의 혀는 기억해 내고 있었다. 그것은 치아 사이의 치간을 파고들어 옛적의 시큰한 형체를 재현했다. 그것은 절벽의 거친 끄트머리를 건드렸고, 비탈을 따라 시큰한 도랑 너머 도랑으로 내려가, 잇몸 바로 위쪽으로 '레드 라이언'이 있던 매끈한 표면 쪽으로 내려갔고…… 망망대해 한복판에서 외따로이 썩어 가는 암석과 관련하여 무엇이 그렇게 뇌리에서 떠나지 않을 정도로 친숙하고 고통스러웠던지를 깨달았다.

12장

이제는 정상 상태를 지켜 내는 것 말고는 할 것이 없었다. 그곳에는 마치 줄로써 휘두르듯 외부의 신체를 휘두르는 중심부가 있었다. 그는 몸을 '전망대'에서 바위틈으로 내려가게 했다. 축축한 옷가지를 찾아서 주워 입으려니까 이쪽저쪽 늘어진 의복과 방수 장화용 스타킹이 폐물 더미처럼 보였다. 몸뚱이와 의복은 잠수복만큼이나 볼썽사나웠다. 그는 '식량 절벽'으로 가서 홍합을 채집했고 입이 그것들을 받아들이게 했다. 그는 바깥쪽으로 바라보는 게 아니라 물이 암석과 나란히 덩실댔던 아래쪽으로 바라보았다. 바다가 헝클어졌고 각자 등에 더 작은 잔물결들을 업고 다니는 잔물결들이 있었던지라 수심이 모호해졌으며 물은 침침하고 스산해졌다. 아래턱이 실룩이는 동안 바닷가재 두 마리가 암석 위로 본인 곁에 놓인 채로 그는 가만히 앉아 있었다. 식사는 따끔따끔한 비, 휘젓는 바람과 수면을 가로질러 획획 내달리던 골들 속에서 이어졌다. 그는 한쪽 바닷가재로 식량을 한입씩 집어서 얼굴로 가져왔다. 바닷가재들은 하늘의 어마어마한 압박감으로부터 저들을 보호해 줄 철갑을 두르고 있었다.

한 입씩 무는 사이사이에 그의 목소리는 꽥꽥대며 이성과 진실을 향해서 방향을 틀어 들어오다가는 스케이트를 타듯 멀어졌다.

"나는 철갑이 없고 그래서 얄팍하게 짓눌리고 있는 거야. 그러는 탓에 내 옆얼굴도 망가뜨려졌지. 내 입은 이렇게나 멀리까지 튀어나와 있는 데다 코는 두 개 있잖아."

그러나 중심부는 다른 것들을 생각했다.

"바람을 둘러볼 때는 주의해야 해. 또다시 죽고 싶지는 않으니까."

한편 그곳에는 홍합이 많았고 사람은 입이 행하게 만들어 다른 가능성들을 말소해 버릴 수가 있었다.

"나는 언제나 두 가지, 정신과 신체였어. 아무것도 변하지 않았어. 다만 이전에는 그것을 이토록 명확하게 깨닫지 못했던 거지."

중심부는 다음 움직임을 생각했다. 이 세상은 박아 넣은 대갈못들로 부지될 수 있었다. 살결은 아프리카에서처럼 개미의 갈고리발톱들로 꿰매질 수 있었다.[144] 의지는 항거할 수

---

144) 아프리카의 몇몇 마을에서는 턱이 강인하고 마치 갈고리발톱처럼 생

있었다.

그러다 보니 손 닿는 곳에 더는 홍합이 없었다. 그는 바닷가재더러 먹는 시늉을 하게 만들었지만 입안의 감각은 같지가 않았다.

"해야만 해."

그는 몸을 틀어 네발로 짚었다. 숨을 죽이고 올려다보니 지하실 구석에서 나온 그 아줌마가 하늘 윤곽선 위에 서 있었다.

"그녀가 '난쟁이'야. 내가 그녀한테 은빛 머리를 주었지."

바람과 더불어 비의 감촉이 그의 얼굴에 대고 밀어 댔다. 그 아줌마는 둔탁해진 은빛 얼굴로 고개를 끄덕였다.

"내가 요전의 얼굴에 은빛 가면을 씌워 두길 망정이지. 그녀가 '난쟁이'야. 저건 다음 움직임이 아니야."

그는 '전망대' 쪽으로 다시 길을 헤쳐 나갔고 몸을 '난쟁이' 근처로 운반해서 무릎을 꿇고 앉게 했다. 그의 위쪽에서 '난쟁이'는 둔탁해진 은빛 얼굴을 하고 서서히 끄덕였다.

가장 위쪽 도랑에는 무언가 다른 것이 있었다. 즉시 그는 뒤로 움츠러들어 경계하며 쳐다보았다. 암석 낱장들로 된 뭉텅이 하나가 도랑 옆쪽으로부터 떨어져 나온 탓에 밑바닥의 백색 물질이 부서져서 흩어져 있었다. 그는 앞으로 살금살금 기어가서 그 뭉텅이를 살펴보았다. 한쪽 모서리에서 낱장들은

긴 특정 개미에게 열상을 물게 유도한 다음, 그대로 몸통을 떼어 냄으로써 상처를 집게발처럼 물고 있는 머리로 상처를 봉합한다고 전해진다.

태곳적의 것처럼 닳아 있었지만 다른 세 모서리에서는 새똥만큼이나 하얗고 갓 부러진 상태였다. 그 뭉텅이는 위아래로 1미터 정도에 두께가 6인치는 되었다. 크기가 상당한 책이었고 하얀 표지에는 기이한 판화가 있었다. 한동안 그의 눈이 판화를 기꺼워했던 건 그것이 어떤 패턴을 형성했지 문자가 아니었기 때문이다, 문자를 봤다면 그가 즉각 죽게 되었을 테니 말이다. 그의 한쪽 눈이 움푹 패고 후벼 파인 선들을 따라가고 또 따라가는 사이 그의 입은 홍합을 다 먹은 터였다. 책의 모서리 주변에는 제가 떨어져 나와 우묵하게 된 곳이 있었다.

우묵하게 된 곳에도 판화가 있었다. 그것은 마치 암석 낱장들이 비바람에 풍화된 오래된 모서리로부터 나무 한 그루가 거꾸로 뒤집힌 채 아래로 자라나는 모양과 같았다. 나무 몸통은 모서리에서 박편이 벗겨지는 깊고 수직적인 홈이었다. 더 아래로 내려가면 나무 몸통은 세 개의 가지로 갈라졌고 다시 이것들이 혼재된 잔가지들로 갈라졌던 것이 마치 책벌레가 가지를 치며 파먹은 모양만 같았다. 나무 몸통과 가지들과 잔가지들은 끔찍한 흑색이었다. 잔가지들을 두른 것은 회색과 은색의 얼룩으로 된 사과꽃 한 송이였다. 그가 지켜보는 사이 물방울들은 그 얼룩을 흐리게 만들었고 마치 무미의 과실처럼 가지들 가운데 놓여 있었다.

그의 입이 꽥꽥댔다.

"번개!"

그러나 컴컴한 중심부는 오그라졌고 두려웠고 알고 있었다. 이 안다는 것이 너무도 두려웠던지라 중심부는 고의적으로 입을 작동하게 했다.

"검은 번개다."

아직 믿을 수 있는 배역이 하나 있었다…… 검은 번개의 조짐을 알지 못하도록 보호된 '베들레헴 정신 병원의 광인', '거지 톰'[145]이 있었다.

그는 끄덕이는 은빛 머리를 하고 있던 그 아줌마를 붙잡았다.

"나 좀 도와줘요, 자기야, 자기 도움이 있어야만 해!"

입이 점령했다.

"자기가 그놈을 계속 저러고 있게 놔두면, 그놈이 이 염병할 암석을 다 때려 부술 거고 그럼 우리는 헤엄치는 채로 남겨질 거란 말이야."

헤엄치는 채라니 무엇에서 말인가?

입은 광란적으로 변했다.

"'전망 절벽' 둘러 근처에 그 바위가 있었단 말이야, 자기야, 그게 움직였어, 물이 움직였다고. 내가 자기가 아니면 누구한테 이런 부탁을 하겠어, 이 암석이 고정되어 있고 저놈이 암석을 가만히 놔두기만 한다면 영원히 버틸 거니까 이러는 거야. 어찌 됐든 자기는 그놈 아내잖아요."

---

145) 17세기 초 미치광이 노숙자의 목소리로 서술된 익명의 시, 「베들레헴 정신 병원의 톰」 속 등장인물. 「리어 왕」 중 에드거라는 등장인물에 의해 광기를 가장한 비렁뱅이 역할로도 도입되었다. 영국 런던에 1247년에 설립된 유서 깊은 베들레헴 정신 병원은 정신 병원의 대명사처럼 사용되고 있다.

침대에서 나와 신발도 신지 않고 양탄자를 디디며. 가고 싶어서가 아니라 가야만 해서 살금살금 어두운 방을 기어 나가는데. 문을 통과하는데. 층계참은 거대하고 대형 괘종시계가. 내 뒤쪽에는 안전지대란 없이. 모퉁이를 돌아 이제는 계단으로. 내려가는데, 살며시. 내려가는데, 살며시. 현관이지만 커져 있고. 암흑은 모든 구석구석에 들어앉아 있고. 저 높은 곳의 난간들은 내 손으로 가까스로 가 닿을 수가 있는데. 이제는 미끄럼틀처럼 타고 내려가는 용도가 아니고. 달라진 난간들, 모든 것이 달라지고, 어떤 패턴이 드러나고, 내가 등진 그것을 만나러 떠밀려 내려가고. 똑딱, 똑딱, 그림자들은 짓눌러 오고. 부엌문을 지나쳐. 지하 납골당의 빗장을 젖혀 내는데. 암흑의 우물. 내려가는데, 살며시, 내려가는데. 관의 끄트머리들이 벽에 받혀서 뭉개져 있고. 교회 묘지 아래에서 주(主)를 만나러 다시 죽음의 문을 통과하며. 내려가는데, 살며시, 내려가는데. 검은 덩어리들이 쌓여 있고, 냄새는 축축하고. 관들로부터 떨어져 나온 부스러기들.

"사람이 바다에서 헤엄치는 붉은 바닷가재를 본다면 미친 게 틀림없어. 게다가 조분석은 물에 녹지 않아. 미치광이는 갈매기들을 날아다니는 도마뱀들로 볼 거고, 하나의 책에서 나온 두 가지를 연관 지을 거고 거기다 뇌가 회까닥 돌면 그 책을 읽은 지가 얼마나 오래되어 잊고 있었든 간에 책이 그에게 다시 떠오를 거야, 그렇지 않겠어, 자기야? 그럴 거라고 말해! 그럴 거라고 말해!"

은빛 얼굴은 서서히 끄덕여 댔고 빗물이 후두두 떨어졌다.

관들로부터 떨어져 나온 불쏘시개, 석탄 가루는, 검은 번개만큼이나 검고. 단두대 받침과 더불어 그 곁의 도끼는, 장작 때문이 아니라 사형 집행으로 닳았고.

"바다표범들은 해롭지 않고 미치광이는 제대로 자지 않을 거야. 미치광이는 암석이 너무 딱딱하고, 너무 실제적이었다고 느낄 거고, 특히나 상상력이 지나칠 만큼 너무도 풍부했다면 어떤 현실을 겹쳐 볼 거야. 그는 그 판화를 만물의 모든 본질로 들어가는 균열로 능히 볼 수가 있을 거야, 그렇지 않겠어?"

그러고는 암흑 속에서 양발에 족쇄가 채워진 채, 한쪽 발을 들어 올리려고 하다가 접착제를 발견하고, 본능적으로 소리를 지르고 탈출을 시도하는 것밖에는 할 것이 없었으므로 현재 요구되던 기운이 있어야 할 자리에서 나약함을 발견하고. 구석의 암흑은 갑절로 어둡고, 뭔가 닥쳐오고, 양발은 묶여 있고, 가까이, 미지의 닥쳐오는 양상이, 벌어지는 암흑이, 모든 상상 가능한 두려움의 심부와 실재가. 패턴은 시간의 시작으로부터 반복되고, 접근해 오는 미지의 것에, 컴컴한 중심부는 자신을 지어낸 그것을 등지고서 탈출하려고 고군분투했고.

"그렇지 않겠어? 그럴 거라고 말해!"

그의 왼팔께에서 소음이 있었고 물이 '전망대'를 가로질러 흩뿌려졌다. 그는 외면적인 얼굴을 바람 쪽으로 돌게 만들었고 공기가 양 뺨을 밀어 댔다. '난쟁이' 위의 물은 이제 비가 아니라 물보라였다. 그는 절벽 끄트머리로 살금살금 기어가서 그 깔때기를 내려다보았다. 물은 '안전 바위' 주변에서 하얬고 그가 바라보는 동안 깔때기 안쪽의 둔탁한 소리에 물보라의 분수가 뒤를 이었다.

"이 날씨는 이전에도 조사된 바 있었지만 보다 낮은 표고 (標高)에서 조사된 거였어. 그가 저곳을 기어올랐고 삿갓조개들이 버텨 주었지."

바닷속에는 더해만 가는 리듬이 있었다. '안전 바위'는 파도들의 발을 걸고 파도들을 깔때기 아래의 바위틈으로 발사했다. 열 번 중 아홉 번은 이 파도들이 돌아오는 반사파를 만나 물보라의 선을 솟구쳐 올리곤 하던 모습이 마치 타오르는 도화선, 수면 위를 휘리릭 가르는 급속 연소 도화선 같았다. 그러나 아홉 번째 파도가 매우 작은 것이었기에 열 번째에 파도는 트인 길을 찾기 마련이었다. 그리하여 열 번째 파도가 굴러 들어오기 마련이었고, 바위틈이 물을 쥐어짜는 통에 물은 속도를 붙여 사각 후면을 강타하게 되기 마련이었으니 — 빵! 하고는 물보라로 된 깃털이 깔때기 안에서 나풀거리기 마련이었다. 만일 열 번째 파도가 컸다면 그 깃털은 분수가 되기 마련이었고 바람은 꼭대기에서 한 움큼을 붙잡아서 '난쟁이' 건너로 새총처럼 던진 끝에 '하이 스트리트'로 흩뿌려져 내려가도록 하기 마련이었다.

파도들을 지켜본다는 건 홍합을 먹는 것과 같았다. 바다는 먹는 것보다도 길게 연장될 수 있었던 관심의 초점이었다. 중심부는 집중했고 입일랑 제멋대로 놔두었다.

"물론 폭풍은 분명 조금 이따가 올 거야. 그건 예상대로였어. 그리고 통상적으로 흘러가면서 마지막 한 방울까지도 대자연의 법칙을 따르는 그 온통 혼재된 물을 누가 고안해 낼 수 있겠어? 그리고 당연히 인간의 뇌는 필시 마침내 회까닥 돌 테고 은하계는 뒤엉킬 테지. 그러나 뒤엉킴 너머에는 여전히 실재와 더불어 망망대해 한복판의 한 암석에 매달려 있는 가엾은 미친 생명체가 있을 거야."

광기 속에는 제정신인 중심부가 없다. 여기 들어앉아 있으면서 필시 찾아올 그때를 물리치고 있는 이 '나' 같은 게 없다. 패턴의 마지막 반복을. 그런 다음의 검은 번개를.

중심부는 외쳤다.

"나 너무 외로워! 젠장할! 나 너무 외롭다고!"

칠흑. 친숙한 느낌, 묵직함이 심장 주위에, 저수지는 지금도 그리고 너무도 오래도록 눈물을 흘리는 것이 낯선 존재들이었던 눈을 금방이라도 범람시킬지도 몰랐고. 칠흑, 마치 중심부가 제 몸더러 뚫고 걸어가게 만들었던 그 겨울밤처럼 — 젊은 몸더러. 창문은 오로지 가로등 기둥들 꼭대기에서 밝혀진 전등들의 원근으로써만 다양해졌다. 중심부는 생각하고 있었다…… 나는 외로워, 너무 외로워! 저수지가 넘쳐흐르며 빅 톰[146] 아래에서 카팩스[147]까지 길을 따라 쭉 이어지던 전등들이 깨지면서 무지갯빛 날개들을 내놓았다. 중심부는 목구멍의 꿀떡임을 느꼈고, 시력을 쭉 앞으로 보내어 그다음, 또 그다음 불빛에 절박하게 매달리게 했다…… 이목을 내부의 흑색으로부터 돌려서 붙들어 매어 주기만 한다면 뭐든지.

---

146) '톰 타워', '그레이트 톰'이라고도 불리는 영국 옥스퍼드의 종탑.
147) 영국 옥스퍼드의 교차로 이름.

내가 저지른 짓 때문에 나는 외부인이 되어 외로이 있는 거야.

중심부는 골목을 통하여 다른 길, 사각형 안뜰을 가로질러 나아가는 여정을 인내했고 맨 목재 계단을 올라갔다. 그것은 불가에 앉았고 옥스퍼드의 모든 종이 넘쳐흐르던 저수지를 위해 울렸으며 바다가 방 안에서 포효했다.

중심부는 제 얼굴로부터 사내답지 못한 점을 비틀어 떼어 냈지만 이 다스릴 수 없는 물은 양 뺨을 타고 흐르고 뚝뚝 떨어졌다.

"나 너무 외로워. 나 너무 외로워!"

천천히, 물은 말랐다. 마치 망망대해 한복판의 한 암석 위에서 시간이 경과하듯이 시간이 쭉 늘어났다.

중심부는 하나의 생각을 성문화했다.

이제 희망은 없다. 아무것도 없다. 저들이 나한테 눈길을 주기라도, 아니 말해 주기라도 한다면…… 내가 무언가의 일부라도 될 수만 있다면…….

시간은 무심하게도 계속해서 늘어났다.

2층 아래에서 계단을 딛는 발걸음 소리가 있었다. 중심부는 그 발걸음이 어느 방을 방문할지 듣는다고 기대 없이 기다리고 있었다. 그러나 발걸음은 다가왔고, 발걸음은 올라왔고, 거의 심박 소리만큼이나 소리가 커졌기에 발걸음이 문밖에서 멈추자 그는 일어서고 있었으며 그의 양손은 가슴께에 있었다. 문이 몇 인치만큼 열렸고 부스스한 검은 곱슬머리가 맨 위쪽께에서 쑥 디밀어 돌아 나왔다.

"너 새니얼!"

너새니얼은 고개를 까닥이고 함박웃음을 지으며 방 안으로 들어와 창문을 내려다보며 섰다.

"잘하면 잠깐 보겠다 싶어서. 내가 주말을 맞아서 돌아왔거든." 그러다 뒤늦게 떠오른 듯이, "나 들어가도 돼?"

"이런 깜찍한 친구를 봤나!"

너새니얼은 본인의 외투를 가지고 꼼지락대더니 엄숙하게 휘둘러 응시했는데 마치 외투를 어디에 둘 것인가라는 문제가 중대한 난제라는 듯했다.

"자. 외투는 내가 받아 줄게…… 앉아…… 내가 진짜…… 이런 깜찍한 친구야!"

너새니얼도 씩 웃고 있었다.

"보게 돼서 좋다, 크리스토퍼."

"근데 너 좀 있다가 가도 돼? 급하게 떠나야 하는 건 아니고?"

"나야 올라온 이유가 강연을 하러 저……."

"그래도 오늘 밤 하는 건 아닐 거 아냐?"

"어. 오늘 밤은 있다가 가도 돼."

중심부는 맞은편에, 제 창문에서 딱 바깥쪽에, 딱 바깥의 세상 속에 앉았다.

"우리 얘기해야지. 얘기하자, 냇."

"선풍 같은 사교 생활은 좀 어때?"

"런던은 좀 어때?"

"천국에 관한 강연을 그닥 좋아하지들 않더라고."

"천국?"

이에 몸이 웃고 있던 소리가 커지고 커지더니 물이 다시금 흐르고 있었다. 냇은 씩 웃으면서 얼굴까지 붉히고 있었다.

"나도 알아. 그래도 그렇게까지 비웃을 건 없잖아."

그는 물을 문질러 내고는 딸꾹질을 했다.

"웬 천국?"

"사후에 우리 자신을 위해 스스로 고안해 낸 그런 천국 말이야, 우리가 진짜 천국에 대해 준비되어 있지 않을 경우에."

"넌 하여간…… 참 특이한 생명체야!"

너새니얼은 진지해졌다. 그는 위쪽을 응시하고서 검지를 올려 친장 너머의 참고 문헌을 찾아보았다.

"우리를 현재 있는 그대로 상정하면 천국은 완전한 무(無)일 거야. 모양을 갖추지 않고 아무것도 생기지 않은. 알겠어? 우리가 생명체라고 부르는 모든 것을 파괴하는 일종의 검은 번개일 거라고……."

웃음이 되돌아왔다.

"난 모르겠고 별로 상관도 없다만 그래도 네 강연에는 갈게. 야, 냇 이 자식아, 내가 널 보게 돼서 얼마나 반가운지 넌 감도 못 잡을 거다!"

타오르는 도화선이 너새니얼의 얼굴 속을 휘리릭 갈랐고 그는 가고 없었다. 중심부는 깔때기 안쪽을 내려다보는 채 남았다. 그의 입은 경악감과 두려움으로 헤벌어져 있었다.

"그래, 내가 그놈을 그만큼이나 좋아했구나!"

칠흑 가운데, 구름의 빛 속에서 희미하게만 번득이던 매끈한 철제 사다리로 길을 더듬어 나아가고. 마치 한밤중의 지하실로 내려가는 것에 저항하려고 시도하는 아이처럼 중심부는 저항하려고 시도했으나 다리가 중심부를 실어 날랐다. 위로 또 위로, 상갑판 중앙부에서부터 선수루 층까지, B 대포를 지나 위로. 내가 그를 만나게 되려나? 오늘 밤 그가 거기 서 있을까?

그리고 그곳에서, 먹물 속 구름을 배경으로 소묘된 것은, 사지와 몸짓에 있어서 임의적인 것은, 짚가리 옆쪽의 오래된 바인더[148] 같은 것은 너새니얼로, 한밤중의 경례를 하며 기우뚱거리며 부여잡고 있었다. 안녕, 냇, 이란 말이 그의 목구멍에서 차올랐고 그는 그 말을 삼켰다. 안 보이는 체하는 거야. 최대한 덜 엮이는 거야. 저놈을 선체에서 날려 보내고 나를 위해 길을 터 줄 도화선을 함교에서 점화하는 거다. 우리는 모두 첫 번째 코스를 지나 있고, 우리는 물고기를 먹어 치운 터이니.

그리고 잘되지 않을지도 모른다. 그는 굳이 함미 방향으로 가서 그놈의 영체들에 기도하지 않을지도 모른다. 잘 가라, 냇, 난 너를 사랑했고 많이 사랑하는 건 내 본성에는 없는 일이야. 그래도 최후의 두 마리 중 한 마리 구더기가 뭘 할 수 있겠어? 제 정체성을 잃어버릴까?

너새니얼은 어둠 속에서 기우뚱거리며 독수리처럼 대자로 뻗은 채 서서 상대가 자신을 보지 못했다는 것을 순순히 이해

---

148) 곡물을 베어서 단으로 묶는 기계를 말한다. 1930년대 콤바인의 등장으로 집필 당시에 바인더는 점점 사용되지 않는 추세였다.

했다. 대신에 그는 장교가 다가오자 비켜선 다음 사다리를 타고 더듬더듬 내려갔다.

모든 것이, 시간, 공간, 사랑하는 이가 준비되었고.

"이번만큼은 일찍 와 주셨군요, 하느님 감사합니다. 침로는 045도, 속도는 28노트입니다. 시야에는 아무것도 없고 우리 배는 앞으로 한 시간 더 밀고 나간답니다."

"신규 사항은 없습니까?"

"기존과 똑같습니다. 우리 배는 호송 선단의 북쪽으로 30해리 떨어져서 홀로 있고, 한 시간 내에 신호를 보낼 예정입니다. 그건 함장님이 일어나서 하신답니다. 그게 답니다. 지그재그 항행 안 하고요. 식은 죽 먹기죠. 아…… 달이 십 분 안에 뜰 거니까 만일 U보트라도 발에 차이면 우리 배가 상당한 표적이 될 겁니다. 그 점은 전달해 주십시오. 좋은 밤 보내십시오."

"좋은 꿈 꾸십시오."

그는 내려가는 발소리를 들었다. 그는 함교의 우현 측으로 건너가서 함미 방향을 바라보았다. 그곳에는 기관 소음이, 연돌의 윤곽이 있었다. 항적은 함미 방향으로 둔탁한 흰색으로 퍼져 나갔고 횡파(橫波)가 선체 중앙부로부터 펼쳐졌다. 함미 갑판의 우현 측은 윤곽으로나마 간신히 알아볼 수 있었지만 표층은 그에 반해 어두웠던 데다 투하 장치, 폭뢰, 큰 노와 올려진 대포류가 전부 혼재되어 그것들 가운데 난간에 기대어 있는 사람 형상이 있었는지 어땠는지 보기가 매우 어렵게 되었다. 그는 내립떠보았고, 저 앞다리를 얼굴로 들어 올린 사마귀 형상을 자신이 본 게 맞는지, 마음속에서 지어낸 건지 의

문했다.

저기 기대어 있는 저건 너새니얼이 아니다, 저건 메리다.

나는 해야만 해. 해야만 한다고. 이해가 안 되냐, 이 염병할
년아?

"전령!"

"예."

"코코아 한 잔 타 오지."

"예, 알겠습니다!"

"그리고 전령…… 아니다."

사다리를 내려가는 양발. 암흑과 속도가 붙은 바람. 마치
공습을 당한 도시에서 타오르는 아득한 불길처럼 우현 쪽 너
머에서의 미광. 월출.

"좌현 견시병!"

"예?"

"잠깐 조타실로 내려가서 야간 투시경 다른 쌍 좀 가져다
주지. 이것들은 아무래도 분해 검사가 필요할 것 같은데. 해도
대 위쪽 선반 안에 있을 거야."

"예, 알겠습니다!"

"다녀올 동안 자네 담당 구역은 내가 맡지."

"예, 알겠습니다!"

사다리를 내려가는 양발.

지금이다.

살짝 감정을 과하게 올리고. 좌현 측으로 아무렇지도 않게
어슬렁대어 가고. 멈추고.

지금이다. 지금이다. 지금이다.

허우적대며 나침함으로 가서, 전성관에다 몸을 내던지는데, 목소리는 다급하고 높고 날카롭고 겁에 질렸고…….

"우현 비상타 젠장할!"

극 중에서 맡은 배역이 없던 파괴적인 충돌. 백색 물질이 구름처럼 피어오르고, 은하계는 뱅뱅 돌고. 어디론가 떨어지는 충격에, 산산이 조각나고 입은 가득 차고…… 그리하여 그는 불침투성의 검은 물에다 대고 사방팔방으로 분투하고 있었다.

그의 입은 깔때기에서 피어오르던 백색 물질에다 대고 분노에 차서 비명을 질렀다.

"그리고 그건 염병하게 옳은 명령이었다고!"

먹히고.

그가 더는 파도를 쳐다볼 수가 없었던 것은 몇 분마다 피어오르는 백색 물질로써 파도들이 숨겨졌기 때문이다. 그는 본인 시야더러 살금살금 기어 나가서 그의 옷 입은 신체를 바라보게 했다. 옷가지들엔 물이 줄줄 흐르도록 젖어 있었고 방수 장화용 스타킹은 대걸레처럼 얼룩져 있었다. 그의 입은 뭔가 기계적인 말을 했다.

"물에 빠졌을 때 방수 장화를 벗어 던지지 말걸."

중심부는 저더러 가장하고 계속해서 가장하라고 말했다.

입은 제 나름의 지혜를 지녔다.

"그곳엔 언제나 광기가, 암석 속의 바위틈 같은 은신처가 있어. 더는 방어막이 없는 사람은 언제나 광기로 기어 들어갈 수가 있는 거지, 마치 아래쪽에 홍합이 있는 곳의 해초 가운데에서 종종걸음을 치는 저 철갑을 두른 것들 중 하나처럼."

쳐다볼 무언가를 찾는 거다.

"광기가 모든 것의 원인이겠지, 그렇지 않겠어요, 자기?"

행하는 거다, 쳐다보지 않을 거라면.

그는 일어나서 자신에게 퍼붓는 비와 물보라가 실린 바람결에 비치적댔다. '하이 스트리트'로 내려갔고 그곳에는 대야로 만들어진 방수복에 물이 가득 차 있었다. 그는 방수모를 가져가 방수복에서 물을 퍼내어 그 물을 물구멍으로 가져가기 시작했다. 그는 물의 법칙에, 물이 어떻게 떨어지고 놓였는지, 물이 얼마나 예측 가능하며 감당 가능했는지에 집중했다. 이따금씩 암석이 떨렸고, 하얀 구름 하나가 떠올라 '전망대'를 지나쳤으며 위쪽 도랑들에는 물거품으로 된 개울들이 있었다. 방수복을 비우고 나자 그는 그것을 추켜들어 물을 따라 내고 입었다. 단추를 만지작대면서 중심부는 닥쳐올 터였던 것으로부터 외면할 수가 있었다. 이렇게 하는 동안 그는 이제 물거품이 덩어리져서 매달려 있던 클라우디아를 면하고 있었고 방수복은 절창에 대고 그를 찔러 댔다. 못 박힌 채 서 있는 사이 그는 등 쪽에 타격을 받았고 이윽고 몇 양동이는 되는 물이 도랑 안으로 떨어졌다. 물은 휘돌며 휩쓸더니만 밑바닥에 더껑이처럼 가라앉았다. 그는 클라우디아를 따라서 바위틈까지 길을 더듬어 나아갔고 몸을 뒤쪽으로 밀어 넣었다. 방수모를 쓰고서 이마를 양팔 위에 두었다. 세상은 검은색으로 변했고 소리를 통하여 그에게 찾아왔다.

"미치광이가 그걸 들었더라면 천둥이라고 생각했을 거고 물론 그건 천둥이었겠지. 그런 식으로 듣고 있을 필요가 없어. 함정들이 앞뒤로 지나다니는 수평선 너머이니만큼 천둥일 수밖에 없을 거니까. 차라리 폭풍을 듣고 있어야지. 폭풍이 이 암석에다 매타작을 할 거야. 이런 가엾고도 딱한 놈을 때려서 광기로 몰아넣을 거라고. 꼭 그래야만 할 경우가 아니면 그놈도 미쳐 가고 싶지가 않단 말이지. 생각해 봐! 당신네들은 죄다 따뜻한 침대 속인데 영국 해군 군인 한 명은 암석 위에 고립돼서 미쳐 가고 싶어서도 아니라 바다가 두려운 존재 — 현존하는 최악의 두려운 존재, 상상할 수 있는 최악의 존재라서 미쳐 간다니."

중심부는 협조는 했으나 한쪽 귀를 쫑긋 세운 채였다. 그것은 이제 입에서 쏟아져 나오는 말들에 집중했는데 살결과 체모라는 술들이 창문 위로 드리워져 있는 만큼 말들은 생각들이 그러했듯이 살펴봐질 수가 있었기 때문이다. 입은 배경 음악을 제공했다.

"오 살려 줘, 살려 달라고! 나 저체온증으로 죽어 가고 있어. 굶어 죽고 목말라 죽고 있어. 바위틈에 끼인 표류목처럼 누워 있단 말이야. 내가 당신네들을 위해 복무를 다했는데 돌아오는 게 이거라니. 당신네들이 나를 볼 수만 있다면 불쌍해서 가슴이 쥐어짜일 거야. 나는 젊고 강인했고 독수리 같은 옆얼굴에 물결치는 머리칼로 잘생겼더랬지, 눈부시도록 영리했고 당신네 적군과 싸우러 출정하기도 했고 말이야. 나는 물속에서 버텨 냈고 온 바다와 싸워 냈어. 암석은 물론, 갈매기들과 바닷가재들과 바다표범들과 폭풍과 싸워 왔다고. 이제 나는 여위고 약해졌어. 관절들은 옹이 같고 사지는 나무 막대기 같아. 얼굴은 나이가 들어서 움푹 꺼지고 머리칼은 소금기에다 산전수전 때문에 하얗게 셌어. 내 눈은 둔탁한 돌덩이들이고······.[149]”

중심부는 부들대더니 줄어들었다. 폭풍과 배경 음악과 입에서 흐느끼며 나온 말들 너머에는 또 다른 소음이 있었다.

“······내 가슴은 유기된 배의 늑골들만 같고 숨 한번 쉴 때마다 고역이고······.”

바람과 비와 파도의 대소동에 비하여 그 소음은 너무도 희미했던지라 이목을 끌어 붙들어 맸다. 입 역시 이것을 알고는 더욱 열심히 용을 썼다.

“내가 미쳐 가는구나. 번개가 거친 바다의 변두리에서 노닐고 있어. 나는 다시금 강인해졌어······.”

이에 입은 노래했다.

중심부는 노래하는 소리, 배경 음악, 바깥으로부터의 대소동 사이로 여전히 주의를 기울였다. 소음이 다시 찾아왔다. 중심부는 한동안 그 소음을 천둥과 혼동하는 수가 있었다.

---

149) 윌리엄 셰익스피어의 「리어 왕」 3막 2장 19~20행에 등장하는 리어 왕의 대사를 암시한다. 원래 대사는 다음과 같다. “난 너희 노예로 여기 섰다./ 불쌍하고 허약하며 경멸받는 노인으로.” 번역은 다음에서 인용했다. 윌리엄 셰익스피어, 최종철 옮김, 『셰익스피어 전집 5』, 「리어 왕」(민음사, 2014).

"어이, 어이! 토르의 번개가 나한테 도전장을 내미는구나! 동에 번쩍 서에 번쩍, 잔물결로 확확 뿜어져 나오는 하얀 불길, 프로메테우스에게 내던져진 벼락들은, 눈이 시리도록 새하얗고, 새하얗고, 새하얗고, 지져 대고, 하늘이 조준한 목표물은 암석 위의 남자……."

소음은, 만일 사람이 중심부가 어쩔 수 없이 주의를 기울이게 되었던 만큼 주의를 기울였다고 한다면, 둔탁하고 아득했다. 그것은 천둥이라든지 총소리일 수도 있었다. 드럼 소리일 수도 있었고 입은 그 발상을 붙잡았다.

"두둥 둥 둥 둥! 병사들이 오고, 우리 황제 폐하가 붙잡히셨다! 둥 두둥!"[150]

그 소리는 위층 방에서 가구를 옮기는 것일 수도 있었으며 그런 생각 다음에 입은 곤충이 반사적으로 튀기듯 하는 움직임과 함께 전전긍긍했다.

"그거 여기다 내려놔요. 저쪽 양탄자 귀퉁이를 뒤로 말아 두면 탁자를 빼낼 수가 있잖아. 우리 그거 라디오 겸 전축 옆에다 놔둘까? 그 레코드판은 꺼내고 뭔가 암석 같고 영웅적인 걸 틀어 놔……."

그 소리는 밀가루 포대들이 철제 사다리로 미끄러져 내려가서 철제 갑판 위에 반향하는 것일 수도 있었다.

"우현 비상타! 우현 비상타!"

---

150) 독일 시인 하인리히 하이네(Heinrich Heine, 1797~1856)의 「근위 보병대」라는 시를 암시한다. 해당 시는 프랑스 군인들이 나폴레옹 보나파르트가 붙잡혔다는 소식을 듣고 슬퍼하는 내용을 담고 있다.

그 소리는 무대 윙 안쪽에서 동판이 떨리는 것일 수도 있었다.[151]

"나는 꼭 주연을 따내야지 안 그러면 이 바닥을 떠 버릴 거야……."

본인이 지어내어졌을 당시 등진 그것을 만나고자 잠 속에서 내려가야만, 내려가야만 하는 작은 아이의 등 뒤로 지하실의 문이 휙 닫히고.

"저놈의 목을 쳐라![152] 불쏘시개와 석탄 가루 가운데 단두대 받침에다 엎드려 놔!"

그러나 중심부는 알았다. 그것이 인식하면서 품은 확신은 입의 꽥꽥댐을 딸꾹질에 비해 별반 보탬 될 바 없는 것으로 만들었다. 그 소음은 파묻혀 있던 거대한 주석 상자에 대고 삽이 긁히고 쿵쿵 부딪히는 것이었다.

---

151) 무대 효과음을 위하여 동판을 떨리게 하면 천둥과 같은 소리가 난다.
152) 루이스 캐럴(Lewis Carroll, 1832~1898) 작 『이상한 나라의 앨리스』속 왕비의 대사이다. 작중에서 왕비는 화가 날 때마다 참수형을 명했기에 해당 대사가 영미권에서 널리 알려지게 되었다.

13장

　"미쳤구나," 입은 말했다, "미쳐 날뛰어 가는구나. 나는 모든 것을 설명해 낼 수가 있어, 바닷가재, 구더기, 딱딱함, 눈부신 현실, 대자연의 법칙, 영화 예고편, 시청각적인 스냅 사진들, 날아다니는 도마뱀들, 원한까지…… 그러니 어떻게 사람이 미친 게 아니겠어? 내가 사람이란 무엇인지를 말해 줄게. 사람이 사족 보행으로 가다가 '필요성'이 앞단을 직립이 되게 구부려서 사람을 이종(異種)으로 만드는 거야. 굳이 확인하고 싶으면 그 증거로 '필요성'의 양손에서 묻은 지문들이 사람의 척추께랑 엉덩이 바로 위쪽에 있어. 사람은 자연적으로 자라나는 과정을 박탈당하고 세상 속으로 내던져지는 변종(變種), 내쫓긴 태아인데, 이때 양피지 같은 나체의 외피를 두르고 치아가 날 공간은 너무도 비좁은 상태로 마치 거품처럼 무르게

볼록한 두개골을 달고 있어. 그러나 조물주가 그곳에서 푸딩을 휘젓고 굳어지는 구체 안에다 명멸하는 뇌우를 두어서, 나불거리는 하얀 번개가 지속적으로 번쩍거리고 떨리게 되는 거지. 그 바닷가재들과 영화 예고편들은 전부 번개가 이룬 순간적인 덤불들이 무작위적으로 교차된 것들일 뿐이야. 배와 음경의 건전한 생활은 단순한 회로상에 있지만, 휘저어진 푸딩은 무슨 수로 항상성을 유지한단 말이야? 환약 모양의 지구에 의해 잡아당겨지고, 그 책에 조판을 새긴 그 하얀 획에 감염되고, 주름살들이 역경과 고뇌와 두려움으로써 뇌중 도처에서 불살라지면서 주름지고……, 불균형해지고, 실성한 나머지, 바닷속 암석 위에서 사람이 숨이 넘어갈 지경에 그 푸딩은 끓어 넘친 터이고 사람은 덜도 말고 딱 미쳐 날뛰어 가는 상태가 되잖아."

감각들. 커피. 독일산 백포도주. 진. 목재. 벨벳. 나일론. 입. 따뜻하고, 축축한 전라. 동굴들, 바위틈처럼 늘어지거나 붉은 말미잘의 아가리처럼 꽉 여문. 따가운 느낌으로 가득한. 지배, 정체성.

"너는 모든 해류의 교차점들이야. 너는 나를 떼어 놓고는 존재하지 못해. 내가 미쳐 간 거라면 그럼 너도 미쳐 간 거야. 네가 말하고 있어도, 그 안에서, 너랑 나는 하나고 미친 거야."

암석은 떨리고 또 떨렸다. 갑작스러운 찬기가 그의 얼굴을 때리고 몸 아래로 휩쓸어 갔다.

예상대로.

"너새니얼!"

검은 중심부가 저 자신을 푸딩처럼 휘저으려고 하고.

암흑은 흰색으로 파쇄되었다. 그는 바위틈의 감각들 가운데로 등그러졌다. 어디나 물이 또 소음이 있었고 그의 입은 양쪽 모두를 반가이 맞아들였다. 입은 토해 내고 기침했다. 그는 무릎으로 소용돌이치던 물의 와중에 몸을 밖으로 끌어 올렸고 바람이 그를 때려눕혔다. 그 도랑은 작은 바다만 같았고, 바위들 사이로 되돌아오는 조수가 알고 있던 대로 새삼 기억이 나게끔 낙낙하게 차오르는 모양들만 같았다. 메마른 도랑이었던 것이 출렁이는 물로 반나마 차 있었고 그 위에서 물거품 줄무늬들이 원을 그리고 뒤얽히고 있었다. 바람은 터널 속 급행열차 같았고 어디나 졸졸 흐르고 휩쓸고 퍼부어 대는 모습이 있었다. 그는 도랑 속에서 허우적대고 기어오르면서 입이 말하는 건 듣지도 않고 있더니만 갑자기 그와 그의 입은 하나가 되었다.

"이 염병할 개망나니 같으니라고!"

그는 암벽 높이 위로 얼굴을 가져갔고 바람이 양 뺨을 끌어들여 마치 항공병의 뺨 같아졌다. 새 사냥용 산탄이 갈겨 댔다. 그러자 하늘 위로 그 아줌마가 펄쩍 뛰었다. 하늘은 하얘졌다. 일순이 흐르고 그 빛은 탁 꺼졌고 하늘이 그에게 떨어졌다. 그는 어마어마한 압박감 아래 무너졌고 도랑의 물속으로 내려갔다. 무게감이 물러나 그를 몸부림치는 채 남겨 두었다. 그는 일어났고 하늘이 다시금 그에게 떨어졌다. 이번에 그가 도랑을 따라 휘청대어 갈 수가 있었던 건 물의 무게가 그를 부수기에는 딱 충분치 않았으며 도랑 속의 바닷물이 그의 무룯보다 높이 올라오지 않았기 때문이다. 폭풍-회색이 되어 날아다니는 빛살들로 찢긴 채 세상이 돌아왔고, 그는 세상에 폭풍-음악을, 팀파니의 굉음, 울려 퍼진 금관 악기와 현악기의 현란함을 부여했다. 그가 이 도랑에서 저 도랑으로 물과 음악을 뚫고 영웅답게 분투하며 진로를 헤쳐 나가는데, 옷가지는 덜덜 떨리며 잡아 뜯긴 바람에 바람 자루의 끄트머리처럼 넝마가 된 채였으며 양손은 집게발처럼 할퀴어 대는 채였다. 그와 입은 대소동을 뚫고 고함을 쳤다.

"아약스![153) 프로메테우스!"

그 아줌마가 그를 내려다보는 사이 그는 한 차례씩 오가는 흑백 사이로 몸부림쳤다. 그러더니 은빛 가면을 쓴 그녀의 머리가 백색 물질에 점령되었고 그녀는 하늘을 배경으로 머리가 없는 어깨로 구부정해졌다. 그가 하얀 도랑 속으로 추락하여 예의 책 위에서 얼굴을 판화에 맞대고 있으려니까 그 물에 녹지 않는 새똥이 그의 입을 메웠다. 급작스러운 압박감과 적막이 찾아왔다. 그는 들어 올려졌다가 다시 내던져져 암석에 맞부딪혔다. 한순간 물이 지나갈 동안 그는 하늘을 배경으로 삼은 '전망대'가 이제는 그 아줌마가 자리를 비워 윤곽 면에서

---

153) 아약스는 그리스 신화 속 두 명의 트로이 전쟁 영웅의 이름이다. 둘 중 대(大)아약스는 아킬레우스의 갑옷을 원했으나 오디세우스에게 빼앗기는 바람에 광란에 빠져 분사(憤死)한다. 소(小)아약스는 신전의 사제 카산드라를 강간한 인물로, 트로이에서 고향으로 돌아오는 중 배가 난파되어 섬에 도달한다. 자신이 신들을 이기고 살아남았다고 자만하자 바다의 신 포세이돈은 그가 서 있던 암석으로 된 섬을 바다에 가라앉혀 버린다.

흩어진 돌덩이들로 바뀌어 있는 것을 보았다.

"그녀가 이 암석 위에서 마음대로 돌아다니네. 이제는 그녀가 지하실에서 나와서 햇빛 속에 있다니. 잡으러 가자!"

그리고 칼은 기타 모든 감각들 사이 그곳에, 그의 갈비뼈에 떼밀려 둔 채 있었다. 그는 그걸 양쪽 손아귀에 넣은 다음 칼날을 당겨 펼쳤다. 그는 이 도랑에서 저 도랑으로 기어가고 잡으러 가며 헤엄치기 시작했다. 그녀는 난간 위에 기대어 있더니만 사라졌고 그는 그녀를 살며시 좇아 출연자 대기실로 들어섰다. 그러나 그녀는 각광 옆으로 나가 있었고 그는 무대 윙[154]에 쭈그리고 앉아 있다가 자신이 배역에 걸맞은 차림새가 아니라는 것을 알아보았다. 그의 입과 그는 하나가 되었다.

"의상을 갈아입자! 폭풍 한가운데의 암석 위에 있는 알몸의 미치광이가 되는 거야!"

그의 집게발들은 넝마를 잡아 뜯어서 떼어 냈다. 그는 금몰을 일별하고 비어 있는 방수 장화용 스타킹 한 짝이 한 움큼의 쓰레기처럼 둥둥 떠가는 것을 보았다. 상흔을 입어 비늘처럼 벗겨지며 나무 막대기처럼 가는 다리 한 짝을 보았고 음악은 그 다리를 애도했다.

그는 그 아줌마를 기억해 내고 그녀를 좇아 기어가며 '하이 스트리트'를 내려가 '레드 라이언'으로 향했다. 파도들의 되돌림파가 세 바위 주위에서 반가운 소란을 자아내고 있었고 그 소란통에 붉은 바닷가재가 있던 자리가 숨겨졌다. 그는 바위

---

154) 연극 무대에서, 관객이 보지 못하는 무대 양옆의 공간.

들에 대고 고함을 질렀지만 그 아줌마는 바위들 사이로 나타나 주지 않았다. 그녀는 아래쪽 지하실로 가로새어 버렸던 것이다. 그러던 그는 바위틈 속에 옹송그리고 누워 있던 그녀를 언뜻 보고 그녀에게로 허우적허우적 올라갔다. 그가 그녀 위로 엎어져서 칼로 그어 대기 시작하는 한편 그의 입은 계속해서 외쳐 댔다.

"그러게 누가 날 쫓아오래! 그러게 누가 지하실 바깥까지, 자동차랑 침대랑 술집까지도 쭉 쫓아오래, 그러는 바람에 널 뒤쪽에 달고서 나는 일평생 모든 날에 내 인식표를 쫓아서 달리고 달렸는데! 피를 쏟고 죽어 버려."

그러나 그와 그의 목소리는 하나였다. 그것들은 피가 해수였음을, 또 찢기고 잡아 뜯긴 차갑고 구겨지는 살결은 방수복에 지나지 않았음을 알았다.

이제 목소리는 옹알이가 되었고 노래했고 욕을 했고 의미 없는 음절들을 구성했고 기침했으며 침을 뱉었다. 그것은 매 찰나를 소음으로 채웠으며, 소리를 쑤셔 넣어 찰나가 질식되게 했다. 그러나 중심부는 자신을 타자로 이해하기 시작했는데 매 순간이 소음에 점령되진 않았기 때문이다. 입은 침을 뱉었고 얼마간의 상식으로 일탈했다.

"그리고 마지막으로, 환각, 환상, 꿈, 망상이 너한테 붙어 다닐 거야. 미치광이가 달리 뭘 기대할 수 있겠어? 그런 것들이 고체의 암석, 진짜 암석 위에서 네게 나타날 거고 네 이목을 그런 것들에 구속해 둘 거고 너는 덜도 말고 딱 미친 상태가 될 거야."

이에 즉각 환각이 그곳에 있었다. 그가 보기도 전에 이것을 알았던 것은 어떤 경외감이 도랑 속에, 위쪽으로 날아다니던 고요한 물보라로 틀이 잡힌 채 있었기 때문이다. 그 환각은 도랑 끄트머리의 바위 위에 앉아 있었고 끝내 그는 흐릿해진 창문을 통하여 그것을 마주했다. 그는 도랑의 나머지를 보고 돌풍이 내리치면서 거품 낀 더껑이가 멀리까지 실룩이고 덜덜대게 되지 않는 한 엄숙하리만치 가만했던 물을 헤쳐 기어 나갔다. 가까이 가자 그는 장화에서부터 무릎을 지나 얼굴까지 올려다보았고 스스로 입에나 골몰하도록 했다.

"너는 내 마음이 투사된 상이야. 그러나 너는 내게 관심의 초점이기도 하지. 거기서 꼼짝 마."

그 입술은 응답한답시고 거의 움직이지도 않았다.

"너는 내 마음이 투사된 상이야."

그는 코웃음 치는 소리를 냈다.

"무한 후퇴,[155] 아니 더 나은 말로는, 뽕나무 뱅뱅 돌기[156]랄까. 우리끼리 영원히 그렇게 계속해 보자고."

"이제 할 만큼 했나, 크리스토퍼?"

---

155) 철학에서 어떤 사항의 조건을 구하고, 또 그 조건의 조건을 구하는 식으로 끝없이 거슬러 올라가는 것을 말한다. 특히 의식에서는, 한 사람의 의식에 대하여 관찰자를 형성하고, 또 그 관찰자의 관찰자를 형성하면서 내부 관찰자를 무한히 형성하는 것을 말한다. 광학에서는 마주 보는 두 거울에 비치는 상이 무한히 복제되면서 후퇴하는 상황을 말하기도 한다.

156) 어린이들이 손을 잡고 둥글게 서서 「뽕나무를 돌아보자」라는 영국 동요를 부르며 돌다가 노랫말에 따라 동작을 하는 강강술래와 비슷한 놀이를 지칭한다. 의미 없는 똑같은 일을 반복한다는 뜻을 표현하기도 한다.

그는 입술을 쳐다보았다. 그 입술은 그 말들만큼이나 뚜렷했다. 오른쪽 입꼬리 근처에서 미세하게 티끌만 한 침이 입술에 합류했다.

"내가 저런 말을 절대 고안해 냈을 리가 없는데."

'전망대'에 가장 인접한 눈은 눈꼬리 쪽으로 핏발이 서 있었다. 그 뒤편에서 또는 그 옆쪽에서 해넘이의 붉은 띠가 달려내려 시야 바깥의 암석 뒤편으로 향했다. 물보라는 여전히 위쪽으로 날아다녔다. 해넘이를, 아니면 눈을 쳐다볼 수는 있었지만 둘 다 할 수는 없었다. 눈과 입을 한꺼번에 쳐다볼 수도 없었다. 그는 그 코가 윤이 돌고 가죽 같은 갈색인 데다 모공으로 가득한 것을 보았다. 왼쪽 뺨은 곧 면도가 필요할 터였는데, 각개의 수염 그루터기들이 그에게 보였던 탓이다. 그러나 그는 얼굴 전체를 한꺼번에 쳐다볼 수가 없었다. 그것은 어쩌면 나중에야 기억될 수 있을 법한 얼굴이었다. 얼굴은 움직이지 않았다. 그것은 그저 이런 식으로 종합적으로 살펴보는 걸 거부하는 특질을 지녔을 따름이었다. 한 번에 이목구비 하나씩.

"뭘 할 만큼 해?"

"살아남는 거. 붙잡는 거."

의복 역시 딱 규정해 내기가 어려웠기에 그는 한 점씩 살펴봐야만 했다. 그곳에는 방수복이 있어, 혁대가 둘렸는데 단추들이 떨어져 달랑댔던 탓이다. 그 안의 모직 스웨터에는 터틀넥이 달려 있었다. 방수모는 약간 뒤로 젖혀져 있었다. 양손은 방수 장화용 스타킹 위쪽으로 양쪽 무릎에 한 짝씩 얹혀 있었다. 그리고 그곳에는 방수 장화가, 번듯하니 윤을 내며 젖은 채 견고하게 있었다. 그것들이 뒤쪽의 암석을 마치 판지처럼, 마치 색칠된 플랫[157]처럼 보이게 했다. 그가 앞쪽으로 수그렸더니만 그의 침침해진 창문이 오른쪽 발등 바로 위에 있게 되었다. 이제는 배경 음악도 없었고 바람도 없었으며, 검고 윤이 나는 고무 외에는 아무것도 없었다.

"그런 생각은 안 해 봤는데."

"이제 생각해 봐."

"뭐 하러? 난 미쳤는데."

"그 바위틈조차 무너질 거야."

그는 그 핏발이 선 눈에다 웃음을 올려붙이려 해 보았지만 짖어 대는 소음이 들렸다. 그는 그 얼굴에다 말들을 던져 댔다.

"엿샛날에 사람은 하느님을 지어냈어. 그러므로 나는 너한테 오직 나 자신의 어휘만을 사용하도록 허락하겠어. 사람은 자신의 모습대로 하느님을 지어냈으니까.[158]"

"이제 생각해 봐."

그는 그 눈과 해넘이가 어우러지는 모습을 보았다. 그는 양팔을 가져다 얼굴을 가로질렀다.

"안 할 거야. 못 해."

---

157) 나무틀에 끼운 배경으로, 무대에 밀어 올리는 용도로 쓰인다.
158) 구약 성서 중 「창세기」 1장 26~27절에 나오는 구절을 비튼 말이다. 원래는 "하느님께서는 (……) 당신의 모습대로 사람을 지어내셨다."이나, 작중에서는 사람이 하느님을 지어냈다고 변형되어 인용되고 있다.

"너는 뭘 신봉하지?"

지하실의 검은 장화처럼, 석탄처럼 검은 암흑으로 내려가다 못해 이제는 대답을 강요받는 데까지 내려가다니.

"내 명줄."

"무슨 수를 써서라도 말이야."

나를 따라 되풀이해.

"무슨 수를 써서라도 말이야."

"그래서 네가 살아남았지."

"그건 운이었어."

"필연이었어."

"그럼 다른 놈들은 살고 싶지 않았을까?"

"정도가 있잖아."

그는 살결과 체모의 장막들을 드리워서 장화를 가려 버렸다. 그는 으르렁댔다.

"나는 살 수만 있다면 살아남을 권리가 있어!"

"그게 어디 쓰여 있는데?"

"그렇게 치면 아무것도 쓰여 있지 않아."

"생각해 봐."

그는 요지부동의 검은 양발 앞의 판지 같은 암석에 대고 분통을 터뜨렸다.

"생각 안 할 거야! 나는 너를 지어냈고 나는 나만의 천국도 지어낼 수가 있어."

"그건 이미 지어냈잖아."

그는 실룩이는 물을 따라서, 아래쪽의 앙상한 양다리와 무룙을 흘겨보았고, 그의 살결에 와 닿는 비와 물보라와 흉포한 추위를 느꼈다.

그는 중얼거리기 시작했다.

"나는 이게 더 좋아. 네가 나한테 선택할 권능을 주었고 내 선택은 내가 한 것이었기에 내가 사는 내내 너는 나를 이런 산전수전까지 겪도록 고심해서 이끌고 온 거야. 오 그럼! 나도 패턴이란 걸 이해하고말고. 내가 사는 내내, 내가 무슨 짓을 했든지 간에 나는 결국에는 그 똑같은 함교 위에서, 그 똑같은 시간에 그 똑같은 명령 — 그 옳은 명령, 그 그른 명령을 내리고 있는 자신을 발견했을 거야. 그럼에도, 내가 소모되고 패배한 사람들의 시체를 넘어 지하실로부터 기어올라 나왔다고, 너로부터 멀어지는 길 위로 걸음을 내딛고자 그들을 쳐부쉈다고 한들, 왜 네가 날 고문해야 하지? 내가 그들을 먹었다면 누가 나한테 입을 주었냐고?"

"네 어휘 속에는 대답할 말이 없구나."

그는 뒤로 쭈그려 앉아 그 얼굴을 칩떠보았다. 그는 고함을 쳤다.

"나 생각해 봤어. 나는 이게 더 좋아, 고통이고 뭐고 다."

"무엇보다?"

그는 맥없이 분통을 터뜨리면서 장화에다 대고 주먹을 휘두르기 시작했다.

"검은 번개보다! 돌아가! 돌아가!"

그는 줄줄 흐르는 암석에다 양손을 부딪쳐 피부를 멍들여 벗겨 내고 있었다. 그의 입은 꽥꽥댔고 그는 입과 더불어 그중에서도 최후의 바위틈으로 들어갔다.

"암석 위의 가엾은 미친 해군 군인이여!"

그는 '하이 스트리트'로 용케 기어 올라갔다.

분노해라, 포효해라, 내뿜어라!

우리에게 내릴지어다, 바람, 비, 우박, 핏방울이,

폭풍우와 회오리바람이……

그는 '전망대' 위를 뛰어다니며 흩어진 돌덩이들에 곱드러
졌다.

……허리케인과 태풍이……[159]

그곳에는 박명(薄明), 폭풍-빛이 있었다. 그 빛은 빛살로, 바
다는 물마루와 골로 줄이 쳐져 있었다. 괴물 같은 파도들은
동쪽에서 서쪽까지 가엾는 행렬로 제 갈 길을 나아가고 있었

---

159) 「리어 왕」 3막 2장 1~6행에 등장하는 리어 왕의 대사를 부정확하게
인용하고 있다. 원래 대사는 다음과 같다. "바람아 불어라, 뺨 터지게! 사납
게 불어라!/ 하늘과 바다의 폭풍우야, 첨탑들이 잠기고/ 풍향계가 물에 빠
질 때까지 내뿜어라!/ 참나무 쪼개는 벼락의 선구자,/ 생각보다 더 빠른 유
황색 번갯불아,/ 내 흰머리 태워라!" 이 대사는 다음과 같은 말로 마무리된
다. "만물을 뒤흔드는 천둥아,/ 둥글게 꽉 찬 세상 납작하게 깨부숴라!/ 조
물주의 틀을 깨고 배은의 인간 빚는/ 모든 씨앗 한꺼번에 엎질러라!" 번역은
다음에서 인용했다. 윌리엄 셰익스피어, 최종철 옮김, 『셰익스피어 전집 5』,
「리어 왕」(민음사, 2014).

고 암석은 그들 가운데 하찮은 것일 따름이었다. 그러나 그것은 앞으로 돌진하면서 파도들 사이로 하얀 길을 지져 대면서 가라앉는 건 개의치 않고 있었으며, 마치 뱃머리처럼 '안전 바위'를 앞으로 찔러 대어 물마루들을 터뜨리고 있었다. 그것이 돌로 된 뱃머리로 물마루 하나를 가격한 다음 터뜨린 물은 자욱한 안개가 되어 선수루 위를 휩쓸고 함교 아래를 가격하기 마련이었다. 그러더니 빗발치는 산탄이 함교 위를 휩쓸고 그의 몸에서 제정신과 숨결을 때려 앗아 가기 마련이었다. 그는 그 아줌마가 가면을 쓴 머리를 하고 서 있던 곳에 놓인 네모난 돌덩이 위로 몸을 던졌다. 그는 바람과 파도들 쪽을 면하고서 두 다리를 쫙 벌리고 돌덩이를 탔다. 그리고 다시금 그곳에는 배경 음악과 꽥꽥대는 입이 있었다.

"더 빨리! 더 빨리!"

그의 돌덩이는 밀치고 나아갔다. 그는 마치 박차라도 신고 있는 것처럼 발꿈치로 돌을 때렸다.

"더 빨리!"

파도들은 각자가 그 자체로 하나의 행사였다. 하나의 파도가 너울거리고 후려치며 들어옴과 더불어 폭풍-빛이 그 꼭대기를 따라 달리고 명멸하곤 했던 것이 마치 뇌 속의 명멸과 같았다. 안전지대의 바위 저편에서는 얕은 바다가 발견되기 마련이었기에 파도에서 더 가까운 부분이 곱드러지고 성난 채 솟아오르기 마련이었고, 포효하며 앞으로 넘실대기 마련이었다. '안전 바위'는 스스로 회전하여 물거품이 되고 입처럼 씹었던 소용돌이치는 물속의 마맛자국이 되기 마련이었다. 100미터에 걸친 파도의 윗부분은 통째로 앞으로 움직이고 낙하하여 수천 제곱미터는 되는 거품 낀 대소동이 되어 암석을 습격하는 군대처럼 덤벼들게 되기 마련이었다.

"더 빨리!"

그의 손이 인식표를 찾아서 그걸 꺼내 들었다.

입은 중심부로부터 비명을 내질렀다.

"네 동정심에 침을 뱉겠어!"

저쪽 파도 너머 구름 속에는 어떤 인식 가능한 소음이 있었다. 그 소음은 바다나 음악이나 목소리만큼 크지는 않았으나 중심부는 이해했다. 중심부는 석판에서 몸을 떼어 내고 몸을 싸매어 도랑에다 밀어 넣었다. 몸이 빠져들던 사이에 눈은 서쪽 하늘에 가로놓인 번개의 검은 덩굴손을 일별했고 중심부는 살결과 체모의 덮개들을 틀어 내렸다. 다시금 그곳에는 주석 상자에 부딪히는 삽의 소리가 찾아왔다.

"우현 비상타! 동반 자살해 버릴 거야, 그쪽으로 저 나무에다 들이받을 거고 너는 박살이 나고 묵사발이 되겠지! 기록상으로는 아무것도 없었잖아!"

중심부는 무엇을 해야 할지 알았다. 그것은 입보다 현명했다. 그것은 몸이 엎치락뒤치락 암석을 넘어 물구멍으로 향하도록 보냈다. 몸은 점액질과 원을 그리는 더껑이 사이로 파고들었다. 몸은 양손을 앞으로 찌르고 물을 찢어 내고서 웅덩이에 납작 엎어졌다. 몸은 마치 담수를 제 입에서 줄줄 흘려 내는 암석 위의 바다표범처럼 꿈틀댔다. 몸은 보다 멀찍한 끄트머리에서 틀어막힌 곳에 이르러 돌들을 끌어당겼다. 긁히고 부서지는 소리가 나더니 추락하는 돌들과 물이 폭포수를 이루었다. 폭풍-빛, 파도들이 들어찬 널찍한 공간이 있게 되었다. 담수가 있던 점액질의 구덩이에 몸뚱이 하나가 누워 있었다.

"미쳤구나! 광기의 증명이야!"

중심부는 몸을 다시 구멍에서 꿈틀거리며 빠져나가게 했고, '전망대'가 있던 자리로 올려 보냈다.

하늘에는 온통 검은 번개의 가지들이 있었고, 소음들이 있었다. 하나의 가지가 바닷속으로 거대한 파도들 사이로 달려 내려오더니만 점차 가늘어졌다. 그것은 그 자리에 남았다. 바다는 움직이길 멈추고 얼어붙어서는, 종이가, 검은 빛살 하나로 찢긴 색칠된 종이가 되었다. 암석도 똑같은 종이 위에 색칠된 것이었다. 색칠된 바다 일체가 기울어졌지만 아무것도 내리막길을 달려 그 속에 벌어져 있던 검은 틈으로 들어가지 않았다. 그 틈은 전적이었고, 절대적이었고, 세 배는 실제적이었다.

중심부는 제가 몸을 패대기쳐 버렸던 건지 아니면 제가 이 세상을 뒤집어 버렸던 건지 알지 못했다. 중심부의 얼굴 앞에는 암석이 있었고 그게 바닷가재의 집게발로 찌르니 박혀들었다. 그것은 집게발 사이의 암석을 지켜보았다.

절대적인 번개가 퍼져 나갔다. 이제 소음이 없었는데 소음 같은 건 상관이 없어진 탓이었다. 그곳에는 음악도 없었고, 기울어진 채 미동 없는 바다로부터는 소리도 없었다.

입은 한동안 계속해서 꽥꽥대다가는 주절대며 침묵으로 접어들었다.

입은 없어졌다.

그럼에도 중심부는 저항했다. 그것은 번개가 이 천국의 법칙들에 따라 제 소임을 다하도록 했다. 그것은 눈이 없이도 어떤 시력의 양상으로 검은 번개의 가지들 사이사이의 하늘 조각들이 무(無)의 구덩이들로 대체되었다는 것을 감지했다. 이로써 중심부의 공포, 중심부의 분노가 입을 요하지 않는 양상으로 구토하게 되었다. 그것은 무의 구덩이 속으로 목소리 없이, 말없이 절규했다.

"네 천국일랑 똥이나 처먹어라!"

빛살들과 덩굴손들은 바닷속으로 앞쪽으로 더듬어 갔다. 폭풍의 한 분절이 고엽처럼 떨어져 나갔고 그곳에는 공극이 있어 수평선을 통해 바다와 하늘과 합류했다. 이제 번개는 미동 없이 떠다니고 날아다니던 파충류들을 찾아냈고 덩굴손이 하나씩 각 파충류에게로 달려갔다. 파충류들은 저항하면서 살짝 모양을 바꾸었고, 그러더니 그들 역시 떨어져 나가 사라졌다. '안전 바위'를 뚫고 무의 계곡이 벌어졌다.

중심부는 집게발 사이의 암석에 관심을 기울였다. 그 암석은 여느 암석보다 딱딱했고, 밝았고, 확고했다. 암석은 꼭 쥐고 있던 집게발의 톱니들을 상하게 했다.

바다는 비틀리고 사라졌다. 파편들은 떠나가면서 보이지 않게 되었고, 저들 속으로 들어가 말라붙고 파괴되고 마치 오류처럼 지워졌다.

절대적인 흑색의 빛살들은 앞쪽으로 암석 속으로 더듬어

갔고 그것은 색칠된 물만큼이나 비실질적인 것으로 판명되었다. 조각들은 가셨고 집게발 주위에는 종이 같은 물질로 된 섬만이 있었으며 그 밖에는 어디나 중심부가 무(無)라고 알았던 양상이 있었다.

집게발 사이의 암석은 견고했다. 그것은 네모났고 표면에는 판화가 있었다. 검은 빛살들이 스며들더니 쭉 가서 이어졌다.

집게발 사이의 암석은 사라져 있었다.

중심부와 집게발 말고는 아무것도 없었다. 집게발들은 거대했고 강인했고 시뻘겋게 달궈져 있었다. 집게발들은 서로에게로 오므려졌다. 그것들은 수축했다. 그것들은 절대적인 무를 배경으로 삼은 밤중의 간판처럼 윤곽이 그려졌고 그것들은 전력을 다해 서로를 움켜쥐다 못해 파고들었다. 집게발의 톱니들이 부러졌다. 그것들은 어른어른하니 실제적으로 꽉 잡혀 있었다.

번개가 슬그머니 기어들었다. 중심부는 집게발과 위협 말고는 무엇도 인지하지 못했다. 그것은 바스러진 톱니와 타는 듯한 시뻘건 색에다 제 의식을 집중했다. 번개가 앞쪽으로 다가왔다. 빛살들 중 일부는 중심부를 가리키면서 저들이 중심부를 꿰뚫을 수 있는 순간을 고대했다. 다른 빛살들은 집게발들에 대고 놓인 채 그 위에서 노닐며 약점을 파고들며 영구불변하고 무자비했던 동정심 속에서 집게발들을 해어뜨리고 있었다.

14장

부두는, 반드러운 바위들이 길쭉하게 포개진 것에 이런 말이 가당하다면, 만조에 달한 조수의 거의 아래에 있었다. 표류선이 엔진은 멈춘 채, 제 가속도의 끝물과 서풍의 다그침으로 부두를 향해 들어왔다. 표류선 뒤쪽에는 겨울철의 저녁노을이 있었기에 해변에 있던 눈에 그 배는 바야흐로 검은 형체로서 그로부터 색깔이 전부 달아나서는 수평선 바로 위편에 걸려 있던 야트막한 구름들로 뒤섞여 들어간 것으로 보였다. 표류선의 항적 ― 태양 아래 찬란한 수평선으로 되돌아가던 빨강과 장밋빛과 검정의 한층 밝은 골짜기 안쪽을 제외하면 물에는 납빛의 기미가 있었다.

해변의 관찰자는 움직이지 않았다. 그는 마지막 발걸음이 만들어 둔 마른 모래의 골들에 방수 장화를 박아 둔 채로 서서 기다렸다. 그의 배후에는 오두막 한 채가 그다음에는 섬의 완만한 비탈이 있었다.

표류선의 함미 쪽에서 전신기가 울렸고[160] 배는 추진기로부터 한층 밝은 물이 급작스럽게 소용돌이침에 따라 가던 길에서 급정지했다. 방현재가 돌에 맞대어 신음을 흘렸다. 두 수병이 부두 위로 뛰어내려서 계선주를 찾아 주위를 찾아다녔으나 그곳에는 없었다. 조타실에서 팔 하나가 손짓했다. 수병들은 반드러운 바위들을 둘러서 밧줄들을 감아 놓은 다음 선체로 계속 잡고 있었다.

한 장교가 부두 위로 발을 내디뎌 재빨리 해변 쪽으로 다가와 마른 모래로 뛰어내렸다. 바람이 그가 손에 들고 있던 서류들을 헝클었기에 서류들이 늦여름의 먼지투성이 잎사귀들처럼 파삭거렸다. 그러나 이곳에서 잎사귀란 그 서류들뿐이었다. 그곳에는 모래, 오두막 한 채, 암석들과 바다가 있었다. 그 장교는 서류가 파삭거리던 한편 마른 모래를 용을 써서 헤치고 나아갔고 관찰자로부터 1미터 거리에 정지했다.

"캠벨 씨?"

"예. 그쪽이 그럼 본토에서 와서 그, 처리해 주신다는……?"

"맞습니다."

캠벨 씨는 납작모자를 벗었다가 다시 썼다.

"매우 서두르진 않으셨네요."

---

160) 당시에는 함정에서 함교에 있는 승조원이 속력을 올리거나 낮추라는 명령을 기관 명령 전신기를 통하여 기관실에 있는 승조원에게 전달했다.

장교는 그를 숙연히 쳐다보았다.

"제 이름은 데이비드슨입니다, 그나저나. 매우 서두르진 않았다라. 그거 아십니까, 캠벨 씨, 제가 이 일을 일주일에 칠 일 한다는 거?"

캠벨 씨는 갑자기 방수 장화를 움직였다. 그는 앞쪽으로 데이비드슨의 주름진 회색 얼굴을 들여다보았다. 숨결에는 희미하게 달큰한 냄새가 실려 있었고 깜빡이지 않던 눈은 아주 약간이기야 해도 지나치게 휘둥그레 뜨여 있었다.

캠벨 씨는 다시 모자를 벗었다가 썼다.

"이럴 수가. 생각도 못 했습니다!"

데이비드슨의 얼굴 하부가 희기 없는 웃음의 첫머리로 변했다.

"상당히 광범위한 전쟁이잖습니까, 아시다시피."

캠벨 씨는 천천히 끄덕였다.

"제가 괜한 말씀을 드렸습니다. 수습하시는 것도 심적으로 슬프시겠습니다, 대령님. 이걸 어떻게 버티시는지 모르겠습니다."

웃음이 사라졌다.

"이 일은 누구와도 안 바꿀 겁니다."

캠벨 씨는 고개를 옆으로 기울이고는 데이비드슨의 얼굴을 들여다보았다.

"그러십니까? 이거 실례했습니다. 이제 오셔서 저희가 어디서 발견했는지 한번 보시지요."

그는 돌아서서 모래를 따라 용을 써서 나아갔다. 그는 멈춰서 아래쪽으로 물의 한 갈래가 조약돌이 깔린 곳에 가둬져 있던 장소를 가리켰다.

"저기 있었습니다, 여전히 구명대에 붙들린 채로. 이따 보시겠지만요, 물론. 부서진 오렌지용 궤짝과 주석 상자가 있었습니다. 그리고 끈말도요. 유포 코트가 있으면 끈말이 거기에 걸려 버리거든요, 떠다니는 오만 것까지도요."

데이비드슨이 그를 곁눈질했다.

"그게 캠벨 씨에게는 중요한 모양입니다만, 제가 정말로 원하는 건 인식표입니다. 시신에서 인식표를 떼어 내셨습니까?"

"아뇨. 아뇨. 제가 건든 건…… 최소한이었습니다."

"페니 동전 크기만 한 갈색 원판이 아마 목둘레에 걸려 있었을 텐데요?"

"아뇨. 전 아무것도 안 건드렸습니다."

데이비드슨의 얼굴이 다시금 엄숙하게 굳어졌다.

"그래도 언제나 희망의 끈은 놓지 말아야겠지요."

캠벨 씨는 양손을 움켜쥐더니 안절부절못하며 비비고 목청을 가다듬었다.

"오늘 밤 가져가실 겁니까?"

이제 데이비드슨이 본인 차례를 맞아 들여다보았다.

"악몽이라도 꾸시는지?"

캠벨 씨는 물로 눈길을 돌렸다. 그가 중얼거렸다.

"아줌마가……."

그는 그 지나치게 휘둥그런 눈을, 제가 감당할 수 있는 것보다 더 알고 있는 듯한 그 얼굴을 흘깃 올려다보았다. 그는 더는 이렇게 눈길을 마주치는 걸 회피하지 않고서 약간 움츠러

들어 급작스럽게 겸손해진 채 답했다.

"예."

데이비드슨은 천천히 끄덕였다.

그때 수병 둘이 오두막 앞의 해변에 서 있었다. 그들은 들것을 나르고 있었다.

캠벨 씨는 가리켰다.

"집 옆쪽 달개집 안에 있습니다. 될 수 있는 대로 심기 불편해하실 만한 것이 크게 없다면 좋겠는데요. 저희가 파라핀 처리는 해 뒀습니다."

"감사합니다."

데이비드슨은 해변을 따라 다시 힘겹게 움직였고 캠벨 씨도 그를 따라갔다. 이내 그들은 멈추었다. 데이비드슨이 돌아서서 내려다보았다.

"자……."

그는 전투복의 가슴 주머니에 손을 넣어 납작한 병을 꺼냈다. 그는 캠벨 씨의 눈을 똑바로 쳐다보았고, 얼굴 하부로 씩 웃은 다음 코르크 마개를 뽑아내어 고개를 젖힌 채 벌컥벌컥 들이켰다. 수병들은 별말 없이 그를 지켜보았다.

"해 봅시다, 그럼."

데이비드슨이 달개집으로 가면서 바지 주머니에서 손전등을 꺼냈다. 그는 휙 수그려 부서진 문을 통과하더니 사라졌다.

수병들은 움직이지도 않고 서 있었다. 캠벨 씨는 잠자코 기다렸고, 마치 달개집을 처음으로 본다는 듯이 달개집을 관조했다. 그가 그 이끼 낀 돌들을, 그 내려앉고 지의류로 뒤덮인 지붕을 살펴보는데 마치 그것들이 사람이 오로지 특출난 경우에만 읽을 특권을 얻는 심오한 천부의 언어라도 된다는 듯했다.

안쪽으로부터는 어떠한 소음도 없었다.

표류선 위에서조차 대화가 없었다. 유일한 소음이라고는 작은 해변에 걸려 넘어지는 물소리들뿐이었다.

쉿. 쉿.

태양은 진홍색과 석판 색의 토대 안에서 반원이 되었다.

데이비드슨이 다시 나왔다. 그는 겹줄에서 흔들리는 작은 원판을 들고 있었다. 그의 오른손이 가슴 주머니로 갔다. 그는 수병들에게 고갯짓했다.

"시작하지, 그럼."

캠벨 씨는 데이비드슨이 서류 사이를 더듬거리는 것을 지켜보았다. 그가 그 원판을 뜯어보고, 가까이 들여다보고, 서류철에 신중하게 세부 사항을 옮겨 적는 모습을 보았다. 그가 원판을 집어넣고 쭈그리고 앉아서 깨끗한 마른 모래에다 양손을 앞뒤로 문지르는 것을 보았다. 캠벨 씨는 무력함을 담은 몸짓으로 양팔을 활짝 펼쳤다가 떨궜다.

"저는 모르겠습니다. 저는 대령님보다 나이가 많은데도 모르겠어요."

데이비드슨은 아무 말도 하지 않았다. 그는 다시금 일어서서 아까의 병을 꺼냈다.

"이 위쪽 지방에는 천리안이 있다면서요?"[161]

---

161) 영국에는 스코틀랜드 중 헤브리디스 제도와 같은 도서, 산간 지역에

캠벨 씨는 달개집을 불행하게 쳐다보았다.

"농담 마십시오. 무슨 그런 어울리지도 않는 말씀을 하십니까."

데이비드슨은 꿀꺽꿀꺽 마시다가 내려왔다. 두 얼굴이 서로에게 접근했다. 캠벨은 아까 달개집을 읽었듯이 그 얼굴을 주름 하나하나 읽었다. 그가 다시금 그 얼굴로부터 움츠러들어 눈길을 돌린 곳에서는 태양이 내려가고 있었다, 겉보기에는 영원히.

수병들이 달개집에서 나왔다. 둘이 서로 간에 실어 나르던 들것은 이제 비어 있지 않았다.

"좋아, 제군들. 제군들을 위해서 배급 럼주가 기다리고 있어. 계속 수고하지."

두 해군 군인은 조심조심 모래를 헤쳐 부두 쪽으로 떠나갔다. 데이비드슨이 캠벨 씨에게 돌아섰다.

"이 가엾은 장교의 이름으로 제가 감사 인사를 드려야겠습니다, 캠벨 씨."

캠벨 씨는 들것으로부터 눈을 떼었다.

"요사스러운 것들입니다, 저 구명대라는 게. 더는 하등 희망을 품을 이유가 없는데도 사람한테 희망을 준다 이 말입니다. 잔인하지요. 저한테 감사 인사 하실 것 없습니다, 데이비드슨 씨."

서 몇몇 가문 사람들이 예지력과 같은 신통력을 가지고 태어난다는 속설이 있다.

그는 음침한 가운데 조심스럽게, 데이비드슨과 눈을 마주 보았다. 데이비드슨은 끄덕였다.

"그럴지도 모르지요. 그래도 감사드립니다."

"제가 한 게 없는데요."

두 남자는 돌아서서 수병들이 들것을 얕은 부두로 들어 올리는 모습을 지켜보았다.

"그래 매일 이런 일을 하신다고요."

"매일 하지요."

"데이비드슨 씨……."

캠벨 씨가 말을 멈추는 바람에 데이비드슨은 다시금 그를 향해 돌아섰다. 캠벨 씨는 즉각 그와 눈을 맞추지 않았다.

"……우리가 만난 것도 전형적인 사람과 사람 간의 교류잖습니까. 우리가 겉보기에는 우연히 여기서 만나게 되는데, 이 만남이라는 게 예기치도 못한 것이고 절대로 반복될 일도 없는 거겠지요. 그러니만큼 제가 어쩌면 잔혹한 답변이 따라붙을지도 모를 질문 하나를 드리고자 합니다."

데이비드슨은 모자를 다시 머리 위에 눌러쓰고는 찌푸렸다. 캠벨 씨는 달개집을 쳐다보았다.

"부서지고, 더럽혀지고. 흙으로 돌아가면서 서까래는 썩고, 지붕은 내려앉고…… 만신창이지요. 언제고 저기서 어떤 생명이라도 살았다는 게 믿기십니까?"

이제 찌푸린 표정은 당혹스러워졌다.

"하시려는 말씀을 전혀 못 따라가겠습니다, 유감스럽게도."

"그 모든 가엾은 사람들……."

"그 사람들이라 하심은 제가······?"

"수습하시는 분들 말씀입니다. 슬프게 수습하시는 분들이요. 데이비드슨 씨는 저의 ─ 말해 보자면 ─ 외부적으로 알려진 신조에 관해서는 아무것도 모르시겠지만, 저 가엾게 내버려진 사람 옆에서 요새 며칠 밤낮을 지내다 보니까 말입니다, 데이비드슨 씨. 보시기에 어떤 식으로든······ 생존하는 게 있었다고 말씀하시겠습니까? 아니면 그걸로 끝일까요? 이 달개집 같은 걸로?"

"혹시 마틴을 걱정하시는 걸지요, 마지막에 고생을 했을지 안 했을지······."

그들은 한동안 말을 멈추었다. 표류선 너머에서 태양은 불타오르는 선박처럼 가라앉았고, 내려갔고, 마치 연기와 같은 구름을 제외하고는 상기할 만한 것 하나 남기지 않았다.

캠벨 씨는 한숨지었다.

"예," 그가 말했다. "제 말뜻은 딱 그거였습니다."

"그렇다면 걱정하실 것 없습니다. 시신을 보셨잖습니까. 마틴은 심지어 방수 장화를 벗어 던질 짬도 없었습니다."

영원불멸의 주마등

학생: "핀처 마틴이 죽기까지 얼마나 걸리나요?"

골딩: "영원히 걸립니다."

학생: "아니 실제 시간으로는 얼마나 걸리나요?"

골딩: "영원히 걸립니다."[1]

    골딩은 서식스에서 열린 강연에서 한 학생에게 이러한 질문을 받자 "영원히"라는 답변을 내놓았다. 죽는 시간 자체는 짧았으나 그 죽어가는 당사자인 핀처 마틴이 겪는 상대적인 시간은 영원했다는 말로 해석될 수 있다. 이 소설의 마지막 문

---

1) John Carey, *William Golding: The Man who Wrote Lord of the Flies*(London: Faber & Faber, 2012), 104p.

장인 "마틴은 심지어 방수 장화를 벗어 던질 짬도 없었습니다."라는 대사로 그간 읽어 온 작품의 내용이 통째로 뒤집히면서 독자 여러분이 크게 혼란을 겪었을 것으로 예상된다. 우리는 계속 이 작품을 핀처 마틴이 섬에서 살아남는 생존기로 읽고 있었는데, 이 한 문장으로 핀처 마틴은 이미 사망했고, 그간 우리가 읽어 왔던 것은 연옥에서 벌어지는 핀처 마틴의 주마등에 불과했음을 깨닫게 되는 것이다. (참고로 평론가들은 핀처 마틴이 신체적으로 죽은 시점이 1장에서 "그가 움직이지도 생각하지도 않고 단지를 지켜보는 동안 멀찍이 떨어진 그의 몸은 절로 잠잠해지고 이완되었다."라고 서술된 지점이라고 본다.)[2] 책 한 권 전체가 죽어가는 사람의 주마등이었다니 매우 기발한 발상이 아닐 수 없다. 신체의 죽음을 앞세우고 나서 영혼이 서서히 죽어 간다는 내용이기에, 미국 출간 당시 제목을 『크리스토퍼 마틴의 두 번의 죽음(The Two Deaths of Christopher Martin)』[3]으로 지은 것도 이해가 가는 바다.

하지만 주마등의 특성이 그렇듯, 남들 보라고 하는 생각이 아니기 때문에 친절한 설명이 나오지 않는다. 특히나 핀처 마틴이 과거에 겪은 일들은 에피소드 식으로 잠깐씩 나올 뿐이라서 줄거리를 따라가기가 매우 난해하게 느껴질 수 있다. 거기다 더해 여러 상징들은 물론, 『햄릿』이나 『리어 왕』 등 셰익스피어 작품들에 대한 언급이 군데군데 등장하면서 마치 시

---

2) Mark Kinkead-Weekes & Ian Gregor, *William Golding: A Critical Study*(London: Faber and Faber, 1984), 131p.

3) John Carey, op. cit., 108p.

와 같이 함축적인 골딩 특유의 문체까지 더해지니, 이 책은 평론가들로부터 "읽을 수 없다(unreadable)."[4]는 평을 받기까지 했으며, 평론가마다 책의 줄거리를 다르게 파악하고 있기까지 하다. 영국 판본의 발문을 쓴 영국 소설가 필리파 그레고리마저도 책을 파악하기가 어려워 여러 평론을 읽어야 했다고 고백할 정도였으니, 그 난해함의 수준을 능히 알 수가 있다.

한편 『핀처 마틴』은 골딩이 처음으로 인류가 아니라 한 개인을 주인공으로 집필한 소설이기도 한 만큼, 골딩은 그가 집필한 그 어떤 등장인물보다 주인공 핀처 마틴에 자신의 생애를 닮은 조건들을 아주 많이 부여했다.[5] 이 작품은 골딩의 생애와 작품 세계를 깊이 이해하게 해 주는 소설이라고도 볼 수 있다. 따라서 작품의 이해를 위하여 주인공인 핀처 마틴과 골딩과의 생애를 연관 지어 보면 큰 도움이 될 것이다. 그와 더불어, 작중에 등장하는 여러 상징들과 그 의미들을 분석해 보면서 『핀처 마틴』이라는 미궁 속에서 아리아드네의 실을 따라가 보고자 한다.

1 골딩과 핀처 마틴

골딩과 핀처 마틴은 공통점이 매우 많다. 둘 다 옥스퍼드 대

---

4) Michael Quinn, "An Unheroic Hero: William Golding's 'Pincher Martin'", *Critical Quarterly vol.* 4(1962), 247p.
5) Stephen Medcalf, *William Golding*(Great Britain: Longman Group LTD, 1977), 19p.

학교의 브래스노스 칼리지에 들어갔으며, 연극계에 몸담은 바 있고, 집필 활동을 하기도 했다. 해군으로서 2차 세계 대전에 참전하기도 하였으며 장교 중에서도 임대위가 된 것까지 똑같다. 특히 연극계에서의 경험 중에서도 핀처 마틴은 연극 「기필코 밤은 내린다」 중 '대니' 역할과 같이, 골딩 본인이 연기한 배역을 맡기도 했다. 유년기를 보면 핀처 마틴의 어릴 적 집과 똑같이 골딩의 어릴 적 집의 지하실 옆에도 공동묘지가 있었다.[6] 사소하게는 골딩은 2차 세계 대전 당시 영국의 무기 연구 및 개발 기관이었던 '국방성 1(Ministry of Defence 1; MD1)'에서의 폭발 사고로 오른쪽 허벅지에 상흔을 입은 바 있는데,[7] 핀처 마틴도 똑같이 오른쪽 허벅지에 상흔이 있다.

이렇게 핀처 마틴과 공통점이 많은 골딩은 1911년 9월 19일 말버러 중등학교의 선생님이었던 앨릭 골딩과 여성 참정권 운동 지지자였던 밀드러드 커노 사이에서 다섯 살 터울의 형 호제이 다음으로 태어났다. 이어 옥스퍼드 대학교의 브래스노스 칼리지에 열아홉 살의 나이에 입학하여 1930년에서 1934년까지 수학하였다. 처음 이 년간은 아버지를 기쁘게 하기 위하여 자연 과학 중에서도 식물학을 전공했지만, 곧 자신이 과학보다는 영문학을 배우고 싶어 한다는 것을 깨닫고 영문학과로 전과하여 교육학 학위를 받아 졸업했다.[8] 이는 이후에 골

---

6) Arnold Johnston, *Of Earth And Darkness: The Novels of William Golding*(Columbia and London: University of Missouri Press, 1980), 40p.

7) John Carey, op. cit., 103p.

8) Leighton Hodson, *William Golding*(Edinburgh: Oliver and Boyd, 1969), 7p.

딩이 교사로 일하는 밑바탕이 된다.

골딩은 소설가로 알려져 있지만, 본인 말마따나 "열일곱 살 쯤에"[9] 시를 쓰기 시작하여 1934년 『시집(Poems)』이라는 시집으로 스물세 살에 데뷔하였다.[10] 그러나 골딩은 인터뷰에서 자신이 그 시집을 한 권도 가지고 있지 않다[11]고 고백할 정도로 그 시집을 불만족스럽게 여기고 잊고 싶어 한다. "시를 쓰지 못하여 산문을 쓴다."[12]고 인터뷰에서 말하기도 했던 만큼 골딩의 원래 희망은 시를 쓰는 것이었다. 이런 시에 대한 골딩의 관심을 증명하듯, 골딩의 산문은 단어 하나하나가 함축적이며 때로는 통상적인 영어 문법에도 얽매이지 않는 등, 그야말로 시적 허용이 들어간 모습을 보여 준다. 시적 리듬마저 느껴지고, 문장과 단어에 경제성이 느껴진다.

골딩은 시에 관심이 있던 만큼 그리스어와 그리스 고전에도 많은 관심을 보였다. 해군으로서 2차 세계 대전에 참전했을 동안 당직을 서는 중 지루한 시간을 보내기 위하여[13] 그리스 고전을 탐독한 덕분인데, 이에 그리스 비극 작가들이 작품

---

9) John Carey, op. cit., 39p.

10) Stephen Medcalf, op. cit., 5p.

11) B. Dick, "The novelist is a displaced person. An interview with William Golding", *College English*(Mar. 1965), 480, as cited in Leighton Hodson, op. cit., 3p.

12) ibid.

13) James Gindin, *William Golding*(Hampshire and London: Macmillan, 1988), 11p.

에 가장 큰 영향을 끼쳤다고 고백하기도 했다.[14] 실제로 『핀처 마틴』도 호메로스의 『오디세이아』 4권에서 보이는 바다에서의 사망이라는 테마를 다루었다는 점에서 그 영향을 받았다고 할 수 있다.[15] 또한 작중에서도 인간에게 불을 훔쳐다 준 죄로 벌을 받은 프로메테우스, 티탄족의 편을 든 대가로 하늘을 짊어지는 형벌을 받은 아틀라스, 『일리아스』 속에서 아킬레우스의 투구를 오디세우스에게 뺏겨 광란에 빠져 양 떼를 죽인 대(大)아약스, 또는 여사제 카산드라를 강간한 소(小)아약스 등과 주인공 핀처 마틴을 비교하는 암시가 등장하기도 한다.[16]

그 밖에도 골딩이 연극배우로 일했던 경험이 작중에 녹아 있기도 하다. 마치 섬 자체가 하나의 연극 무대라는 듯 주변 환경을 무대 배경에 비유하는 구절이 다수 등장한다. 아울러 핀처 마틴의 감정이 고조되었을 때, 예를 들어 너새니얼을 죽이려고 할 때라든가 메리를 강간하려고 하는 장면에서는 통상적인 산문이 아니라 무대 지시문으로 구성되기도 하는 모습을 볼 수 있다.[17] 이 밖에도 중간중간에 셰익스피어의 『햄릿』을 암시하는 구절들이 등장하기도 하며, 막바지에서는 셰익스피어의 『리어 왕』 속 구절을 패러디하여 인용하기도 한다.

---

14) Stephen Medcalf, op. cit., 40p.

15) Thomas B. Whitbread(ed.), "An Illiberal Education: William Golding's Pedagogy," *Seven Contemporary Authors*(Austin: University of Texas Press, 1966), 100p.

16) Bernard F. Dick, *William Golding*(Boston: Twayne Publishers, 1967), 56~57pp.

17) Ibid., 52p.

『핀처 마틴』 속 골딩의 문체가 형성된 것이 시 저작과 연극계에서의 경험을 통해서였다면, 해군 장교라는 주인공을 설정하는 데는 1940년부터 1945년까지 2차 세계 대전에 해군으로 참전한 경험이 큰 영향을 미친 것으로 보인다. 골딩은 해군에서 복무하며 비스마르크호 추격전 등의 여러 작전에 참가하였으며, 그 과정에서 전쟁의 잔혹상에 충격을 받는다. 이러한 경험이 이후에 『파리대왕』 등 인간의 도덕성에 관한 심오한 질문을 던지는 소설들로 이어지게 되어 1980년에 부커 상을, 1983년에 노벨 문학상을 수상하였고, 1988년에 훈작사를 받게 되었다.[18]

집필 활동 외적인 면을 보자면 골딩은 몰리 에번스와 약혼을 하게 된다. 그러나 그는 그녀의 고지식하며 고분고분하고도 자기표현에 소극적인 모습에 답답함을 느낀다. 그러던 중 그는 어느 모임에서 한 살 연하의 앤 브룩필드를 만나고, 여성 참정권 운동 지지자로 활약하는 그녀의 당당한 모습에 이끌려 기존의 오랜 약혼을 깨고 앤과 1939년에 결혼한다. 이후에는 솔즈베리에 있는 비숍 워즈워스 스쿨에서 교사로 일하기 시작한다. 비록 당당하고 자주적인 앤과 결혼하지 않았더라면 자신이 아예 "아무 작품도 못 썼으리라."고[19] 쓸 정도로 앤에게 인생의 커다란 빚을 졌다고 하면서도, 골딩은 자신이 전 약혼녀를 무참하게 저버렸다는 데에 평생 죄책감을 느낀다. 그렇기

---

18) Brian W. Shaffer, *Reading the Novel in English 1950~2000*(United Kingdom: Blackwell Publishing, 2006), 58p.

19) John Carey, op. cit., 263p.

때문에 전 약혼녀는 골딩의 여러 작품에서 등장하는데, 특히 『핀처 마틴』에서는 지고지순하고 여성스러우면서 어딘가 부숴 버리고 싶은 충동을 일으키는 메리로 등장하게 된다. 『신곡』 중 단테에게 베아트리체가 있었다면 핀처 마틴에게는 메리가 있었던 셈인데, 다만 단테가 베아트리체를 따라서 천국으로 향했다고 한다면 핀처 마틴은 메리를 따라가다 못해 지옥으로 떨어져 버린다는 점이 다르다고 볼 수 있다.

2 상징과 의미

이렇게 그리스 고전, 연극 등의 요소가 시적인 문체로 어우러진 골딩의 작품들에는 상징이 다수 등장하고, 단순한 상황과 플롯을 기반으로 『오디세이아』와 같은 신화적 원형이 많이 반영되었다는 점에서 골딩의 작품들이 소설이라기보다는 신화나 우화라고 보는 견해도 있다.[20] 그러니만큼 『핀처 마틴』을 이해할 때에도 작품에 등장하는 여러 상징적 요소들을 되짚어 보는 것이 도움이 될 것이다.

핀처 마틴, 크리스토퍼 해들리 마틴

먼저 주인공의 이름을 분석하면 작품을 관통하는 실마리

---

20) Arnold Johnston, op. cit., 6~7pp.

를 잡을 수 있다. '꼬집는 사람'이라는 뜻으로 해석되는, 핀처 마틴의 해군에서의 별명인 '핀처(Pincher)'는 핀처 마틴의 육체적인 욕망을 상징하는 말로 볼 수 있다. 별명 그대로 그는 마치 집게발을 가진 듯이 주변에서 원하는 모든 것을 탐욕적으로 꼬집는데, 그러니만큼 그의 성품에는 마치 "집게발(claw. 갈매기의 갈고리발톱과 바닷가재의 집게발톱을 모두 아우르는 표현.)"이 달린 듯하다. 이에 마치 자기를 혐오하듯이, 핀처는 섬에서 집게발을 가진 모든 것 ─ 갈매기, 바닷가재 ─ 을 싫어하기도 한다. 집게발이 핀처의 신체적인 욕구의 핵심임을 증명하듯이, 작중에서 핀처의 손이 집게발로 환각처럼 보이는 장면이 등장하며, 마지막에 '무(無)'에 점령당하고 나서 핀처의 욕심의 결정체인 집게발이 남기도 한다. 덧붙여, 그의 성씨인 '마틴(Martin)'의 어원은 '화성(Mars)'으로, 호전적인 성품을 상징한다.

반면에 그의 진짜 이름인 '크리스토퍼(Christopher)'는 '십자가를 지는 자'라는 뜻으로, 핀처의 영혼을 상징한다고 볼 수 있다. 자신이 한 일에 대해서 고행을 겪는 사람이라는 뜻으로 풀이될 수도 있다. 이에 더해, 아기 예수를 어깨에 메고 강물을 건넜다고 알려진 3세기 크리스토퍼 성인과 이름이 같다.[21] 골딩은 인터뷰에서 이 이름을 "속에 예수를 품은 자"라고 해석하면서, "신의 손에 맡겨졌을 때 그 사람의 정체"를 드러낸다고 말했다. 그렇기 때문에 작품 막바지에서 핀처 마틴의 모습

---

21) Bernard F. Dick, op. cit., 54p.

을 한 신이 그에게 "이제 할 만큼 했나, 크리스토퍼?" 하고 물을 때 그를 핀처가 아니라 크리스토퍼라고 부르는 것도 핀처 마틴의 진정한 영혼의 정체를 이르는 것이라고 볼 수 있다.[22]

메리 러벌, 너새니얼

이런 핀처 마틴의 악한 성품은 "모두를 사랑하는 성모 마리아(Mary Love all)"와 발음이 비슷한 메리 러벌(Mary Lovell)과는 매우 대조적이다. 이름에 '성모 마리아'와 '사랑'이 들어가는 그녀는 핀처 대신 너새니얼을 선택한다. 그런 너새니얼의 이름이 신약성서 중 요한의 복음서 1장 47절에 등장하는 "거짓이 조금도 없"는 나타나엘과 이름이 똑같다는 점에서 알 수 있듯이, 너새니얼은 이름에서부터 호인을 상징하고 있다.[23] 이렇듯 주인공 및 등장인물들의 이름 자체에도 상징성이 있다는 사실을 기반으로, 이제부터 작중 줄거리를 되짚어 보면서 작품에 얽힌 상징과 의미들을 풀어나가 보고자 한다.

"난 살아남을 거야!" (93쪽)

섬에 도착하여 핀처 마틴은 먼저 쉼터를 구하고, 식수를 구하고, 홍합이나 말미잘 등 먹을 것을 구한다. 초반의 1~3장까

---

22) John Carey, op. cit., 120p.
23) Bernard F. Dick, op. cit., 52p.

지는 필사적으로 절벽을 올라가고 역겨운 홍합을 삼키면서, 독자들에게 생생하고 구체적인 신체 이미지를 전달하여 설마 이런 것들이 핀처 마틴의 상상에서 벌어지는 일이라고는 생각조차 할 수 없게 속인다. 핀처 마틴이 생각하면서 감각이 쏟아져 들어오고, 역설적으로 독자들이 핀처 마틴의 생존을 향한 노력에 휩쓸려 질문하거나 의심하지 못하게 하는 전략을 취하는 것이다.[24] 물의 촉감, 돌의 딱딱함, 고통, 오줌 같은 염수를 흘리는 따개비와 초콜릿 포장지에서 느낀 초콜릿 한 알의 단맛 등이 의도적으로 시선을 분산시킨다.[25]

이때 구약 성서 창세기에서 하느님이 6일간 세계를 창조하고 7일째는 쉬었던 것과 마찬가지로, 핀처 마틴도 6일간 섬에서 바다와 하늘, 낮과 밤 등의 세계를 만들어 낸다는 사실에도 주목할 필요가 있다.[26] "나는 나만의 천국도 지어낼 수가 있어. 그건 이미 지어냈잖아."라는 대사에서도 알 수 있듯, 핀처 마틴이 자신의 신이 되어 자신의 천국을 창조하는 것이다.

"그러는 나는 끝장나게 오래 살아서 내가 추구하는 바도 얻어 낼 거거든." (95쪽)

살아남는 것에 집착을 보이는 그는 자신이 소중하다고 생각하고, 오래 살아서 원하는 것을 얻을 것이라고 한다. 이렇게

---

24) Arnold Johnston, op. cit., 48p.
25) Leighton Hodson, op. cit., 59p.
26) Mark Kinkead-Weekes & Ian Gregor, op. cit., 135p.

신체는 죽었으면서도 살고자 하는 집착만이 남았을 때 핀처 마틴의 얼굴은 더는 인성의 상징인 '사람의 얼굴(face)'이 아니라 극단의 연출가 피트가 말했듯이 '인색(Greed)'의 가면을 쓴 듯한 '으르렁대는 표정(snarl)'으로 굳어져 버린다.[27] 그것이 좋은 인품의 소유자인 너새니얼의 얼굴은 '얼굴'이라고 묘사되고, 핀처의 얼굴은 '으르렁대는 표정'이라고 묘사되는 이유이다.[28]

이렇게 분투하면서 섬에서 살아남는 과정을 보고 혹자는 영웅적이라고까지 평하지만, 이것은 살아남는 것에만 가치를 두고, 살아남는 수단에는 신경 쓰지 못하는 사고라고 골딩은 꼬집는다.[29] 삶을 살고자 한다기보다는 죽음을 두려워해서 부정한 끝에 망상을 시작한다는 점[30]에서 핀처 마틴은 진정한 영웅이라기보다 왜곡된 영웅상을 보여 주고 있다. 그렇기 때문에 이렇게 탐욕을 부리는 그를 메리는 "이 추잡한, 짐승 같은" 사람이라고 부르기도 하며, 그 역시 자신더러 "추잡한 바다짐승"이라고 칭하기도 한다. 아울러 앨프리드나 메리가 영미권에서 탐욕과 더러움과 호색함을 상징하는 "돼지 새끼(swine)"로 핀처 마틴을 칭하는 것도 그와 비슷한 표현이라고 볼 수 있다.

---

27) 김순원, 『William Golding의 작품에 나타난 소외의 문제: 『Pincher Martin』과 『The Pyramid』를 중심으로』(서울: 이화여자대학교 대학원 영어영문학과, 1985), 68쪽.

28) Mark Kinkead-Weekes & Ian Gregor, op. cit., 129p.

29) Arnold Johnston, op. cit., 47p.

30) Ibid., 45p.

마틴의 익사한 몸은 대서양에서 구르고 있지만 게걸스러운 에고는 그가 버틸 돌을 지어냅니다.[31]

핀처 마틴은 1장에서 신체적으로 죽어 가는 순간에 잼 단지라는 심상을 떠올려서 현실과는 동떨어진 생존을 위한 세계를 구상한다. 그러는 과정에서 핀처 마틴이 어떤 구원의 존재가 있기를 염원하던 중, 과연 자신을 구원해 줄 저 존재가 배일지 돌일지 헷갈려 하는 장면이 나온다. 바로 이곳이 골딩의 머릿속 자기기만이 시작되는 부분이다. "내가 죽을 리 없다. 나만큼은……. 귀중하니까."라는 독백에서도 볼 수 있듯이, 핀처 마틴으로서는 자신은 너무도 귀중한 존재이므로 죽음이란 어불성설이다. 그러므로 아무리 가능성이 떨어지더라도 귀중한 자신은 망망대해 한복판에서라도 기적적으로 구원받아야만 한다. 그래서 자신의 머릿속에서 배, 아니 배는 가능성이 작으니까, 차라리 하나의 바위섬을 창조해 낸다. 그 섬의 정체는 이전에 대령과의 대화에서 들었던 '로컬(Rockall)'이라는 곳으로, 영국 스코틀랜드에서 300킬로미터 정도 서쪽으로 떨어져 북해에 실재하는 작은 섬이다.[32] 그러나 이 섬은 바윗덩이라 풀 한 포기 자라지 않는 데다가, 공교롭게도 섬의 이름은 '무(無)' 또는 '아무것도 없는 상태'를 뜻하는 비속어 '퍼컬(fuck all)'과 너무도 비슷하여 작중에서도 농담거리가 된다. 생

---

31) John Carey, op. cit., 104p.
32) Michael Giffin, *William Golding on The Fall: An Essay*(electronic book, 2013), 144p.

존하기 위하여 섬을 만들어 냈지만, 그러는 동시에 모든 것이 소멸되고야 마는 '무'의 세계로 들어와 버린 것이다.

골딩은 일찍이 여러 번 '무'의 세계를 신과 연관 지은 바 있다. "하느님은 우리가 외면해서 삶으로 들어가는 것이고, 그러므로 우리는 하느님을 증오하고 두려워하여 하느님을 암흑으로 만듭니다."[33]라는 골딩의 말에서도 볼 수 있듯이, 골딩에 따르면 암흑이란 무의식, 잠, 죽음, 천국, 신과 연결된다.

이렇게 죽음을 '무'라고 본다면, 바위섬에서 핀처 마틴이 공기가 자신을 납작하게 눌러 없애려 한다거나, 마치 흡묵지처럼 자신의 존재를 지워 버리려는 데에 저항하는 것도 죽음에 저항하는 것이라는 해석이 가능하다.[34] 그런 만큼 핀처 마틴이 군번줄과 신분 수첩의 인물 사진을 보면서 자신의 정체성을 부단히 인식하려고 노력하는 것도 살아남기 위한 하나의 방법으로 볼 수 있다.

> 그 모든 심상들과 통증들과 목소리들의 중심부에는 철근과 같은 어떤 사실, 어떤 것 — 너무도 노골적으로 만물의 중심부였기에 저 자신을 조사하지도 못했던 그것이 있었다. (58쪽)

그런 만큼 암흑은 이 작품에서 커다란 의미를 지닌다. 특히나 이렇게 생존하기를 분투하는 영혼이 들어 있는 곳은 컴컴

---

33) "God is the thing we turn away from into life, and therefore we hate and fear him and make a darkness there." Stephen Medcalf, op. cit., 21p.
34) 김순원, 앞의 책, 66쪽.

한 중심부이다. 중심부란 마치 만물의 최소 단위인 원자처럼 분해될 수 없고 조사될 수도 없는 존재로 그의 안에 존재한다. 중심부의 어둠은 그가 피하려고 하지만 피할 수 없는, 통제할 수 없는 힘, 그가 인정하려 들지 않는 자아보다 큰 존재에 해당한다.[35]

"내가 저지른 짓 때문에 나는 외부인이 되어 외로이 있는 거야."(250쪽)

골딩은 자신이 떠올릴 수 있는 가장 불쾌하고 못된 인간을 만들겠다고 결심했으나, 나중에 모든 평론가들이 "뭐 그래, 우리 모습이 그렇지 뭐." 하고 말하자 아주 흥미로워했다고 한다.[36] 핀처 마틴은 섬에서 생존하는 틈틈이 자신의 한 일을 반성한다. 핀처의 사상에 따르면, 마치 극단의 연출가 피트가 설명한 주석 상자에 갇힌 구더기들처럼, 세상은 먹는 자와 먹히는 자로 이루어져 있다. 그런 만큼 핀처는 살면서 원하는 것을 얻기 위해서라면 수단과 방법을 가리지 않는다.

핀처는 새 오토바이를 가진 친구를 질투해 그의 다리를 못 쓰게 만들어 버리기도 하며, 옥스퍼드 대학교의 프랑스어 대학 입학시험에서는 지우개처럼 생긴 불어 사전을 책상에 놓아두고 부정행위를 저지르기도 한다. 아울러 금고의 돈을 털

---

35) Leighton Hodson, op. cit., 65p.
36) Ibid., 70p.

어 놓고, 그것을 목격한 사람에게 "그래서 네가 뭘 어쩔 건데, 기록상으로는 아무것도 안 적혀 있었잖아. 언제 나랑 한잔 하자."라면서 전혀 죄책감을 느끼지 않는 태도를 보이기도 한다. 한편 원치 않는 소년과 동성애적 성관계를 가지기도 하며, 동료 앨프리드의 여자친구와 성관계를 가지기도 한다. 배우가 된 다음에는 극단의 연출가 피트의 아내인 헬렌에게 베갯머리송사를 통하여 좋은 배역을 따내기도 한다. 또한 메리를 욕망하여 구애하지만 실패하자 그녀를 차에 태운 뒤에 속도를 올려 겁을 주어 강간하기까지 한다. 이에 더해, 군 복무를 피하려다가 어쩔 수 없이 해군에 징집되는 자신과는 달리, 자원입대하며 메리와 결혼하기까지 하는 너새니얼이 자신과는 다른 호인이라는 점에 질투한 나머지, 너새니얼이 함정의 난간 가까이 있을 때 "우현 비상타"라는 명령을 내려 함정의 방향을 틀어서 그를 바다에 빠뜨려 죽이려는 마음을 먹기도 한다. 특히 너새니얼을 죽이려 했던 행동에 대해서 핀처 마틴은 죄책감을 느끼기는커녕, 공교롭게도 "우현 비상타"라는 명령을 내릴 때에 독일 잠수함의 미사일이 함정으로 날아와 함정이 난파되었으므로, 만일 그 명령을 몇 초만 일찍 내렸더라면 너새니얼은 죽었어도 함정이 미사일을 피하게 한 영웅이 될 수도 있었기 때문에, 계속해서 옳은 명령이었다며 자기 합리화를 한다. 전반적으로 본인이 살아남기 위해서라면 남을 짓밟는 것을 서슴지 않는, 성품이 고결하다고는 볼 수 없는 주인공이다.

이렇듯 자신이 한 짓들 때문에 핀처 마틴은 마치 고행을 겪듯이 이 바위섬에서 죽기 살기로 버텨 나간다. 그는 고행을 겪는 자신의 모습을 프로메테우스, 아틀라스, 아약스 등의 영웅들에 비유하지만, 인간에게 불을 가져다 준 프로메테우스의 이타적 행위와는 달리 핀처 마틴은 이기적인 행보를 보였으며, 그렇다고 제우스에게 대항하여 티탄족의 편을 든 아틀라스만큼 용기가 있지도 않다. 따라서 그런 고전 속 영웅들과는 대조적으로, 핀처 마틴은 좋은 일을 한 대가로 고통받는 것이 아니라 악행을 한 대가로 고통받고 있다. 한편 배가 난파되었지만 자력으로 바위섬에 다다라서 살았다고 뽐내다가, 그의 이런 태도에 분노한 포세이돈이 바위섬을 갈라 버리는 바람에 익사하는 소(小)아약스는 핀처 마틴의 모습과 매우 유사하기는 하다.[37]

핀처에 대하여 골딩은 하등 동정의 여지를 주지 않는다. 그가 지하실에 트라우마가 있고 폭력적인 성품이 있던 어머니에게 학대받았기에(참고로 핀처가 떠올리는 어릴 적의 악몽은 골딩의 어릴 적 집의 지하실에 관한 골딩의 악몽이다.)[38] 섬에 와서도 지하실과, 지하실에서 나온 '아줌마', 즉 헬렌이자 어머니인 존재를 두려워한다는 암시가 언뜻 나오기는 하지만, 뚜렷한 설명 없이 지나간다. (이 '아줌마'가 누구인지 정확히 나오지는 않지만 필리파 그레고리 등의 평론가들은 핀처 마틴의 어머니라고 추정하기도 한다.) 이런 부분에서 핀처 마틴은 "동적"이 아니라 "정적"이라고, 즉 "되어 가는(becoming)" 사람이 아니라 "된

---

37) 김순원, 앞의 책, 55쪽.
38) John Carey, op. cit., 103p.

(being)" 사람이라고 평가되기도 한다. 다시 말해서 이 소설은 주인공이 어떻게 그런 인물이 되었는지에 집중하는 성장 소설이 아니라 주인공의 현 상태를 묘사하는 데에 집중하고 있는 것이다.[39]

"우리를 현재 있는 그대로 상정하면 천국은 완전한 무(無)일 거야. 모양을 갖추지 않고 아무것도 생기지 않은. 알겠어? 우리가 생명체라고 부르는 모든 것을 파괴하는 일종의 검은 번개일 거라고." (94쪽)

이렇게 섬에서 살아남고자 발버둥 칠 무렵 핀처 마틴은 갑자기 학창 시절 친구이자 해군 동기인 너새니얼의 말을 떠올린다. 책에서 선지자, 핀처 마틴의 경고자, 신의 대리와 같이 등장하는 너새니얼에게 골딩은 이 책의 핵심적인 대사를 주었다. 이것은 구약 성서 중 창세기 1장 2절에서 유래한 표현이다. 천국은 무의 세계로 인도하는 검은 번개와 같다는 이 생각을, 핀처는 처음에는 웃어넘기지만 섬에서 보내는 마지막 시간에는 바로 이 너새니얼의 대사를 떠올리며 과거의 악행을 후회한다.

"아니야! '이빨'은 아니야!" (124쪽)

---

39) Mark Kinkead-Weekes & Ian Gregor, op. cit., 157~158pp.

그렇게 섬을 창조해 내고 자아를 붙들고 있으면서도 핀처는 이상하게 섬이 낯설지 않다는 것을 느낀다. 작중에서 묘사된 섬의 모양을 그려 보면, 가운데에 깔때기처럼 골이 파이고 그 속으로 썩어 들어간 치아의 모양이 연상된다는 것을 알 수 있다. 이때 필리파 그레고리도 언급했듯, 핀처는 나르시시즘이 극대화된 인물이라 상상의 세계를 만들어도 자신이 예전에 뺐던 앓은 이를 기반으로 만들게 된다. (골딩 역시도 1955년에 발치하였다고 아들 데이비드는 기억한다.[40]) 섬이 이빨이라는 상상으로 인하여, 주변의 바닷물은 '짭짭대는' 등의 먹는 소리를 내게 된다. 이에 먹고 먹히는 것에 집착하여 다른 사람들을 먹어 왔던 핀처는 자신이 바다에 먹힌다는 느낌이 들면서, 섬이라는 이빨에 자신이 올라가 있는 음식이라는 생각이 들어 극도의 공포를 느낀다.

"사람이 바다에서 헤엄치는 붉은 바닷가재를 본다면 미친 게 틀림없어. (…) 그렇지 않겠어, 자기야? 그럴 거라고 말해! 그럴 거라고 말해!" (246쪽)

핀처의 상상력은 너무도 기발하였으나 점점 한계가 드러나면서 이상한 구석들이 나오기 시작한다. 이상하다는 감각은 암석이 움직이는 듯해지고, 삶아져서 죽어야만 붉은색을 띠는 바닷가재가 붉은색으로 살아서 바다에서 헤엄치고 있는

---

40) John Carey, op. cit., 105p.

광경을 볼 때 극대화된다.[41] 거기다 눈을 바늘로 찌르는 듯한 통증을 설명하려고 할 때 조분석이 녹은 물이 들어가서 그렇다는 심각한 오류를 저지르는 바람에[42] 나중에 조분석이 물에 녹지 않는다는 것을 기억해 냄에 따라 이런 통증이 설명이 되지 않게 되자 핀처는 더욱 혼란을 느낀다.[43]

이에 핀처는 이런 이상 현상들을 자신의 상상의 한계라고 인정하는 대신에, 이 세상은 진짜인데 자신이 미쳐서 환각을 보는 것뿐이라며 『리어 왕』 속 가짜로 미친 에드거의 배역[44]과 리어 왕의 배역 및 베들레헴 정신병원의 톰 역할을 맡는다. 즉 진짜 미친 것이 아니라 가짜 광기를 자처하는 것이다. 그러면서 자신이 미쳤다는 것을 '아줌마'에게 입증받고 싶어 한다. 이런 식으로 그는 점차 해어지는 상상의 세상을 꿰매고 땜질하여 부지한다. 하지만 결국에는 마지막 피난처인 광기마저도 무너진다.

"이제 할 만큼 했나, 크리스토퍼?" (268쪽)

그때 핀처 마틴을 똑 닮은 신이 나타나서 이러한 질문을 던진다. 여기서 핀처의 자기애가 너무도 강하여, 자신의 구원의 수단인 바위섬을 자신의 앓던 이로 그리는 것을 넘어서, 신마

---

41) Mark Kinkead-Weekes & Ian Gregor, op. cit., 145p.

42) Mark Kinkead-Weekes & Ian Gregor, op. cit., 136p.

43) Bernard F. Dick, op. cit., 60p.

44) Arnold Johnston, op. cit., 42p.

저도 자신의 모습으로 상상한다는 점에 주목할 필요가 있다. 핀처의 상상 속에서는 자신이 겪은 것과 자신이 아닌 존재는 신마저도 존재하지 않는 것이다.[45] 이렇게 신이 나타나면서, 핀처가 이미 죽었음에도 자신의 천국을 만들어 필사적으로 자신의 죽음을 속이고 있었다는 것이, 이곳은 핀처가 만들어 낸 잼 단지에 씌워진 고무막 아래의 사후 세계라는 것이 폭로된다. 이에 신의 뒷배경에 있는 섬 전체가 마치 무대의 배경막처럼 무너지면서, 그간의 거짓된 상상의 세계가 무너지고 진실된 무의 세상으로 들어간다. 이때 보이는 "검은 번개"는 얄팍한 무대 배경막이 쪼개져서 그 틈새로 광활한 '무'의 세계가 보이는 것으로 해석할 수가 있다. 무대 배경막이 쪼개져서 진실된 세계가 보였다가는, 핀처가 머릿속에서 발버둥을 쳐서 다시금 배경막을 수선하나, 다시금 얄팍한 배경막이 찢어지면서 언뜻언뜻 암흑이 검은 번개처럼 보이는 것이다. 그런 끝에 무의 세계로 배경막은 찢겨 들어가고, 섬에서의 천지창조 7일째에 "마치 오류처럼" 모든 기만이 지워진 자리에서 핀처는 중심부라는 정신과 집게발이라는 육체적 욕구를 끝으로 소멸하게 된다.

"보시기에 어떤 식으로든…… 생존하는 게 있었다고 말씀하시겠습니까? 아니면 그걸로 끝일까요? 이 달개집 같은 걸로?"(287쪽)

---

45) 김순원, 앞의 책, 50쪽.

그러나 핀처 마틴이 죽은 뒤에, 마지막 14장에서 그의 시체를 건져낸 캠벨은 그를 동정한다. 그의 눈에는 핀처 마틴의 욕심은 보이지 않고, 나라를 위해 목숨을 바친 군인만이 보이는 것이다. 이에 데이비드슨과의 마지막 대화에서 그는 죽음 너머에 어떤 정신이나 사후 세계가 있었을까 하고 묻지만, 데이비드슨은 그의 질문을 미처 이해하지 못하고 그저 핀처 마틴이 마지막에 고생했을지에 초점을 맞춘다. 그러나 그 극심한 고통은 바로 시간이 없었기 때문일 수도 있겠다.[46] 이런 결말은 많은 독자들과 평론가들을 놀라게 하여 논란의 소지가 되었다. 그러나 이것은 단순한 '반전'이라기보다는 소설 전체를 뒤집음으로써 사고 전환을 유발하고 핀처 마틴의 머릿속에서 벌어진 망상이 아닌 실제로 벌어진 일을 알리는 필수적인 부분이라고 할 수 있겠다.

3 영원불멸의 주마등

평론가 존 피터는 『핀처 마틴』을 골딩의 앞선 두 소설과 비교하면서, "탐구적이므로 더욱 풍부하며, 우화라기보다는 상징들이 배열된 것으로, 이런 이유로 전작들은 지속시키지 못했던 강도 있는 관심을 지닐 것이다."라고 말했다. 과연 그의 말마따나, 『핀처 마틴』은 "영어 산문으로 쓰인 그 어떤 우화에

---

46) Mark Kinkead-Weekes & Ian Gregor, op. cit., 155p.

도 뒤지지 않는 기발한 착상"[47])이 아닐 수 없다.

자신의 생애와 여러 상징들을 하나의 작품에 함축적으로 녹여낸 작품 『핀처 마틴』의 초고를 골딩은 십육 일 만에 작성하였다고 전해진다. 물론 이런 빠른 집필 속도는 골딩의 집필 특성상 그러하듯이 이삼 년간의 구상 과정을 거쳤기에 가능한 것이었다.[48] 이렇게 치밀한 구상을 바탕으로 그려 낸 주인공 핀처 마틴은 도저히 좋아할 수가 없을 정도로 비도덕적이다. "대부분의 사람들보다 타락한"[49] 주인공을 그리려고 했던 골딩의 의도에 걸맞게, 핀처 마틴은 강간, 살인까지도 성공을 위해서라면 서슴지 않는다. 핀처의 머릿속에서는 세상사가 먹고 먹히는 일, 주석 상자 속의 다른 구더기들을 먹고 성공하여 최후의 일인자가 되는 일밖에는 없다. 비록 주석 상자에서 나오면 최후의 구더기로서 절대적 존재에게 수확되는 결과밖에는 없다고 해도 말이다. 이렇게 가증스러운 주인공의 이야기를 끝까지 읽게 한다는 것은 작가의 찬란한 성취가 아닐 수 없다.

이런 주인공의 의식이 죽어 가는 과정을 다룬 만큼, 작중에서는 의식의 흐름에 따라 과거의 사건들이 퍼뜩퍼뜩 떠오르면서 마치 암호를 풀어 보라는 듯이 퍼즐 조각들을 던진다. 다시 읽어 본다면 핀처 마틴이 작품 내내 마치 바늘로 눈을 찌르는 듯한 예리한 깨달음들에 저항하고 있다는 것을 알게 된

---

47) Arnold Johnston, op. cit., 49p.

48) Leighton Hodson, op. cit., 17p.

49) Ibid., 70p.

다.⁵⁰⁾ 골딩의 자전적인 요소가 가미된 것은 물론, 여러 상징들이 복잡하게 얽혀 있고, 그리스 고전 및 셰익스피어 문학에 대한 언급이 상당한 만큼 이 작품은 읽을 때마다 의미가 드러나는 새롭고 난해한 작품임에 의심할 여지가 없다. 비록 핀처 마틴의 의식 속 주마등은 검은 번개에 의하여 사라지고야 말았지만, 윌리엄 골딩이 십이 년간의 문학계 활동을 끝으로 1993년에 사망하고 나서도 여전히, 바늘로 눈을 찌르는 듯한 예리한 깨달음을 주는 『핀처 마틴』은 그야말로 영원불멸의 주마등이다.

2022년 가을
백지민

---

50) Stephen Medcalf, op. cit., 23p.

참고 문헌

김순원, 『William Golding의 작품에 나타난 소외의 문제: 『Pincher Martin』과 『The Pyramid』를 중심으로』(서울: 이화여자대학교 대학원 영어영문학과, 1985).

Carey, John, *William Golding: The Man who Wrote Lord of the Flies*(London: Faber & Faber, 2012).

Dick, B., "The novelist is a displaced person. An interview with William Golding", *College English*(Mar. 1965).

Dick, Bernard F., *William Golding*(Boston: Twayne Publishers, 1967).

Giffin, Michael, *William Golding on The Fall: An Essay*(electronic book, 2013).

Gindin, James, *William Golding*(Hampshire and London:

Macmillan, 1988).

Hodson, Leighton, *William Golding*(Edinburgh: Oliver and Boyd, 1969).

Johnston, Arnold, *Of Earth And Darkness: The Novels of William Golding*(Columbia and London: University of Missouri Press, 1980).

Kinkead-Weekes, Mark & Gregor, Ian, *William Golding: A Critical Study*(London: Faber and Faber, 1984).

Medcalf, Stephen, *William Golding*(Great Britain: Longman Group LTD, 1977).

Quinn, Michael, "An Unheroic Hero: William Golding's 'Pincher Martin'", *Critical Quarterly vo*l. *4*(1962).

Shaffer, Brian W., *Reading the Novel in English 1950-2000*(United Kingdom: Blackwell Publishing, 2006).

Whitbread, Thomas B.(ed.), "An Illiberal Education: William Golding's Pedagogy", *Seven Contemporary Authors*(Austin: University of Texas Press, 1966).

작가 연보

1911년   9월 19일, 영국 콘월의 작은 항구 도시 뉴키에서 태어
         나 윌트셔 지방의 말보로에서 어린 시절을 보냈다. 아
         버지 앨릭 골딩은 중등학교 교사였고, 어머니 밀드러드
         는 가정주부이자 여성 참정권 운동 지지자였다.

1930년   옥스퍼드 대학교에 입학해 이 년 동안 자연 과학을 공
         부하다 영문학으로 전공을 바꿨다.

1934년   학사를 졸업하고 친구의 도움으로 맥밀런 출판사에서
         첫 시집 『시집(Poems)』을 출간했다.

1939년   화학자 앤 브룩필드와 결혼, 슬하에 두 자녀를 두었다.

1940년   영국 해군에 입대, 2차 세계 대전 중 독일 전함 비스마
         르크호 격침 및 노르망디 상륙 작전에 참여했다. 종전
         후에는 솔즈베리의 비숍 워즈워스 스쿨에서 영문학과

철학을 가르치기 시작했다.

1954년   스물한 번의 거절 끝에 받아들여진 원고가 『파리대왕(Lord of the Flies)』으로 출간되었다. 『상속자들(The Inheritors)』(1955), 『핀처 마틴(Pincher Martin)』(1956), 『자유 낙하(Free Fall)』(1959)를 잇달아 출판, 비평가들의 호평과 대중적 인기를 누렸다.

1961년   소설가로서 성공하자 교편을 잡고 있던 학교를 그만두고 미국 버지니아주의 홀린스 칼리지에서 방문 작가로 일 년을 보냈다.

1964년   『첨탑(The Spire)』을 출판했으나, 비평가들로부터 혹평을 받자 '꿈 일지'를 기록하기 시작했다. 그 후 이십 년간 괴로움을 '꿈 일지'에 기록했다.

1967년   『피라미드(The Pyramid)』 출간.

1970년   캔터베리의 켄트 대학교 총장 후보로 올랐으나 자유당 정치인 조 그리먼드가 총장으로 선출되었다.

1979년   제임스 테이트 블랙 기념상을 수상했다.

1980년   삼부작 『땅끝까지(To the Ends of the Earth)』의 첫 번째 작품 『통과 제의(Rites of Passage)』를 출간, 이 작품으로 부커 상을 수상했다. 이 삼부작은 2005년 BBC에서 드라마로 제작되었다.

1983년   노벨 문학상을 수상했다.

1985년   부인과 함께 콘월주 트루로 근처에 있는 털리마 저택으로 이사했다. 여생을 이곳에서 보냈다.

1987년   『땅끝까지』의 두 번째 작품, 『밀집 지대(Close Quarters)』

출간.

1988년   영국 왕실에서 최하위 훈작사(Knight Bachelor)를 받
         았다.

1989년   『땅끝까지』의 완결작 『심층의 불(Fire Down Below)』
         출간.

1993년   6월 19일 심부전증으로 사망했다. 윌트셔의 작은 마
         을 보워초크에 묻혔다. 원고로 남겨 놓은 『갈라진 혀
         (Double Tongue)』는 사후에 출간되었다.

세계문학전집 **419**

핀처 마틴

1판 1쇄 찍음 2022년 10월 24일
1판 1쇄 펴냄 2022년 10월 31일

지은이   윌리엄 골딩
옮긴이   백지민
발행인   박근섭, 박상준
펴낸곳   ㈜민음사

출판등록   1966. 5. 19. (제 16-490호)
서울특별시 강남구 도산대로1길 62(신사동) 강남출판문화센터 5층 (우편번호 06027)
대표전화 02-515-2000   팩시밀리 02-515-2007
www.minumsa.com

ISBN 978-89-374-6419-5 04800
ISBN 978-89-374-6000-5 (세트)

* 잘못 만들어진 책은 구입처에서 교환해 드립니다.

세계문학전집 목록

세계문학전집은 계속 간행됩니다.